守候 幸福，
你不来我不老

林轩优 著

中国华侨出版社

图书在版编目（CIP）数据

守候幸福，你不来我不老 / 林轩优著. —北京：中国华侨出版社，2015.8

ISBN 978-7-5113-5601-7

Ⅰ. ①守… Ⅱ. ①林… Ⅲ. ①长篇小说—中国—当代 Ⅳ. ①I247.5

中国版本图书馆 CIP 数据核字（2015）第 180449 号

守候幸福，你不来我不老

著　　者	/ 林轩优
策划编辑	/ 周耿茜
责任编辑	/ 叶　子
责任校对	/ 白　豫
封面设计	/ 一个人·设计
经　　销	/ 新华书店
开　　本	/ 880 毫米×1230 毫米　1/32　印张 /9.5　字数 /243 千字
印　　刷	/ 北京中印联印务有限公司
版　　次	/ 2015 年 10 月第 1 版　2015 年 10 月第 1 次印刷
书　　号	/ ISBN 978-7-5113-5601-7
定　　价	/ 32.00 元

中国华侨出版社　北京市朝阳区静安里 26 号通成达大厦 3 层　邮编：100028

法律顾问：陈鹰律师事务所

编辑部：(010) 64443056　64443979

发行部：(010) 64443051　传真：(010) 64439708

网　址：www.oveaschin.com

E-mail：oveaschin@sina.com

目录
Contents

第一章
沧海难为水

这是今年的第一场雪，一场在初春姗姗来迟的雪。

雪漫不经心地下着，如她见过的细碎的花瓣。那花瓣般的雪花在空中飞舞着，不带留恋地滑过她的头发，然后慢慢地落在湿润的大地上。

那雪花，触手即融，化成一滩悲凉躺在她的手心。雪越下越大，世界沉浸在一片银装素裹之中，亦如她早已冰凉的心。

院内玩雪的人们受不了寒冷已经散去，唯有她还站在原地，任由雪沾满她瘦弱的身躯。冰冷，她似乎感觉不到了，如果可以，她宁愿把自己掩埋在一片银白中，再也不去面对那些喧哗往事。随着时间的流逝，她的发丝已经沾满了雪花，增添一抹淡淡的美。

苏伊歆的唇瓣已经有些涩颤，微舔在唇上融化的雪花。

味道是微酸的。

还微微有些苦涩，化不开。

在苏伊歆静静地望着雪，陷入沉思时，有一股巨大的力量把她推倒在地上。苏伊歆诧异地对上那双愤怒的眼睛，那是个穿着狐皮大衣的女人，她那张清秀的脸庞写满了那种铭刻在骨子中的愤怒。

"夏微陌……"苏伊歆喃喃。

接着她就听见夏微陌暴躁的声音："苏伊歆，你算什么东西，凭什么值得尘埃为你这样？你有了顾町风还不够，还来纠缠尘埃做什么！"

苏伊歆一愣。是，一直是她的自私，让四个人都陷入了痛苦中。

如果尘埃没有遇见她，或许彼此都会拥有自己的幸福。尘埃也绝不会变成现在这个样子，一切的因都是源于她，为何果却由尘埃承担？

苏伊歆像是被抽离了灵魂一般，"是，一切都是我的错。"

她的认错并没有得到对方的宽恕，夏微陌反而变本加厉，狠狠地打了苏伊歆一巴掌。

"啪——"响亮的巴掌如烟花一般炸开在苏伊歆的脸上，没多久她的脸就变得红肿不堪。苏伊歆有那个能力还手，可此刻连抬手的力气都没有了。她吃力地微抬着眼皮，想要把那一点点银白的雪看得更为清晰和透亮，假如此刻可以变成雪，没心没肺地揉入这个世界多好……

雪不用被那些烦恼而困扰。

最重要的是没人会因为它而受伤。

尘埃本是这个世界最洒脱的存在，或许没有人注意到它，但它能用最好的方式保护自己。

而不是像现在，用最卑微的姿态等待那一朵本不会开花的爱情绽放。它本是漂浮于宇宙间的岩石颗粒，本能经过磨炼绽放最美的星光，却因为她，尘埃只能是一颗普通的沙粒，一颗渺小得不能再渺小的石子。

"为什么不还手?"夏微陌冲苏伊歆怒吼着,硬是拎着她的衣服,把苏伊歆从地上拉了起来,"我认识的苏伊歆什么时候变得这样懦弱了?"

"为什么我不能懦弱,就一定要强装坚强?"夏微陌的眸光微微异样,此刻她面前的苏伊歆倔强得如一只受伤的小兽,因为疼痛,眼里带着泪光,却故意忍住不哭出来。

"你为什么从国外回来?本来尘埃好好的,可自从你出现后,他的视线就没有从你身上离开过,现在还被你害得这么惨!他的前途都被你毁了!"夏微陌气得咬牙,扬起手正要打下时——

"不要!"后方传来一个虚弱的声音,夏微陌的神色变了,颤颤地放下了手。苏伊歆从眼缝中看到一个穿着蓝色病服的男人吃力地走了过来。黑玉色的发丝不羁地贴在他的脸颊,脸色如单薄的纸张一样苍白。别人看不清他的五官,因为他的脸都被厚厚的纱布缠绕着,可是露在外面那双眼睛却包含着迸发的力量,没有一丝卑微,一眼就能看出他的不屈不挠。

因此每一个遇见他的人都会觉得那纱布下的脸是多么的倾人,可也会叹息看不见他的真面目。

"尘埃……"苏伊歆瑟瑟地叫着他的名字。

"尘埃,你怎么从病房里出来了?"夏微陌正要去扶尘埃时,他却轻轻地越过她。

"嘭——"夏微陌似乎听到什么东西碎掉的声音,眼睁睁地望着尘埃走到瘫坐在地上的苏伊歆面前。

苏伊歆眨了眨眼睛,竟然发现睫毛上染着雪,结果看见他淡淡一笑,用手指温柔地撷去了她睫毛上的雪花。"坐在这里不冷吗?"他向她伸出了手。

如星星般闪亮的眸子满是耐心和鼓励，就如当年他忍受她的任性，默默付出不求回报。她以为他不会再理自己了，以为她毁了他的未来后，他就会像个陌生人一样对她不闻不问。

原来，这一切都是她以为。

望着那瘦弱无力的手，苏伊歆一下子不知道该做什么。不明白是刚刚的雪湿了睫毛，还是她真的想要流泪了，她的眼眶有些湿润。

他宠溺地为她拍掉身上的雪："看你沾了这么多雪。"

"这值得吗？"夏微陌愤怒地叫嚷着。

"世上没有值不值得，只有爱不爱。"他褪下了温柔，用冷漠的目光望着夏微陌。

夏微陌踉跄了几步，泪水像脱了线的珠子，一颗颗地从眼里落了下来："是，是我自作多情，你就继续袒护她吧，她就是火，迟早会把你燃烧殆尽的！"

"微陌……"苏伊歆弱弱地叫了夏微陌一声，却引来她嫉恨的眼神。

雪地上落下了一连串的脚印，那是离去的夏微陌留下的，每一步都是那样绝望，她的身影单薄得好像下一秒就会倒下。

"只要有我在，没人能欺负你。"尘埃用手试着去温暖苏伊歆的手指，细揉呵气，还笑着把她的手放在他的耳边。

"你不恨我吗？"她的眼神迷茫，喃喃地抛出这么一句。如果她是他，一定会恨死自己。

他的身子变得僵硬了。

世界变得很静，很静，静到可以听到雪落下的声音。

雪很大很大，快要把世界淹没。

快把两人努力维持的温情给淹没，那漫长的沉默把她眼里仅存的一丝希望也给淹没了，燃烧不起光亮，死在一片沉寂之中。

就在她低垂下脸时，他吻上她的唇角，珍藏一世的温柔，就为了这一刻把所有的温柔施展殆尽。

"咚咚咚——"她听见心跳加快的声音。

"为什么要恨你？有些事情注定了就会来临，无论怎样我都逃不掉，就像你，看似是劫，却是我尘埃这生最大的幸运。"他顿了顿，"我是尘埃，你是树，只有树才能抵挡尘埃，不是吗？"他的拥抱，快把她揉进了他的世界。

一个温暖而只有她能踏入的世界。

那一瞬，雪花的亲吻竟变得温暖。

白茫茫的雪地上，一对男女紧紧拥抱，那是比雪还要唯美的画。只是在他们看不见的角落，有一个男人默默地站在那里，雪吻上他落寞的脸颊，化成冰冷的泪水。

第二章
初见狼少年

五年前。

晨光跳跃在林荫小道上，空气中还飘扬着植物的芬芳。

过往的行人匆匆地离去，却没有人注意到一个黑色短发的女生停驻在咖啡馆前很久了。她戴着一个蝴蝶结的头箍，使勉强算得上清丽的脸蛋有些可爱，那双原本神采奕奕的眼睛此刻直直地望着咖啡馆内的那对男女，看见那个帅气的男生喂女生吃冰淇淋，她的两眼愤怒得可以喷出火来。

呵呵，没空给她补习，倒是有空和美女约会！

可是她并没有气冲冲地闯进去，而是继续观察着他们的一举一动。

"砰——"正当她要拿出手机拨打电话时，听到巨大的声音响起，那是类似做爆米花一样的声响。

女生蹙着眉头往上看去，那蔚蓝的天空中竟然出现了一片片透明的晶片，像水晶一样闪动着美丽的光芒，只是那棱角冰冷得像针一样扫向自己。

看起来好冷好痛……

是下冰雹吗？不对，这是六月天，怎么可能出现冰雹？

难道，这是！苏伊歆猛地睁大了眼睛，脸色变得骇人的白，再看玻璃窗内的男生一闪而过的错愕，接着听见他暴躁地呐喊。可是隔着玻璃，她根本就听不见他在喊些什么……

"快逃——"男生嘶吼着。

当她听懂的时候，想要躲开，可双腿僵硬得无法挪移。抬头看，那些玻璃迅速地落着，马上就将撕划她的身体……咖啡馆内男生的眼瞳紧缩了一下，明明是一面玻璃的距离，他却觉得和她隔得好远好远……

"噼里啪啦——"玻璃重重地砸在了地面上，大片殷红的血如雨后的蔷薇花一样绚烂地开放着，和那鲜红形成对比的就是苏伊歆苍白的脸色。

在几秒前，她被人重重地推开，苏伊歆忘不了那个少年的眼神，不羁而倔强，像极了不屈服命运的野马，挣脱缰绳的束缚后，狂野桀骜。

就算是那大片的玻璃扎破他的衣服，尖角狠狠地刺入他的皮肤，让那些鲜血如泉溪涌出来，少年依旧咬着嘴唇，不叫一声疼，最终他摔在一大片的碎玻璃中，那些殷红的血液盖染了玻璃原本的透明。

那红骇人得让苏伊歆永远都不会遗忘。那一刻她忘记思考，忘记动弹，就那样僵硬地看着少年静静地躺在血泊中。

他那惨白的脸色，好像在诉说着他的生命在一点点地逝去着。

路人的尖叫声、车笛声一下子响彻了街道，大家都围了过来，不少人都拨打了急救电话。顾町风气急败坏地跑了过来："你是笨蛋啊，那种情况就该躲开！"

苏伊歆看着少年，慌忙地说道："我该怎么办？"

"只能等救护车来了。"顾町风神色复杂地望着昏迷的少年。

"我只是气你甩掉我去约会，所以才跟踪你，根本就没有想到会被玻璃砸，也没有想到别人会因为救我而受伤。"苏伊歆捏紧了衣服，没多久，救护车的声音就从远处传了过来，她的希望又再次燃烧了起来。

两位护士把少年抬到了担架上，迅速地往车上抬。苏伊歆着急地跟上："医生，他会没事吧？"护士面无表情地说："这个还得看具体情况，现在还不知道，不过失血量太大，情况不乐观。"

也就是说会有危险？她心惊胆战起来，脚步一下子变得沉重，无法抬起，恍惚之中只听见顾町风暴躁的声音："愣在这里做什么，还不快上来！"再看，顾町风已经坐在救护车上了，苏伊歆赶紧跑了上去。

救护车窄小的空间中静得只有血液涌出的声音，气氛静谧得沉重。

她想哭，泪水却被顾町风瞪了回去，只能努力把鼻涕和眼泪都憋回去。床上的少年因为疼痛，额头上布满了细细密密的汗，就连原本粉嫩的唇都变成了青紫色。

那些触目惊心的伤口就像一条条蜈蚣一样爬在少年的皮肤上，一眼就能看见里面的皮肉中还有一些细碎的玻璃，血更是毫不吝啬地往外流，那衬衫早已看不出原本的白色了。

少年被推进了手术室，苏伊歆和顾町风被堵在外面焦急地等着。

苏伊歆僵直地坐在椅子上，感觉自己是一张纸片，被暴风扑打和蹂躏着，心底隐隐的不安在提示自己，正有个生命因为自己而面临死神的考验。

"是，我们在 XX 医院。"顾町风挂了手机，对苏伊歆说，"我给伯父打了电话，他正在赶来的路上。"

苏伊歆的心没有因为父亲即将赶来而落于平静，而是呆滞地望着手术室牌上红色的提示灯。

顾町风烦躁地从口袋掏出了一包烟，刚想要拿出一根点燃，就被苏伊歆阻拦了，"这是医院，别抽了。"没有以往的活泼，只有寂灰，一下子就让顾町风有些不自在。

他烦躁地放回了烟："知道了。"

手术室门开了一角，出来一名戴着口罩拿着病历本的护士。苏伊歆赶紧围了上去："他怎么样了？"

"你们是病人家属吗？"

苏伊歆摇了摇头："不是。"护士面无表情地说道："那尽快通知病人的家属，病人流了太多血需要输血，可医院的 A 型血已经没了，需要附属医院送来血袋，现在情况危急，让家属做好心理准备。"

"情况……危急？"一个晴天霹雳打下，苏伊歆急切地伸出了自己的手臂，"医生，我是 A 型血，输我的血吧！"假如少年真的因为自己死了，她会一辈子都内疚的，无论如何她都要救下他。

"你疯了吗？平时怕疼怕得要命的人也敢输血？"顾町风怒目而视。

"我是怕痛，但是我能忍！人家是因为我躺在病床上的，我怎能看着他有危险却坐视不管！"苏伊歆黑漆漆的眼珠写满了愤然，不顾顾町风的阻拦，执意抽血。

"第一次输血？"护士扫了苏伊歆一眼，见她点头，说，"那就抽200 毫升吧。"

"400 毫升。"她坚决的神情让顾町风愤怒，他冷笑着睥睨着苏伊歆："你真不要命了？"苏伊歆冷冷地看了顾町风一眼，"我还没有冷情到这样对待我的救命恩人。"然后对护士说，"带我进去吧。"

"小姑娘，你做好心理准备，400毫升可不少。"护士也劝着，可是苏伊歆的性子执拗，见她心意已决，护士就进去和医生说了些什么，接着把躺在推车上的少年推出来。

他的脸色比送来时要好了很多，但依然苍白。

苏伊歆忧心，他可要撑住！

她和少年都被送到了一间病房里，她躺在卧床上，而少年则是躺在她旁边的床上。他精致的容颜就如蝶翼一样，看似美，实则脆弱，就连垂下的睫毛都好像微微碰触就会消失。

顾町风靠在门边，静静地看着苏伊歆。苏父也赶来了，通过顾町风知道了事情的前因后果，赶紧进入病房内，不过怕惊扰少年，步伐轻得听不见。

知道父亲来了，苏伊歆变得安心很多，也变得勇敢。

以往打针她总哭闹不休，可此刻她却勇敢地伸出手。"忍一下，可能会有点痛。"护士给她手臂消毒后，就给她系牛筋带，接着拿出了针。看着针上面发着的寒光，苏伊歆还是有些胆怯。

"别看。"苏父把女儿掩在他的怀中。针一点点地打入她的静脉，她的手抓得更紧了。她嘤咛了一声，重重地吸了一口气。

"好了。"

苏伊歆如释重负，看着管子中的血慢慢地流到少年的管子中后，脸上才带着一点笑意。

她感觉血液一点点地从体内流走，疲惫一点点涌了上来，可是看见病床上的少年，就觉得这没什么。

此刻静脉正插着滴管，他白皙的手腕还有着细小的划痕，可以清晰地看见青筋。时间流走，她的血换来了他红润的脸色。

医生为她拔掉了针，并告诉苏伊歆，少年已经脱离危险。她觉得压在心底的那块石头被挪掉了。怕吵到他，虚弱的苏伊歆在父亲的搀扶下走出了病房，坐在了椅子上。

顾町风手里拎着一个袋子走了过来，他从里面拿出热气腾腾的一个盒子递给苏伊歆。"这是什么？"她现在连抬眼的力气都没有了。

"粥！"顾町风那黑曜石般的眸子带着一丝鄙夷，"一下子输了这么多血，不补充点体力想死吗？"

"那你喂我，我连说话的力气都没有了。"她嘟起嘴唇，看着顾町风的脸色一下子阴了下来就觉得好笑。以前都是他气她，现在也轮到她气他了。

"我去交医药费了，町风啊，好好照顾伊歆。"苏父说道。

"爸，你去吧。"她吐了吐舌头，可这俏皮的动作和苍白的脸色一点儿都不相符。苏父走后，她开始摆大小姐脾气了，斜睨了顾町风一眼："我爸都让你照顾我，你喂不喂？"

"真是麻烦。"顾町风就是个嘴硬的男生，愤愤地递了一勺粥去，苏伊歆甜甜地吃下："真好吃。"

既然能占便宜，她为何不占。

一边欣赏着顾町风别扭的表情，一边喝着粥，苏伊歆觉得就是输了400毫升的血也值得了。喝完粥后，顾町风酷酷地说："吃饱了，能回家休息了吧。"

苏伊歆侧头看了眼病房，摇了摇头。

"干吗？"顾町风不满地挑眉，"苏伊歆，我看你的胆子肥了不少，还知道得寸进尺了。"

"切，"苏伊歆噘嘴，"我必须等他醒来才回家。"

没有看见少年睁眼，她心里还是会不安。

"医生说过他一会儿就会醒来的，医药费都交了，你还有什么不放心！"

"他是我的救命恩人，如果你不耐烦，可以走人！我最讨厌看到你这种目中无人的嘴脸，既然你没有时间陪我，就去陪你的女朋友们吧！"锋芒相对，苏伊歆和顾町风，都是得理不饶人的人，个性都是那样好强。

她那双美如七月夜空的星星一样的眼睛带着小火苗，倔傲地盯着他。

"这是你说的！"他那双倔强的眼睛斜视着同样傲然的苏伊歆，见她没有一丝和解的意思，重重地踢了墙壁一脚，出乎苏伊歆意料的转身离开。

病房内的少年好像听到了声音，眉头紧紧蹙了蹙。

顾町风的身影消失在转角。

"笨蛋！"她咬着嘴唇，双眼冷凄凄却不甘地合上，然后用手背重重地擦去脸上的泪水。

"你根本就不懂我。"

"呲——"扯动了输血的伤口，苏伊歆疼得眉头下弯。

苏父回来了，只看见苏伊歆黯然地坐在椅子上，看见她的脸上有泪痕，似乎明白了什么。

"町风走了吗?"

听到"町风"两字，苏伊歆的神情黯淡了几分，含糊地"嗯"了一声。

苏父叹息，他算是看着顾町风和伊歆长大的，自己怎不懂苏伊歆的心思。

可惜两只刺猬，是一辈子取不了暖的。除非其中一只为了另外一只拔掉身上所有的刺。

“没关系，爸爸陪着你。”父爱让苏伊歆感到温暖。

“爸，我想看看他有没有醒来。”她说，苏父也明白她个性硬，只好给她打开了门。

就在开门的一瞬，她被眼前的光亮折射得眯住了眼睛。

那个如晨光一般的少年迎着和煦的阳光朝着她们看了过来，那幽深的眸子美得像极了那南非黑水晶，美得不浮夸，却美得不真实。淡淡的冷漠像是书卷中的点睛之笔，给那张俊秀的脸增添了几分忧郁的气质。

他的双唇紧紧地抿着，与顾町风的俊俏帅气所不同，他是那种带有冷漠疏离感的美。

“你们是谁？”他的语气很淡，就如丛林中潜伏的野兽用警惕的目光注视着入侵的敌人。“我……谢谢你刚刚救了我。”提起所有的勇气，苏伊歆对这个陌生的少年说。

少年蹙了蹙眉头，记起了苏伊歆，淡淡地点了点头就没有再说什么。

“喝点儿水吧。”她看着少年泛白开裂的嘴唇，赶紧倒了一杯水。他说了句“谢谢”就咕噜咕噜地喝光了水，她眨了眨眼睛：“我叫苏伊歆，你叫什么名字？”

“尘埃。”

“什么？”

“尘埃，落地的尘埃。”他补充道。苏伊歆喃喃：“好特别的名字。”怎么会有家人给孩子取名为那渺小的尘埃呢？苏父亲切地问：“孩子，能告诉我你家人的联系方式吗？我好联系他们来。”

他的眸光异样，“我没有家人。”

苏伊歆不解道：“你怎么可能没有家人，是和父母闹别扭了吗？”

"他们死了。"淡淡的四个字如一场强大的暴风雨席卷而来，带给他们巨大的惊讶。本以为是尘埃的说笑，可是从他脸上凝重的表情来看不像是假话。

果真是落地尘埃，葬没在一片荒野中，风吹雨打，无人看清它的悲伤。

苏伊歆完全不能想象这个少年能扛下那样的悲伤，欲言又止。

"孩子，你救了伊歆，就是苏家的恩人，如果不介意就做苏家的儿子吧。"苏父的话让苏伊歆很惊讶，"你要领养尘埃，让他当我的哥哥？"随即喜笑颜开，"我刚好就缺一个哥哥呢，这样，我又能报答你，这方法不错！"

"你愿意吗？"一个能保护伊歆的人，对伊歆也不会差。

他迎上了苏父的眼睛，毫不犹豫地回了一句："我不愿意。"

原本的期待都成了碎渣子，她失望地问道："为什么啊？我家很有钱的，绝对不会亏待你。"

"救人只是我的无心之举，也没有想要因此获取什么。"他冷冷地抛给苏伊歆一个眼神，"我也讨厌别人用同情的目光看我，所以收起你们怜惜的目光，我除了没有家人之外，和平常人无异。"

"如果你们真要施舍你们的同情，就施舍给比我还需要帮助的人吧。"他拔掉了手上的输液针。

"别这样啊！"看见尘埃的插针处冒出大片的血来，"我们不是同情你，而是感谢你。"她赶紧用贴布压住他的手，防止血再流淌出来。他面无表情地说了句"谢谢"，她却一脸责怪："你的身体还没有好，万一伤口再裂开呢？"

"孩子，把身体养好了才是第一啊，别和自己过不去。"苏父也劝着他，正要去按按铃呼叫护士时，尘埃率先把手盖在了按铃上阻止对方去按。

"我不想待在医院。"他流露出排斥医院的神情来,这个不食人间烟火的少年正用自己的举动做着小小的抗议。"不行,你必须待在医院。"苏伊歆急急地说道,"万一伤口感染怎么办?"

可是尘埃并没有听他们的劝,从床上起来,要往门口走。她一下子就看出了他的想法,倔强地用身子挡在门前:"你不准走!"

"让开——"他在瞪她。

"不让!"

"乖乖去床上躺着吧。"苏父伸手要把尘埃往回拉,他也不再反抗,乖乖地躺到床上去。所有人都松了一口气,却没有想到他会趁着苏伊歆松懈的时候,跑出了病房,刚好就撞到了一个警察身上。

警察被撞到了墙上,看清对方的脸后,流露出一丝诡异:"尘埃!"

尘埃眼里滑过一丝诡异和慌张,咬着青白的唇就跑走了。"你别走!"苏伊歆追了出去,可是对方跑得太快,就只能看见他消失在走廊的背影。

苏伊歆很不甘心。"明明是一片好意,他怎么就当驴肝肺呢!"

"这怎么回事?难道救人的是尘埃?"警察愣了愣,还没有搞清楚状况。

"你认识他?"苏父问。

"认识好几年了,他就在我们警察局门口捡废品,有时候天冷就废纸板一盖在门口睡了。"警察突然想起了正事,他摊开了文件,"我是来做笔录的李则成,江安分局的。"

听着李警察的语气和尘埃的关系挺熟稔的,苏伊歆就好奇地问道:"那叔叔你可以给我讲讲尘埃的故事吗?"他叹了一口气:"这孩子苦啊。"

"知道几年前的那场大地震吗？"

苏伊歆点了点头，苏父奇怪地问："莫非他的家人都在地震中丧生了？"尽管她也猜到了几分，却还是于心不忍，她多希望刚刚尘埃只是说谎骗骗她的，而不是事实。

"差不多吧，我从同事口中知道他差点死在那场地震中，如果不是她母亲保护着他，这孩子也凶多吉少了吧。据说救护人员发现他们时，他的身子已经冰凉得骇人，奄奄一息，他的母亲被石头砸得血肉模糊。可是那母亲伟大啊，一直紧紧地用身子给孩子挡着石头。"说到这里，李警察的眼眶有些泛红。

巨大的震惊罩住了苏伊歆，她完全不能想象在那阴暗的废墟中他是如何等待医护人员来援救的。

"尘埃也算是命硬吧，在废墟下待了 24 小时，被救出来的时候早就不省人事，可仍死死地抓着母亲的手不肯放开，等醒来后死都不肯喝水吃东西，用绝食的方法恳求医生让他见妈妈最后一面。"

"然后呢？"她的心揪住了。

"在太平间见到他妈，尘埃就哭了，他的那些亲戚也都不愿意领养尘埃，尘埃就被送到了 C 城的孤儿院，据说还因此自闭了一年多，也不愿意接受别人的领养。"

苏父似乎听出了不对劲："那他父亲呢？"

"不清楚，可能也死了吧。一年前，尘埃逃了出来，死都不愿意回到孤儿院，就在路边捡捡废报纸什么的维持生计。"

一想到自己锦衣玉食的生活，苏伊歆就羞愧地低下头，自己是蜜糖罐中长大的，尘埃则是在曲折中摸爬滚打才活下来。

"我一见他就觉得这孩子傲，没有想到经历了这么多。"苏父也感慨颇多，有这样的过去却不抱怨生活实在难得，如果这孩子好好打磨一下，必定会从璞玉变成美玉。

"那你们警察分局在哪里?"苏伊歆突如其来的发问让警察有些懵:
"怎么了?"

"我自然有我自己的理由。"

第
三
章
尘
埃
与
流
沙

　　太阳炙烤着这个城市的每一寸土地，在那喧闹的城市背后还有着看似沧桑却静如止水的一面。黑玉色的发被懒散的风微微吹起，却吹不落少年额头的汗，微微低头，那些汗珠就咕噜噜地滚了下来，顺着少年的脖颈滑落在 T 恤里。

　　他毫不在意自己的伤口，左手拿着一个蛇皮袋，弯腰捡着地上的塑料瓶，可能是牵动伤口了，他的眉头轻轻地蹙了一下。

　　就在他弯腰拾捡时，一双白皙的手率先捡起了地上的那个可乐瓶，放入了他的蛇皮袋中。尘埃抬头，就看见他面前一张写满责怪的脸。"你不知道这样伤口会开裂的嘛，还不快回医院治疗？"

　　"你以为自己逃走了我就找不到你？"

　　"你是因为我出事的，所以我现在要对你的身体负责！"苏伊歆叨叨不休着，要去拉住尘埃的手，想强行把他拉走。

"我不会回去的。"他甩开她的手，冷冷地说道。

看着他固执的样子，她既生气又觉得好笑。"只是因为你的母亲死在医院，所以你就对医院这么抗拒?"

"你根本什么都不懂!"他的身子僵硬了，苏伊歆知道自己戳中了他心中最软的一角。

如果没有猜错，他会选择逃避。果然和她预料的一样，他背起了蛇皮袋子要走，她赶紧蹿到了他的前方，伸开双手拦着不让他走。"伯母在天之灵不会希望看见你这个样子，她用生命捍卫了你的安全，你就该好好珍惜自己的身体，而不是去糟蹋它。"

他瞥了她一眼，淡漠地背对着她走了。她气得跺脚:"好啦，算你赢了!"怕他又在眼前逃走，她猛地抓住了他的手:"我不强迫你去医院，但你好歹好好休息吧，去我家吧，既能休息，又能免费得到很多塑料瓶。"

她的殷勤得到他的拒绝。"不用。"

真是一个固执得如刺猬的人。苏伊歆郁闷地叹了一口气，既然他不愿意到她家去，她就把家里的废品都拿来。她跑回了家，让张妈整理好家里的废品，都装入了袋子后，就让司机老王带她去刚刚那条街。

到后她却发现已经没有了尘埃的影子。"又逃了吗?"苏伊歆心急如焚，在车内四处张望。老王纳闷地问道:"小姐，你要找谁? 车后备厢那满满一袋子的废品又是怎么一回事?"

"等会儿再和你解释，老王，你再往前面开一点儿。"她指着前方说道。

经过寻找，她终于在公园门口的长椅上看见了闭着眼睛靠着椅背的尘埃。她兴奋地下了车，一步步走近了尘埃。

他似乎是累了，脸上写满了疲累，任由斑驳的树荫覆盖他的全身。

或许是怕别人靠近，他全身保持着警惕的姿势。老王本想要说话，她赶紧"嘘"了一声，就坐在他身边等着他醒来。

他长得真的很好看，像极了她看过的漫画里的王子。不需要太多的装饰，就那样简简单单的轮廓就能把他的帅气给凸显出来，更别说那精致的五官了。上帝创造他时肯定特别偏爱他，不然不会那样完美。

就在苏伊歆小心观察时，少年睁开了眼睛，眸子里滑过一丝错愕。"你……"她笑眯眯地说道，"你终于醒来了，我给你送废品呢。"说完就跑到路边停着的车边，在老王的帮助下拖出了装着塑料瓶的袋子。"给你吧。"

"不要。"

她早就习惯了他冰冷的态度。"难道你的字典中只有拒绝吗？这可不是施舍，是你帮了我而我回报你而已。"说完就把袋子放入了他的手中。

苏伊歆知道自己一直养尊处优，能生活在优越的环境只是因为她比普通人幸运。他握紧了袋子，苏伊歆的眼睛亮了亮，可是却看见他把废品给了一个坐在三轮车上的老奶奶。

苏伊歆看着气定神闲的尘埃，一下子就急了："你怎么都给她了呢？"正准备去要回时，她的手却被尘埃拉住了："她是个孤寡老人，比我还需要那些废品，我是自愿送给她的。"

苏伊歆一愣，没有想到他会这样说。

"别因为我救了你而怜悯我。"他仰头，望着天空的眸子泛着忧愁，"我只是想要帮助你而已，而不是为了得到回报而帮助你。"

一眼万年，这样的他刻入了她的灵魂深处，即使是几年后，她也无法淡忘。

她开始走进尘埃的生活，纵使对方不情愿。

通过几天的观察，她发现，尘埃每天都会早早起来去捡废品，然后卖给街角的收购贩，因此她总是急匆匆地冲出教室，好友夏微陌也说她最近冒冒失失的，只是她不知道苏伊歆是要去给尘埃捡废品。

商业街的塑料瓶还是很多的，她会捡好几袋给尘埃，他从当初的抵触慢慢开始接受。苏伊歆也知道他会把一大半卖来的钱给流浪老人，只留着少许的钱当生活费。

她多次塞给他生活费，都一一被他拒绝了，后来她明白比起钱来，最重要的是一颗心，所以她会尽绵薄小力去帮助他。他的伤口还没有痊愈，又不肯去医院，她特意去医院学了包扎和上药来帮他处理伤口。

他似乎也希望自己的伤口好得更快，所以异样的安静。用紫药水涂伤口的时候，可能是因为疼了他的眉头会紧皱着，她就塞一颗牛奶糖在他嘴里，说这样就甜甜的了。

一抹香甜在嘴里散开，看着面前的女孩小心翼翼地为自己涂着伤口，又用绷带给自己包扎，他觉得自己也会像口中的糖一样融化。尽管对方包扎得很丑，但是这是除妈妈之外第二个对自己这么上心的人了。

好久没有这样一种感觉……

苏伊歆发现他晚上会在警察局旁边的一个棚子下简单地搭了一个纸板就睡。

这天夜晚，他瑟缩在一团旧黄的废报纸堆中。天还下起了雨，那潮湿的感觉加上全身被汗打湿的黏腻感让他翻来覆去睡不着。

"哒哒哒——"那不是雨声，而是踩中水洼的急促的脚步声。

他懒懒地抬起了眼帘，就看见了一个举着雨伞的白衣女孩朝自己跑来……

小雨淅沥，女孩就如池塘里的一朵莲花，被雨水洗濯着，却绽放着最美的纯洁。他眨了眨眼睛，觉得身体沉重，动一下都是那么吃力。

下雨了，她怕他冻着，她就送来了一顶帐篷。看见躺在废报纸堆中的尘埃，她的眉头蹙得很紧。她把帐篷从袋子中拿了出来，拿起杆子熟练地搭起了帐篷，准备让尘埃钻进帐篷时，却发现他的脸异样的潮红。

"尘埃，你怎么了?"碰触了他的皮肤，好烫。"你在发烧，我带你去医院!"她把他的一只手放在了自己的左肩，想要扶着他去医院，他却讪讪地缩回手:"不要。"

"这个时候还这么固执!"她很气愤，不管她怎么拉，他都赖在那堆废纸中。直到他烧得晕过去，她才叫出租车把他送往医院。

看见一个又一个红灯，苏伊歆急躁地说:"怎么这么多的红灯!"怀里的尘埃的体温滚烫得不行，那痛苦的表情已经写出他的难受。

他似在呢喃什么，她听不清，俯下身去听，身子一下子就僵直了。

他在喊:"妈妈。"

这样一个男生，不该有那么伤痛的过往。

苏伊歆从小便没有了妈妈，所以她能理解他的心情。母亲是这个世界最美妙的存在，如果失去了这抹美好，人生便有了残缺。

不过他的痛应该比她还多吧。母亲为了他被石头狠狠压住，他想要呐喊，却被满满的石沙所掩埋，只能眼睁睁地看着自己母亲的身子慢慢变得僵硬、冰冷，却什么也不能做。

"有我在呢。"苏伊歆也不知道自己为什么会突然这样说，就是在这一刻她想要守护这个男生。

坚持下去。她握紧了他的手，一直没有松开。

……

清晨的玉露顺着竹叶滴落在少年的肩头，他穿着白色的衬衫，捡拾着地上的塑料瓶，似乎想到了什么，嘴角浅浅上弯。

他一笑，时间仿佛都停止了，怕不能握住这一抹美好。

昨夜醒后尘埃看见趴在床头睡着的苏伊歆，那种似曾相识的感觉就涌上了心头。感动漫出了整颗心，自从妈妈走后，似乎没人对他这样好过。

他承受过家破人亡的痛苦和被亲人抛弃厌恶的感觉，体味过露宿街头的辛酸，却没有体会过一个人不求回报地对自己好。

这样的人，他多久没有碰见过了？一年？两年？已经好久好久……

想起苏伊歆小心翼翼地喂他喝粥的样子，他暖心一片。就在他沿街走时，发现街口出现了一只黑猫，它圆溜溜的绿眼睛一下子就和尘埃对上，他看不懂它在想什么，可从它那友善的叫声来看它对他不厌恶。

"小心！"迎面开来了一辆车，黑猫起初并没有发现，只是迷惑地歪着头看着尘埃。眼看车子离黑猫越来越近，尘埃的脑海中一下子就飘过母亲当初保护自己的场景。

黑猫似乎也感觉到了危险的逼近，惊吓地怵起了身子，却愣在那里没有逃开。

真是一只傻猫！

他毫不犹豫地扑了过去，紧紧地抱着猫逃脱了车子的碾压。车子停了下来，司机愤怒地探出头："不要命了！"说完就开走了。

他急促地呼吸着，似乎还没有从刚刚的惊险中缓过神来。"知不知道刚刚很危险！"他责怪道，猫从他的怀里傻傻地探起了头，似乎听懂了他的话。"喵——"

"回家吧，找你的同伴去。"他把猫放下，黑猫却蹭着他的裤脚一直不肯离开。他皱眉："不愿走？我可养不活你。"黑猫伸出舌头舔舐着他的裤子，表示友好。

"陪着我只能饿肚子。"尽管这样说，他还是从口袋中掏出了钱去买来了一根火腿肠给它吃。黑猫兴奋地喵了一声，怕有人抢走火腿肠，它用猫爪把火腿肠移到了自己的地盘，然后小心翼翼地吃着火腿肠。

尘埃一下子笑出声。

之后，每在街角，总会看见一个倾城的少年背后跟着一只黑猫，还是一只不怎么灵活的黑猫，走路摇摇晃晃的，而少年总会笑眯眯的。

他不再是一个人，他有了朋友。

尽管那只是一只黑猫。

苏伊歆第一次见到这只黑猫的时候，它歪着脑袋盯着她，一点儿都不害怕。她哈哈地笑道："你领养的这只猫好有趣，叫什么名字？"

"流沙。"尘埃和流沙本是一类，是这喧嚣城市中最渺小的存在。

"很特别的名字，流沙，摸摸！"她的眼睛笑弯了，左手摸了摸它的下颚，它舒服地喵了一声。苏伊歆把鱼干放在手心喂给它吃，它酥酥麻麻的舔舐让苏伊歆咯咯地笑着。

尘埃眼底一片柔光。

就在这时有两个人走了过来，一个是拿着话筒的记者，后面是一个扛着摄像机的摄像师。"您好，打扰一下，现在我们在做流浪孩子的报道，好几天我们都看见您露宿街头，能采访您一下吗？"还没有等尘埃答应，那摄影机就对准了尘埃，上面的红点亮着，显示在录制中。

黑猫被陌生人吓到了，赶紧钻到了尘埃的身后。尘埃流露出一丝厌恶，用手挡着镜头："别拍！"可是记者丝毫没有放弃，"别害羞嘛，就是采访一下。"

"你们是哪家电视台的，人家不愿意就走开啊，强迫别人算什么！"

苏伊歆叉着腰凶巴巴地说道。"我们只是想要采访一下。"记者有些尴尬，苏伊歆眼尖地瞄到了电视台的标志，"原来是市电视台的啊，如果你们再纠缠下去，等会儿我就去举报你们了。"

看着苏伊歆认真的样子，记者赶紧拉着摄像师走了，怕她真会去举报。

"谢谢。"他说。

"你救过我，这点儿小事算什么。"她乐呵呵地说道，然后摸了摸流沙的脑袋，"流沙你说是不是？"流沙乖顺地喵了一下，蹭到了苏伊歆的脚边，伸出小舌头舔舐着她的腿。她痒得咯咯笑。

他淡淡的微笑，挂到嘴角。

……

知道顾町风生日，苏伊歆讨好地蹭到了他的身边。"帅哥！"每次来讨好他，她都会叫他的小名。顾町风瞥了她一眼："有事儿？"

自从医院别离后，他们就落入了冷战中。

每次闹别扭，来和解的人一定是她。所以顾町风永远等着她来和解，果然不出所料，没几天她就死皮赖脸地蹭了过来。

"生日快乐！"她从口袋中掏出了一个包装精美的白色盒子，"生日礼物。"他得意地哼了一下："不错，还记得我的生日。"打开了盒子，里面躺着一款银白色的手表。

"CK?"他的眼睛一亮，马上就戴上了。苏伊歆嬉皮笑脸："知道你注意这款手表很久了，特意去买来的，看在我这么有诚意的份上，就原谅我吧？"

顾町风的心也软了，瞥了她一眼："败给你了。"

"帅哥最好啦！"苏伊歆一下子就圈住了顾町风的脖子，他的脸一下子涨红了。"你要把我勒死啊？"苏伊歆"啊"了一声赶紧放开了他：

"SORRY!"

"放学去溜冰，一起吧。"他的邀请让苏伊歆狂喜，这可是他第一次邀请自己，想都没想就答应了。

夕阳西下，苏伊歆和顾町风以及他的一帮同学浩浩荡荡地来到了溜冰场，就在这时她看见了一个熟悉的身影——尘埃。

他穿着那件跟蓝天一样蓝的衬衫，坐在花台花岗石壁上，不知道在想些什么。他的脚边是流沙，此时懒散地打着哈欠，偶尔看主人一眼，又趴下睡了。

尘埃怎么会在这里？她充满了疑问，正想要走过去，前面的顾町风冲她叫道："苏伊歆你能走快点嘛！"

"来啦！"她赶紧跟上脚步。

第四章
青梅闹竹马

一盏盏如小珊瑚的小灯密密地吊在滑冰场的上端，那些光辉照耀在人们喜悦的脸上。滑冰场是大大的椭圆形，分为三层，上面两层围着不少人看着第一层的人滑冰。

第一层是冰面，如一面镜子，十分光滑。穿着溜冰鞋的苏伊歆拉着栏杆始终不敢溜。

相比她的原地不动，其他人倒是溜得挺顺的，尤其是顾町风溜得娴熟不说，还时不时要几个花技，一下子就把围观的女生弄得尖叫。

真是刺耳。苏伊歆愤然地用脚踢了踢栏杆。

"苏伊歆，干吗不溜？"顾町风双手插在口袋溜了过来。苏伊歆瞪了他一眼："累了，休息一会儿。"结果顾町风爽朗一笑："你不会是不会滑冰吧？"然后要去扶苏伊歆，"来，哥哥我来教教你。"

"我才不要你教。"她嘴硬，拍开他的手，可是心里懊悔着，哪根筋不对竟然甩开这个好机会。他无奈地叹了一口气："那你好好练吧，我可去教其他美眉了。"

"去吧去吧。"看着他的脸在自己面前晃悠，苏伊歆就觉得心烦。

接着就看见顾町风到了一群女孩里，还笑得很开心，甚至牵住了一个女生的手，那温柔的神情是面对苏伊歆时从来没有的。

"顾町风你够狠的，叫你去你就去啊！"苏伊歆想要溜过去，却一个踉跄摔倒在地上，疼得她呲嘴。可是顾町风却没有看见，还在那边指导别人。苏伊歆气愤地脱下了溜冰鞋，光脚跑出了溜冰场。

出了溜冰场后，发现尘埃还坐在那里。

那只黑猫已经睡着了，睡得挺熟。

苏伊歆蹦到了他的身边："在想什么呢？"

"没什么。"他垂下了睫毛，数不尽的落寞。他没有告诉苏伊歆这是以前母亲常带自己来的地方，而今天正好是当年她带他来的最后一天。

她才不信呢。苏伊歆正想要说什么，却见到他紧盯着自己的膝盖。顺着目光看过去，竟发现那里红紫一片。

"怎么弄伤的？"简单的询问，给她浓浓的暖。

尘埃在关心她。

"都是因为我笨，滑冰摔倒了就这样了。"她垂着头，叹了一口气。尘埃没有说话，而是跑了，苏伊歆急了："你要去哪里？"对方没有回应，消失在夜际中。

她顿时感觉到莫名其妙，对流沙说："流沙啊，你可知道你主人干吗去了？他把我们抛在这个地方了。"流沙依旧睡着，似乎不想理会苏伊歆，它翻了一个身又睡了，苏伊歆有些气恼，"哼，和你主人的个性越来越像了。"

差不多 10 分钟后，黑夜中有个身影慢慢地靠近，接着就看见了拎着袋子回来的尘埃。

他跑得满头大汗，大口喘气。

"你干吗去了？"她话音刚落，他就蹲下来把她的腿放在了他的腿上，接着就拧开了药膏的盖子给她擦拭药膏。那清清凉凉的膏药一下子就融化了苏伊歆的心，那手指认真轻柔地涂抹开药膏，直到覆盖了肿痛处。

她有些受宠若惊，对上了他黝黑的眸子："谢谢。"

"回家早点休息。"他冒出的一句贴心的话，如清泉涌入了她的心间。

仔细看看，这家伙除了冰冷了点儿，其他都不错。

远处一阵急促的脚步声传了过来，苏伊歆一眼就认出是顾町风和他的同学。看见顾町风，她又恢复了郁闷的心情，赌气转过头去。

顾町风看到苏伊歆后便愤怒地冲上前去："苏伊歆，你以后出来能不能说一声，你知不知道因为你的任性让大家找了你半天啊。"

"对不起。"气归气，她不该任性地跑出来。

可是她的道歉却没有让顾町风气消，"不喜欢滑冰，就别跟着我来，如果我找不到你，我怎么和苏伯父交代！"

男同学贾斌劝道："伊歆也找到了，就别说了，她也不是故意的。"顾町风却冷哼了一声，失望地扫过苏伊歆："就因为你的不懂事大家要为此买账？我真后悔带你出来！"

"我都已经道过歉了，你还想要我怎么样？还是说你也搞失踪一次，让我也找找？"她沉默不代表她是软柿子，实在听不下顾町风的话，苏伊歆把心里的不满说了出来。

"呵呵，你可以不顽固不灵吗？不懂算了，和你说不清，我们走吧。"顾町风冷笑着别过头去，同学们抛给苏伊歆同情的目光后跟着顾町风走了。

顾町风离去的背影给了苏伊歆重重一巴掌。她觉得口中一阵苦麻，有热潮在眼睛里涌动，可是她倔强地憋回去了。流沙缓缓地醒来，不明事理地抬起头，懵懵地望着苏伊歆。

"他是谁？"尘埃问。

"一个比我还无理取闹的人。"苏伊歆吸了一口气，眸子里闪着一片泪光，"我是有错，但是他不能理解我一下吗？带我来溜冰却不来管我，他就是一个以自我为中心的臭屁狂。"

他们是一起长大的青梅竹马，吵过的架都数不清了。

凭什么每一次都是她妥协？这一次她绝对不原谅他。

"他担心你，"尘埃默默地说道，"而你也在意他。"

诧异爬上了她的眉梢。他的眼底写满了平静，"给彼此退让的机会，一切的问题就不是问题了。"

"没用的，他就是仗着我在意他而得寸进尺的。"

"认真想想我的话吧。"他本就是个沉默寡言的人，知道苏伊歆的情绪低落，也不再继续刚刚的话题。只有经过长时间的冷静，一些问题才能迎刃而解，这就是旁观者清，当局者迷。

他在她面前半蹲下来："我背你回家。"

她望着他瘦弱的背有些犹豫，接着就听见他冷冷地说道："上来吗？"她怯怯地爬到了他的背上，少年身上淡淡的香草味让她异常安心，不由自主地就搂住了他的脖子。

繁星点点，陪着天空的烟火一起绽放，她指着烟火嚷着"好美"。她的声音没有让他觉得聒噪，尘埃抬头看着那些烟花，如火璀璨。

那一夜，她趴在他背上睡着了。

在那宁静的夜里，听着她那浅浅的呼吸，尘埃觉得自己是真实生活在这个世界上的。如果苏伊歆醒着，一定能看见这个比珍珠还要明亮的少年，一身韶华，静如清涧。

"喵——"他们身后跟着一只黑猫，它眼睛亮亮的，看着前方的人，眼睛笑成了月牙形。

"苏伊歆，然后怎么走?"他微微侧头，就感觉有什么擦过自己的脸颊。

心悸、战栗，那是她的吻。接着就看见了肩上睡着的苏伊歆，她长长的睫毛垂了下来，就如扇子一样，在下睑透出淡淡的影子。

这样也能睡着……他有些啼笑皆非，却没有去吵醒她。

"嘀嘀嘀——"后方响起了车笛声，他和猫赶紧让到了一边。那是一辆白色宝马，在夜里是那样的显眼。

等它开上去时，尘埃从后座的车窗看见了一个熟悉的脸孔。

一个男人躺靠在座位上，一脸惬意地吸着雪茄。

尘埃深邃的目光灌入了冰凉的震惊，随即生出一阵厌恶。

深刻的回忆如铁钉一样被拔了出来。

在那个冰冷的冬夜，他和母亲被佣人推搡出门，母亲不甘地跪在他家门口，却得不到他的一眼回望。

那是一个绝情的男人，也是他尘埃恨的男人。

苏伊歆被车笛声惊醒了，看见尘埃愣在那里，迷惑地问道："怎么了?"他低垂下头，"没什么，你家怎么走?"她向左指："往这里去就好了。"

几分钟后，他们走到了苏伊歆家——一座白色别墅前。

"小姐你终于回来了!"张妈喜出望外，迎了上去。

"我这么大的人肯定知道回来啦。"她娇嗔了一声，从他身上下来。

"这位是？"张妈看着面前这位陌生男子问道。

"尘埃，就是当初救下我的人。"

"原来你就是当初救小姐的人，真是太感谢你了，没吃饭吧？留下来一起吃吧。"张妈热情地握住了尘埃的手。尘埃想要缩回手却被苏伊歆挽住了手臂："走，去吃饭，张妈做的饭可好吃了，我要吃两碗！"

无奈，他只能被拖到了屋里。苏父见到尘埃来有些吃惊，但很快吩咐下人多摆一双碗筷。

餐桌上摆满了一道道精致可口的菜肴，比起尘埃每天吃的面包来说好太多了。

这一桌菜他没有动什么筷子，都是苏伊歆热情地给他夹菜："这个好吃，你尝尝。"

"可能有点辣，不过蘸点儿柠檬汁味道一绝！酸酸甜甜的很好吃！"她笑得眼睛都眯了起来。这些小举动都落入了苏父的眼睛，自从遇到尘埃后，女儿的那些改变他都看在眼里。

以前捧在手心都怕融化的女儿，现在开始去关心别人了。

想到这里，苏父的眼睛有些湿润了。

尘埃小心翼翼地尝了一口，苏伊歆一脸期待："怎样，好吃吧？"

"还可以。"

她笑靥如花，嘴角的小梨涡微微浮现，美如夏花。"我就说好吃，信我准没错！"见他没吃多少就放下了筷子，她不满地嘟起了嘴，"现在正是长身体的时候，怎么能只吃这么一点儿，来，别浪费粮食都吃掉。"

"女儿啊，我可没见你对我这么好过。"苏父有些酸溜溜地说道。

"哪有，给，你宝贝女儿对你好吧。"她夹了一个油焖虾送到了苏父的碗里。苏父呵呵笑道："这样还差不多。"

在苏伊歆的监督下，尘埃勉强吃完了碗里的饭。

张妈收拾完饭桌后，苏伊歆就去逗流沙了。小小的流沙趴在碗里吃鱼，看见有人来，不爽地"喵"了一声后，就伸出两个爪子把碗移到了怀里，背对着苏伊歆。

"好你个臭猫，如果不是我，你能吃到鱼吗？"她捏住流沙的脖子，把它拎了起来，流沙喵喵地叫着，还拼命挥舞着爪子。苏伊歆哈哈大笑："知道怕了吧。"

不过很快她就把流沙放在了地上，流沙好像松了一口气，贪婪地吃着鱼，她嘴角一弯："所以嘛，以后就要认认真真听我话，跟着我混，少不了鱼吃的。"

趁着苏伊歆逗流沙玩，苏父把尘埃叫到了房间。

"我希望你能成为我的义子。"他的开门见山等来的却是尘埃的冷漠："我说过不要。"

"有时候骨气很重要，但是，孩子你总不能这样浑浑噩噩地过一生吧，你就不想上学？不想换个好的环境？"苏父调查过，他以前在学校的成绩优异，如果不是逃出孤儿院辍学，现在绝对是个优秀学生。

尘埃沉默了，随即抬起头："为什么选中我？"

"因为伊歆喜欢你，能有个兄长照顾她我也更放心，"苏父紧紧地盯着尘埃的眼睛，"收你为义子不仅是为了报恩，还因为伊歆的性子不适合经商，我想要有个人继承家业。

"这丫头一直喜欢町风，可是这两人都太倔了，如果走在一起绝对会有一方受到伤害，所以我想要让你以后娶伊歆，好好地照顾她。"

"哼！"一声冷笑在空气中扩散开来，"你考虑过苏伊歆的感受吗？安排一个人来娶她能让她幸福吗？这种残忍的事情我做不到。"

"可是那个人是你就不同了。"尘埃的反应在苏父的意料之中，他慢条斯理地说道，"因为你失去过幸福，所以你会更加珍惜幸福，况且伊歆认识你后更懂事了，这才是最重要的。"

"对不起，我不是那个合适的人选，收回你那可怕的想法。"他冷冷地看了眼苏父。

"我不会让你立刻答复我，等你想通了就来找我，我会给你最好的环境，供你学习，更会栽培你。"他的话音刚落，尘埃就冲出了房门。听见门重重地被甩在墙壁上的声音，苏伊歆一惊，困惑地看着离开的尘埃："尘埃，你要去哪里！"

流沙见主人走了，也不再吃饭，赶紧跟了上去。

苏伊歆也想要跟过去，却被父亲阻拦了："伊歆，这么晚了，女孩子就别出去了。"

"爸，你和他说什么了？"她气呼呼地问道，尘埃刚刚还好好的，怎么脸色就变了。

"我想收他为义子，他没有答应。"

"他的性格就是这样。"她嘟囔道，"这明明是好事，值得生这么大的气吗？"

……

街对面站着尘埃，他的眼睛微眨，却愣在那里。苏伊歆想喊什么，却被摩托车的排气声给掩盖了。

那辆哈雷摩托车以极快的速度撞上了流沙，无辜的流沙就这样被撞飞在几米处远的灰色马路上。它还没有来得及看这个世界最后一眼，那殷红的血就如雨夜蔷薇倾泻出来……

"流沙——"尘埃绝望地嘶吼着，冲了过去。

那一直硬撑的坚强残忍地从他的体内抽离出来……

那是他的朋友，此刻却躺在地上，没有了呼吸。

肇事者停下了哈雷摩托车，摘下了头盔，知道自己做错事了，他的脸上也有些慌乱。苏伊歆一愣，往后踉跄了一下，那竟是顾町风……

"这只猫也活不成了，说吧，要多少钱？"他懒懒地说道，那冷淡的表情让人火气涌上心头。"啪！"苏伊歆跑过去重重地给了他一巴掌，"那可是一条生命，可不是用钱就可以买到的！"

顾町风看着面前气喘吁吁的苏伊歆有些愣，随即又讽刺一笑："那你想要我怎样，给这只野猫陪葬？"

"咚——"一个重重的拳头猛地把顾町风打在了地上，那辆哈雷也摔倒在了地上。顾町风的嘴角微红，看着面前暴怒的眼里发着野兽般绿光的少年，轻蔑地一笑："你够有种！"说完站起来重重地给了尘埃腹部一拳，尘埃踉跄了几下，因为疼痛弯下了腰。

"尘埃——"苏伊歆尖叫着。

"你救的人是伊歆不是我，老子不欠你，所以别给老子嚣张！"顾町风拉起尘埃，准备再给他一拳，却被冲上来的苏伊歆重重地推开。

"明明就是你做错了，怎么就不知道悔改！"看着流沙惨兮兮地躺在地上，苏伊歆心疼得潸然泪下，猫不是有九条命吗，为什么它倒下了就再也不能睁开眼睛了？

它不是很聪明吗，怎么就不知道躲开摩托车！

果然是一只笨笨的猫！

尘埃扑了上来，用那锋利的牙齿像狼一样咬在顾町风的手臂上。"啊——"顾町风疼得龇牙，抄起拳头往尘埃身上打。

拳头如雨点一样落在了尘埃的身上，那个少年像是没了根快枯萎的花。

"快放开啊——"这两个男人丝毫没有放开对方的意思，任由苏伊歆怎么拉开他们，他们眼里的仇恨却一点儿都没有减少，反而有愈多的趋势。

他们扭打起来，顾町风一个重重的踢脚，两个人都摔倒在地。顾町风是练过跆拳道的，仗着力气大翻过身骑在了尘埃的身上，一只手用力地掐着尘埃的脖子。

"顾町风，你太过分了！"苏伊歃想要救尘埃，却被顾町风重重地推倒在地上，她看着尘埃的脸一点点涨红甚至青紫……

不要！这绝对不行！她飞扑过去，用尽全身的力气把顾町风推在了地上。

他有些错愕地望着苏伊歃："苏伊歃你干吗，帮着外人！"

"你疯了吧！"她瞪着顾町风说道，"道歉！"

"我道歉？"他哭笑不得。尘埃从地上起来，一个左勾拳把顾町风打倒在地，然后手臂死死地拧着他的手。

"道歉！"他嘶吼着。

一只狮子的嘶吼，含着心疼，含着绝望。

"偏不！"

"咚——"顾町风的脸迎上的是尘埃冰冷的拳头，就在尘埃还要打顾町风时，苏伊歃赶紧拉住了他的手："别打了！"他却没有听苏伊歃的话，又一个重拳把顾町风的眼睛给打肿了。

"浑蛋！"顾町风发出一声咆哮，像是发疯一样暴力地殴打着尘埃，尘埃也毫不示弱地攻击着对方。没多久两个人就鼻青脸肿的，就在苏伊歃不知道如何是好的时候，一个警察出现了。

他手里握着黑色的警棒，看着扭打在一起的尘埃和顾町风说："你们快停止，敢在警局门口打架真是无法无天了！"

警察和苏伊歃拉开了两人，让他们都冷静一下。当警察要他们进警察局做笔录时，尘埃却默默地说："等一下。"

第五章
血脉本相连

"怎么了?"警察问。

接着就看见尘埃一瘸一拐地走向了流沙躺着的地方,苏伊歆觉得眼中有些小泪珠不停地往外冒着,想要咽却咽不下去。

尘埃用双手把流沙抱入了怀里,然后走到了一棵树下,就在大家不明所以时,他把流沙放在了地上,然后默默地用手扒开了泥土。

那黑沃的泥沙进入了他的指甲,甚至切断了他的部分指甲,他却似乎没有感觉到疼,仍机械地挖土。苏伊歆哭了,她跑了过去,陪着他一起挖土。

流沙陪伴她的时间不算长,可是它给过她最美的时光,原本以为自己没有这么在乎过它,后来才发现它已经在她心里占据了一角。

挖出了一个大坑后,尘埃又重新抱起了流沙。他那死灰的眼就如那黑色的泥土一样,没了生机。他把流沙放入那个坑里的动作是那样的轻柔和缓慢，好像怕见到流沙闭眼的样子，他紧紧地闭上了眼睛，就怕泪水从眼眶里流落出来。

那只愿意跟在他身后的黑猫，曾陪他一起挺过那些白天黑夜。或许没有一个温暖的窝，只能风餐露宿，可是当他和猫一起依偎取暖的时候，他就觉得自己并不孤独。

可惜，他又要一个人了……

就像妈妈的血滴在他的脸上，他知道她的生命在慢慢地流逝着，可是他除了难过却什么都不能做。在那个黑暗的废墟中，他看不清妈妈死前是什么样的神情，但他知道妈妈一定是忍着痛苦尽量微笑着。

因为她知道他在害怕，所以总会装出很好的样子，却不知道她的血早就滴落在他身上。他慌张和恐惧，却只能紧紧地抱着母亲。

他明明能救下妈妈的！如果是他为她扛下石头，她一定会活得很好。

他明明能救下流沙的，可是却只能看着流沙一点点地从他的生命中抽离，就如骨血分离的痛一样，除了心灵的失落外，还有情感的麻痹。

泥土慢慢地撒在了流沙的身上。

尘埃只知道流沙被风吹走了……

"为什么不能等着我一起走？"他的拳头狠狠地砸在了地上，却感觉不到一点儿痛。他听到了苏伊歆的惊呼，接着便是她心疼地说道："尘埃，流沙不希望看见你这样。"

他听见了心灵在哭泣。

尘埃被带进了警局，苏伊歆打电话叫父亲来保释了尘埃。就在他们要走时，两个身影出现在警局，走在前面的是一个男人，后面戴着墨镜的像是保镖。

"爸，你怎么现在才来？"顾町风不爽地说道，尘埃看了过去，觉得有电流蹿过全身。

是他！

顾盛铭看到尘埃时，脸上也充满了震惊，颤抖着指着尘埃："尘……尘埃……"

"别叫我！"尘埃努力隐忍着，可是心中有一团大火在燃烧着。看着面前的这个男人，他就恨不得杀了他，在尘埃以为自己要忘记这个男人那丑陋的脸庞时，对方却猝不及防地出现了。

他忘不了那个夜晚，顾盛铭是如何残忍地对待他们母子的。

"顾伯父（爸），你认识他？"苏伊歆和顾町风异口同声地问道。

"我不认识他。"在顾盛铭还没有开口时，尘埃就冷漠地回了。顾盛铭有些痛心："尘埃，这些年我一直在找你，是我对不起你，你别再生爸爸的气了，好吗？"

"爸爸?!"苏伊歆诧异地说道。顾町风不可思议地望着顾盛铭："爸，你在说什么？别开玩笑了好不，今天不是愚人节。"

"他在开玩笑，我怎么会有这么禽兽的父亲。"尘埃抛去一个厌恶的眼神，在他的记忆中是没有"父亲"这个词的，以后也不需要父亲。母亲等了他那么多年，等来的却是他的谎言和背叛。

母亲爱惨了，也被骗惨了。

"町风，他的确是你同父异母的弟弟。"听到这个残忍的答案，顾町风的脸变得苍白了："爸，这不是真的！"

"伯父，这到底是怎么一回事？"她完全没有想到事情会发展到这个状况，顾町风和尘埃竟然是兄弟，如果不是亲耳听到，苏伊歆完全没有想到这两个不同经历的男人竟然血脉相连！

"一切都是我犯下的错，在十几年前我和町风的妈妈吵架后，就去出差了，结果就遇到了尘埃的妈妈。她是个很温柔善良的女人，一生都没有犯过什么错，唯一的错应该就是遇到我这个浑蛋吧。我欺骗她自己是单身，她竟然傻傻地相信了。"顾盛铭因为陷入回忆而揪心的疼，刚刚还脾气火爆的顾町风握住了拳头。

"后来我回了 C 城，也不知道她怀孕了，等她带着尘埃找到家里时，我根本就没有做好心理准备，町风妈妈身体又不好，我怕她受刺激，于是找人把他们母子俩轰出去了，却没有想到她会跪在门口等了一天。我只能残忍地告诉她事实，我一直很懊悔，后来我回去找他们，可是那时地震了，我根本联络不上他们！"

"你可知道妈妈为此哭了一夜吗，她为了不让你为难就带着我回去了，这些年因为你，她受了多少白眼和委屈？顾盛铭，你完全不配我妈这样爱你，你根本就不知道，在她被压倒在废墟的前一个晚上还对着你的照片流泪！"尘埃咆哮着。苏伊歆揪心："尘埃……"

"对于一个满口谎言的人，我压根就不会相信你找过我和妈妈，如果你真后悔，当初就不该赶走她，也不会发生之后的事情！"无论对方做出怎样的补偿，他尘埃一辈子都不会原谅顾盛铭的！

"爸！"顾町风立刻从凳子上站了起来，"这个浑小子根本不会是我兄弟！"

"顾盛铭你也太自信了点儿，你以为要认回我，我就接受？我和妈妈受苦的时候你可惦记着我们？你可知道，她知道你背叛她后，她连续看了一年多的心理医生，而你则是坦然地过着自己的日子。"尘埃握紧了拳头，他额头跳动的青筋随着愤怒一抽一抽的，看起来十分骇人。

"我……"顾盛铭感到内疚。

"所以我永远不会认你的，我宁愿做别人的儿子。"尘埃看向了苏父，"你不是很想要我做你的儿子吗？好，我答应，从今以后我尘埃就是你的儿子。"

顾盛铭眼里写满震惊："尘埃……"苏父问道："真的决定好了？不再想想？"

"是。"尘埃语气坚定。听到他要成为自己哥哥的苏伊歆此刻却开心不起来，如果是以前，她一定乐得蹦起来，可是为什么偏偏是在这么尴尬的场景下答应呢？

"呵呵，一个个都是演员啊，以为在演家庭伦理大剧啊，剧情真是狗血啊！"顾町风忍耐不下去，怒气冲冲地跑出了警局。顾盛铭想要去追，可看着尘埃倔强的脸，没有去追。"尘埃别赌气了，跟我回家好不好？你伯母已经走了好几年了，只要你在我身边，我一定把过去欠你的都弥补回来。"

"死了这条心吧，"他的眼里写满了厌恶，"我永远不会踏入顾家的大门。"顾盛铭见尘埃这样倔，只能把目光转移到了一旁的苏父身上，甚至跪在了地上："德楷啊，你就劝劝尘埃吧。"

苏父也一脸为难，想要扶顾盛铭起来，他却死赖在地上。"我也不是不想帮，只是真的无能为力，你也知道尘埃的脾气。"希望被连根拔起，顾盛铭感到了悲痛，叹道："我真的错了，错了……"

"哼。"尘埃走出警局前说的最后一句话便是，"收起你廉价的情感，我尘埃不需要。"

顾盛铭的身子一下子就僵硬在那里，这个在商界叱咤风云的男人，最终因为当初的错误在情感的世界里再也爬不起来了。

尘埃住进了苏家，成了苏家的少爷——苏伊歆的哥哥。

他的房间被安排在苏伊歆的旁边，张妈得知尘埃成为苏家少爷，乐得不亦说乎，忙前忙后的，可是尘埃一进房间就关上门没有出来。

每次苏伊歆想去房间看看他，都被苏父阻拦了："多给他一点儿时间静静吧。"可是尘埃没有吃饭，她煮了一点粥就敲了他的房门，可是好久都没有人开门。

"是我，尘埃你在吗？"她试探地问了一句，无人应答。

见他不开门，她就转动了把手，发现没有上锁。打开门就见到躺在床上的少年，他黑玉色的发丝是那样的散乱，落在洁白的被单上就如大雪中的黑色松子，纯净又自然。他闭着眼睛，脸上有着淡淡的泪痕，她觉得心狠狠地被揪了一下。

尘埃刚刚就一直躲在房间哭吗？

她仿佛能听见他小声地怕被人听见的呜咽。

漂浮一世，何地尘埃？人如其名，他就是一粒小小的尘埃。

那是一个流浪的人啊，在城市走累了，就连哭泣也变成了奢望。宁愿一个人落泪，也不愿让人看见他的软弱。

他像个失去安全感的孩子一样缩着，长长的睫毛在被单上倾泻出悲伤的影子。

苏伊歆把粥放在了床头柜上，躺在了他的身边。听着他浅浅的呼吸，她的悲伤也像气球一样飘飘荡荡地飘于云霄，那种空虚渺茫塞满了她的心田。

看着他浅樱色的嘴唇，她竟不自觉得慢慢靠近……

她笨拙地把唇瓣印在了他的脸上，苏伊歆感觉到如电一样的麻酥感袭满了全身。

心跳快得吓人。

那种做贼心虚的感觉塞满了心间，可见到"睡美人"没有醒来，她的担心便消失得无影无踪。侧着身子看着他的睡颜，苏伊歆很满足，不知不觉地竟然进入了梦乡。

尘埃醒来时，映入眼帘的是苏伊歆那张清秀的脸。她不算是特别漂亮，睡姿也不是特别美。可是那迷糊的样子怎么也不能让人厌恶，他的眼睛写满了淡淡的温柔。

轻轻地抚摸着她的脸，她却觉得痒，用手抓了抓，结果抓住了他的手。他有些错乱地想要收回手，却被她垫在了脸下当枕头。

他的眸光微微亮了亮。

虽然失去了那么多，但至少现在还有她。

苏伊歆，我只剩下你了，别离开我，好吗？

如果要离开我，别对我这么好，好吗？

尘埃转学到了苏伊歆的学校，并和她同一个班。班上所有的女生看见尘埃那张美丽的脸庞，全部凑了过来，不仅是本班的，就连外班的人也把大二一班挤得水泄不通。

"别挤着我哥。"苏伊歆成了尘埃的贴身保镖，一直护着他走到自己的位置。几个女同学都抛来羡慕嫉妒的目光："苏伊歆，他真的是你哥吗？"

"当然。"苏伊歆骄傲地昂着头。好友夏微陌把苏伊歆拉到了一边："我怎么不知道你有个哥哥？"苏伊歆看着夏微陌羞红着的脸，打趣道："怎么？和其他女生一样对我哥有兴趣？"

夏微陌瞪了苏伊歆一眼："我才没有，别乱说。"可是那双眼睛却死死地盯着尘埃看。苏伊歆有些不高兴了："我告诉你，少打我哥的主意，他可是苏家刚认的义子，我爸疼他都比疼我多。"

"真的假的？"夏微陌有些诧异。

"当然是真的。"

尘埃的外形很优秀，不逊于任何一个影视明星。

虽然脸蛋还有些稚嫩，但是那份从容是这个年龄所没有的。在他身上看到的不单单是俊美，更多的是沉淀在骨子中的气质，就算除去那副皮囊，他的气质也足以震慑全场。

森蓝高校的藏蓝色校服穿在他身上没有一丝臃肿，反而显出他的挺拔英姿，那酒红色的领带松松垮垮地系着，微微松开几颗扣子，就能看见他那漂亮的锁骨。

他被安排坐在苏伊歆的前面，而夏微陌则是苏伊歆的同桌。不爱学习的她们总缩在他的身后，对着他评头论足。夏微陌一脸陶醉地捧着两腮："你哥还挺帅的嘛。"

"那是！"苏伊歆一脸自豪，"也不看是谁哥。"

"是夸他又不是夸你，你嘚瑟什么?"夏微陌望着她得意的脸，不屑地"切"了一声。隔壁那桌传来一张纸条。

"看看写的是什么。"两个人迫不及待地打开了纸条，发现上面写满了几个女生清秀的字体，都是各种问尘埃的问题。

例如：电话号码、QQ、兴趣爱好等。

那些女生都一脸祈求的目光，苏伊歆微笑着写了几个字后抛了过去。夏微陌好奇地问："你写了什么?"

"用一盒费列罗巧克力来换。"她最爱的就是费列罗了，撕开那金黄的锡纸，把巧克力放入口中，那巧克力在口里慢慢融化的感觉让苏伊歆爱死了。

"够狠！"夏微陌伸了伸大拇指，眨了眨眼，"作为你多年的好友，也有份享受巧克力吧?"苏伊歆做了个 OK 的手势，女生们的纸条又被传了过来，上面写道：成交。

苏伊歆对这个答案甚是满意，提起大笔唰唰写了起来。至于什么联系方式都是她自己的，她可不想这帮女生去骚扰尘埃呢，至于爱好什么的也是苏伊歆乱填的。

下课后一帮女生又围到了尘埃身边，各种零食堆满了他的桌子不说，还有几封粉红色的情书。甚至有一个胖女孩羞红着脸捧着一个糖果罐子对尘埃说："尘埃，我很喜欢你，你能做我男朋友吗？"

尘埃没有回答，只是戴上了耳机走出了教室。大家都一脸莫名其妙的表情，几个男生不屑地哼了句："这种小白脸有什么好看的。"

女生们看着尘埃离去的背影，花痴地说道："连背影都这样帅气！还让不让人活了！"

苏伊歆有些无语。"花痴的力量果然是不能小觑的，不过也算便宜了我！"她俏皮一笑，把尘埃桌子上的零食都搬到了自己的桌子上，"呵呵，这些零食都归我们了！"

就在她和夏微陌拆开饼干吃的时候，那群女生把目光放在了苏伊歆的身上，她们原本熄灭的希望又燃烧了起来，她们迅速赶到了苏伊歆的面前："你是尘埃的妹妹，一定知道些什么，告诉我们吧。"

"这个嘛——"苏伊歆故弄玄虚地拖长了音，俏皮地一笑，"那是当然的咯！"

第六章
针尖对麦芒

尘埃刚走进厕所，就听见了后方的脚步声越来越多，这绝对不止一个人。他回头就看见一个又一个男生吊儿郎当地走进了厕所，而后走进最后一个男生。

他的发丝早从黑色染成了金黄，叛逆中带着一抹不能让人忤逆的桀骜。他的手指微微抚摸 CK 手表，眼里显露出深深的厌恶："好久不见，尘埃，不，还是说，"他顿了下，把后四个字咬得很重，"我的弟弟。"

尘埃眼里的冰冷更甚。

顾町风。

针尖对麦芒，豺狼对猎豹。

"你什么时候有了个弟弟?"一个黄毛男生笑道，顾町风耸了耸肩，眼神故意轻浮地扫过尘埃："这就是我爸在外的私生子。"

私生子？尘埃的眉头紧锁着："让开！"

顾町风剑眉微挑，挑衅道："难道不是吗？"尘埃眸子中透露出一种深深的厌恶："别把我和那种恶心的人扯在一起！"

"你不要命了嘛，竟然骂我爸恶心！"顾町风看着尘埃，就气不打一处来，狠狠地拎着尘埃的领子。尘埃的眼里冰冷而镇定，丝毫没有因为顾町风的怒气而露出一丝软弱，他淡淡地用手打掉顾町风的手："放开！"

"太脏。"空气中飘来尘埃清冷的声音，一下子就让那些凶神恶煞的男生变得惊慌起来。他是疯了吗，他面前站的可是校园恶霸，只要惹了顾町风根本就无法在校园里待下去。

就连顾町风都有些愣住："你……你说什么？"

尘埃却没有理会他，要往门口走。顾町风的怒气更加旺，从来没有一个人这样无视自己，更何况是自己最厌恶的人！"王八蛋，你给我站住！"就在他要抄起拳头的时候，教导主任进来了，顾町风暗骂了一声便收回了拳头。教导主任茫然地看着愤怒的顾町风："你怎么了？"

"没事。"顾町风把心头的气给压了下去，正准备带人出去时，教导主任说："顾町风，你们都安分点，旷课节数多不说，还经常打架斗殴，再被学校发现只有退学处理了。"

"啊？"男生们一个个愁眉苦脸，只有顾町风满脸戾气："好，我们知道了。"

出了厕所后，黄毛问顾町风："就这么放过那小子了？"

"不然呢，你要被退学？！"顾町风愤怒地踢了下垃圾桶，没有想到尘埃这么走运，不过自己绝对不会这么容易就放过他的！

……

尘埃刚回到座位上，就看见了忙着收零食的苏伊歆，看着她嘴角收拢不住的笑容，他冰冷的脸微微浮现出一丝暖意。

那帮女生也围了过来，叽叽喳喳地问着什么，尘埃眼睛微眯："你们吵够没？"全场的声音戛然而止，全都望着尘埃。后面在吃巧克力的苏伊歆也觉得有些莫名其妙，夏微陌害怕地戳了戳苏伊歆："你哥怎么生气了？"

"我需要安静，你们可以走开了。"那是一种透着冰窖般冰冷的声音，那一份厌恶、冷漠一下子就在他和女生们之间筑起一道墙。原本还蠢蠢欲试的女生因为尘埃的态度退避三舍。

在那么一刹那，苏伊歆仿佛见到失去流沙的他，极度冰冷，让人不敢靠近。

他帅气地戴上了耳机，闭上眼睛，靠在椅子上。这一刻，喧嚣似乎远离了他，刚刚还像蜜蜂一样围绕着他的女生们此刻都散了，只敢远远地望着他。

除了一个人。

"哥，这些给你！"苏伊歆笑眉弯弯，把一沓情书放在了尘埃的桌子上。

"扔掉。"没有一丝温度的声音，让苏伊歆有些愣，"为什么啊？"如果有这么多人给自己写情书，自己一定会迫不及待地打开看看。

夏微陌小心翼翼地揣摩着尘埃的神色，"可是这些都是大家送给你的。"

"写情书是她们的权利，我也有权利不接受。"尘埃故意放大了音乐的音量，趴在桌子上就睡觉了。苏伊歆咬住了嘴唇，虽然对他的冷漠已经司空见惯，但是她还是受不了他对自己的忽视。

"哥，你真的不理我？！"她再给他一次机会。

他没有抬头。

吃了闭门羹的苏伊歆气呼呼地捧着情书回到座位,夏微陌拖着腮帮子,花痴地笑道:"你哥冷起来的样子也好帅!"

苏伊歆瞥了夏微陌一眼,用力地咬了一口巧克力棒:"你这是有受虐倾向吧?"

"你才有,还有吃巧克力会发胖,看看你肚子上的赘肉,都快胖成轮胎了!"夏微陌一把抢过了苏伊歆手里的巧克力吃了起来,苏伊歆看着自己空空的手,又看着吃得津津有味的夏微陌,有些生气地去抢,"那你干吗吃啊!"虽然她是比之前丰满了点,但是没有微陌说的这样夸张,这分明是她想吃的借口。

"因为我瘦啊!"夏微陌自豪地抬着头。

"好吧,算你狠。"她说的的确是事实,苏伊歆掐了掐自己婴儿肥的脸,又看了看夏微陌那精致的瓜子脸,叹了一口气,"什么时候我才可以像你这样瘦啊。"

"把这些零食贡献出来就好。"说完,夏微陌的手就朝着苏伊歆的领地伸去,看着自己桌子上摆得满满的零食被拖到了夏微陌的桌子上,苏伊歆很失落。

"我要减肥!"

前面的尘埃嘴角微微浮现一丝笑意,其实他的耳机里并没有声音,刚刚她们的谈话都落入了他的耳朵。

真是笨蛋!

校园的课堂只有三种人,一是认真学习的人,二是偶尔开小差的人,三是完全无心学习的人。苏伊歆无疑是第三种人。听着蝉在外面撕心裂肺地喊叫,苏伊歆则是懒洋洋地趴在桌子上。她的学途真是困难,前有英语拦路,现有数学绊脚,听着数学老师喷着唾沫星子聚精会神地讲解着。她却哈欠连连。

身旁认真画着什么的夏微陌引起了她的注意，她小心翼翼地凑了过去，不怀好意地笑道："陌陌，你在画什么？"

"不给你看。"夏微陌慌张地合上了本子，紧紧地藏在怀里。

"一定有什么不可告人的秘密！"苏伊歆眯紧了眼睛，"你越不让我看，我就越想要看！"说完就去挠夏微陌的痒痒，威胁道，"你给不给！"

"呵呵呵呵呵哈哈哈，别闹了！"夏微陌最怕痒，不停地躲着苏伊歆。

"那你给我看！"

"不给！"夏微陌死死地护着胸前的本子，苏伊歆瘪了瘪嘴坏笑道："那就别怪我抢了！"说完就伸出了手要往夏微陌的胸前伸去，一个严厉的声音响起："苏伊歆！"

"啊？"苏伊歆有些傻眼。

数学老师严厉地说道："站起来回答第六小题。"

夏微陌在一边窃笑着："让你来弄我，现在遭报应了吧！"苏伊歆瞪了一眼夏微陌，可是碍于老师和同学都看着，苏伊歆只能硬着头皮上了，可是看见黑板上复杂的公式就觉得世界天昏地暗，她根本就不知道答案是什么。

"想好没有？"老师看了下表，可能是时间不够，有些不耐烦。

该怎么办……苏伊歆无奈地咬住了贝齿，朝着夏微陌抛去了求救的目光，夏微陌却摇了摇头。就在苏伊歆无措的时候，听到了一个声音："0。"

"0！"苏伊歆也顾不得对不对，直接脱口而出，老师点了点头："没有想到你竟然答对了，下次就算会了也不能扰乱课堂纪律。"

坐下的苏伊歆松了一口气，她的目光落在了尘埃的后背，刚刚那个清澈的声音是他的。

原来他并没有睡着……苏伊歆勾起了嘴角，看来他没有这么铁石心肠，不然也不会为自己解围。

"刚刚是你哥告诉你答案吗？"夏微陌拉住了苏伊歆，小声地在她耳边说道，苏伊歆自豪地说道："那是当然。"不过又低头想想，奇怪地说："可是他怎么会？"辍学了这么久，还能跟上进程吗？

"你说什么？"夏微陌没有听清楚，苏伊歆摇了摇头："没什么。"

下课的铃声响起后，苏伊歆立刻围到了尘埃的面前，本想要叫醒他，却发现他的睡容十分好看。那双黑曜石般的眼眸此刻闭合着，让长而翘的睫毛垂下，留下一片阴影，尘埃就像个熟睡的婴儿，那样的安详，褪去了白天的冰冷，美得如睡莲般静静开放。

"为什么一个大男生会有这么长的睫毛？"苏伊歆嘟囔着，好奇地趴在桌子上，不过他有多少睫毛呢？不知道从哪里来的勇气，她竟然伸出了手指想要去触碰他的睫毛。

忽然，尘埃睁开了眼睛，吓得苏伊歆跌倒在地上，引得同学们哄堂大笑。摔跤的苏伊歆像是做了亏心事一样，脸又红又窘的，耳边传来尘埃那懒散的声音："看见我有这么激动吗？"

"才没呢。"她才不会承认。

"起来。"苏伊歆看着他像个童话中的王子，一步步地走到了自己的面前，然后冲着自己伸出了手。那是一双白洁的手，手掌心微微有些老茧和伤疤，苏伊歆的眉头一蹙，不知道为什么有些心疼。

这些年他一定受了不少的苦，苏伊歆有些后悔为什么没有早点遇见尘埃，或许她可以陪着他一起分担那些日子的悲伤，这样他就不是孤单的一个人了。

"还不起来是想要大家看笑话吗？"他的语气依旧冷冷的，苏伊歆却感觉到温暖。她就知道尘埃不会不管自己，开心一笑握住了他的手。

听到他说"多大的人还会摔跤"苏伊歆就不服气："如果不是你吓我，我会摔跤吗？"

"所以说是我的错咯？"

"不是。"

"那就是你笨。"

"你……"苏伊歆指着尘埃，顿时反驳不了，知道自己斗不过尘埃，只能妥协，"好了，是我笨，不过你可是我哥啊，你答应过爸爸会照顾我的，怎么就知道欺负我？从小被町风欺负算了，现在又来了一个……"看着尘埃的脸色微变，苏伊歆才知道自己说错了话，她赶紧道歉："对不起，我不是这个意思……"

尘埃目光深邃，让人看不懂他在想什么，他并没有接苏伊歆的话，而是转了话题："以后上课认真点。"

"啊？"苏伊歆没有想到尘埃的话题会转得这么快，好久才反应过来，惊奇地说道，"原来你真的没有睡觉！"

"笨蛋。"尘埃有些无语，寒眸扫了扫呆笑的苏伊歆，"伯父不单单让我照顾你，还要我监督你，所以从现在开始不准开小差。"

一想到要学习，苏伊歆就不愿意了："说我开小差，你不是在睡觉嘛，这一点儿都不公平，更何况你好久没有上学了，功课说不定比我还差。"

"我是通过考试进来的，"尘埃说，"课本我早就看完了，每一道题我都会，所以对于我来说，听不听都无所谓，倒是你，如果不好好听课，怎么通过接下来的期中考试？"

"你们在干吗？"刚从教室外进来的夏微陌见到了在说话的尘埃和苏伊歆，好奇地凑了上去，只是目光接触上尘埃的眼睛，会不自在地看向旁边。

苏伊歆拉过夏微陌："陌陌，你来得真是时候，他说已经把我们的课本都预习完了，我们来考考他！"夏微陌诧异："不会吧，我们的课本有好几百页，还有不少难题，怎么可能在短短的时间内就预习完了？"

"抽。"他轻描淡写地扫过她们，斜靠在桌边，微微的一个低头，就吸引了大批女生的目光。

既然这样，她就考考他有没有说大话。苏伊歆打开了数学课本，故意挑了一道带星号的难题，"这道题怎么做？"

尘埃凝视着课本，沉默不语。苏伊歆得意洋洋："怎么，不会了？"

第七章
十全九美男

"这就是你口中的难题?"尘埃一副质疑的目光。

"啊?"在苏伊歆还没有反应过来时,他就接过笔在几何图上划了几条线,又写了几个公式,然后缓缓地说道:"接着把这个数代入式中就可以得出答案了。"

"这么快就算出答案了?"苏伊歆诧异地看着他用几个步骤就算出了老师说了半节课的难题,而且答案和老师算出的一模一样,甚至比老师的方法更加简便,不由得目瞪口呆。围观的女生们兴奋极了,没有想到尘埃不仅长得帅,就连成绩也是一等一的好。

夏微陌翻阅着课本,又指出了几道题,这一次他竟然懒得动笔了,直接流利地说出了正确的答案!那可是要经过复杂的计算才可以得出的答案,不是光凭口算就可以知道的。见证过尘埃学习能力的苏伊歆非常诧异,难道尘埃真的是个天才?

会不会只是他碰巧做过那几道题？不甘心的苏伊歆拉上了班上数学第一的学霸柯通：“来，你给我哥出个题目。”

　　柯学霸扶了扶眼镜，拿出他平日中一直在算的奥数题目，然后说："算算这道题吧。"他认为尘埃一定算不出来，这可是自己平时一直在算的题目，算了一周才写出了两个步骤，他不相信尘埃会顺利算出答案。

　　尘埃却是淡淡一笑："你还是继续慢慢算吧。"

　　"哈哈，你也不会做了吧！"

　　苏伊歆揪心起来，怕尘埃下不了台，正准备为他解围的时候，却看见尘埃用笔圈了题目上的一个数字："这就是答案。"

　　"嘭——"柯通的眼镜掉在了桌子上，他诧异地望着尘埃，结巴地说道："你……这根本就不可能！"

　　"这是什么意思？"苏伊歆有些茫然，夏微陌白了她一眼："柯通的意思还不明白吗，就是说尘埃做对了！"

　　"哇，哥哥好棒！"原来尘埃没有骗她啊。苏伊歆心中涌生了一股自豪感，紧紧地握住了尘埃的手臂，像个牛皮糖一样粘住。

　　"放开啊。"尘埃一副嫌弃的表情，用手推开她靠在自己身上的头，却没有想到她抱得更紧了。"不要嘛，你一定要告诉我学习数学的技巧，让我能顺利通过接下来的数学考试！"爸爸给自己请了好多的家教，可是上了这么多节的课，一点儿效果都没有。

　　尘埃在短时间内不仅补上了落下的功课，又能解开这么多难题，一定有诀窍！

　　"放开。"尘埃说。

　　"不放，除非你当我的老师，辅导我的功课！"苏伊歆得寸进尺。

　　"你安静点，我就考虑。"尘埃说。

苏伊歆听见尘埃的语气不像刚刚那样强硬，心里满是喜悦，赶紧用手装出嘴上有拉链一样，迅速地拉上，笑呵呵地说道："这样可以吗？"

"看你下节课的表现。"

苏伊歆在心里欢呼，夏微陌见此赶紧凑了上去："尘埃，我的成绩也不好，不如你也指导我一下吧？"

"没这么多时间。"一句冰冷的话瞬间就击碎了夏微陌的希望。苏伊歆看他这么伤女孩子的心，立刻为夏微陌打抱不平："你能教我，为什么不能教陌陌！"

"这样的话我连你也不教了。"尘埃回到了位置上，苏伊歆着急起来，端茶倒水，委屈地说道："好啦，别生气了，只教我还不行嘛。"

"那就好好上课。"尘埃凝视着苏伊歆。苏伊歆露出灿烂的微笑："你当定我的老师了！"刚好铃声就响了，苏伊歆赶紧回到位置上，认真等待着老师的到来。苏伊歆没有注意到一直有个人微微侧头看着她认真做笔记的模样，那双明亮的眸子中含着深深的宠溺，直到目光和夏微陌的相撞，他才冷冷地转过头去。

夏微陌眼底一片失落，又看了看比平常认真的苏伊歆，不甘心地用圆珠笔用力地划着纸张。

放学铃声唤醒了一片在课桌上趴着的学生，他们睁开了眼睛，兴高采烈地走出了教室。苏伊歆才刚收拾好手中的书本，尘埃就站了起来。

"走了。"冷冷的语气。

苏伊歆却丝毫没有被对方冰冷的态度所影响，开心地背起了书包，蹿到了尘埃的面前："刚刚我可是认真听课了哦，你必须认真兑现你的诺言。"

"笔记拿来。"他一个斜眸。

苏伊歆恭恭敬敬地捧上笔记本："请过目。"附送一个俏皮的笑容。

她看着他葱白的手指翻开笔记本红色的封面，视线停留在笔记上，好看的眉突然就皱了起来。苏伊歆看着他的脸色微变，气息也紧张地憋住了："怎么了？"

"笔。"简短的一个字。

"啊？"苏伊歆一下子没有反应过来，"笔！"幸好有夏微陌及时递上黑笔，尘埃拿着笔认真地在纸上圈着什么。

"唰唰唰——"笔锋勾住，就如他宁静的面孔，不张扬却淡漠得吸引人。苏伊歆和夏微陌好奇地凑了上去，结果就看见笔记本上某处被他圈住，在旁边订正了。

"play 应该是进行时，下次做笔记别再马虎了。"他环抱着胸，靠着椅子看着苏伊歆。

"好。"真是太丢人了，苏伊歆恨不得有个洞可以钻进去。苏伊歆尴尬得不知所措，只见尘埃左肩背上了书包，他的背影在门口停住："还不回家？"

苏伊歆立刻就明白了尘埃的意思，欣喜地追了上去，拉住了尘埃的手："哥，走啦！"不过某人不解风情："放开。"

"我才不！"苏伊歆就是那种叛逆的性格，霸道地圈住了尘埃的手臂，一副你拿我怎么办的嚣张模样。尘埃低低地叹了一口气："真不知道该拿你怎么办！"他妥协的模样让她十分开心，没走几步她就觉得怪怪的，一看背后僵硬站着的夏微陌，苏伊歆赶紧叫了声："陌陌快跟上啊，上周你不是说要去我家玩吗？"

夏微陌瞧了眼苏伊歆身边的尘埃："这样不是太好吧？"

"没事啦！"苏伊歆走了过去拉住了夏微陌的手，"走，回去我让张妈做我们最爱吃的草莓布丁。"接着尘埃看见这两个女孩走在自己的前面，两人嘴里还唱着孙燕姿的《绿光》，虽然有些跑调了，可她们身上那种清纯的气息却让人舒服。

刚到校门口，苏伊歆就看见路边在和混混儿说话的顾町风，她见他的余光微微扫到了自己的身上，又转移在自己后方的尘埃身上。想起上次在警察局发生的种种事情，苏伊歆怕两个人会打起来，赶紧松开了夏微陌的手，拉住了尘埃的手，想要拉着尘埃往和顾町风相反的地方走。

可是无论自己怎么拉，尘埃依旧站在那里不动，她抬头迎上了他眼睛中的那抹倔强和冰冷。"哥，我们走吧。"她有点祈求的意思，尤其是看见顾町风向他们走了过来。

不行，以他们的脾气一定又是一场大战。苏伊歆努力镇定，转过身故意微笑面对顾町风："顾町风，好……好久不见，哈哈哈。"

"让开。"他斜睨了苏伊歆一眼，想要推开她，却没有想到他推搡的手被一只手给抓住了。苏伊歆惊呼，就是一瞬间的功夫，自己就被人拽到了身后。等自己缓过来的时候，已经有个背影挺立在她的面前。

是尘埃！

她看不见他的表情，只能听见他毫无温度的言语穿透空隙，尖锐地刺入敌人的胸膛："有什么事你冲我来就好。"一边的夏微陌也有点无措，她根本就不清楚到底发生了什么。

顾町风是苏伊歆喜欢的人，之前夏微陌也见过几次，不太熟悉，只知道对方总是一副趾高气扬的模样，真不知道苏伊歆喜欢他哪一点。

"英雄救美?"顾町风歪了歪头，有些不屑，"不过我好像听说你已经被苏家给收养了吧，在名义上你可是苏伊歆的哥哥，千万别越矩哦!"

夏微陌虽然还云里雾里的，但大概也清楚了一点。苏伊歆曾经对自己说过，尘埃是苏家收养的义子，实际他是顾町风的弟弟。不过既然是弟弟，顾町风为什么要这么针对尘埃？

"顾町风，你说够了吗！"好歹也是兄弟，至于用这么刻薄的态度去对待尘埃吗？

"就是，别以为自己有点钱就觉得自己不可一世，比你有钱的人多的是，都说富不过三代，顾家有你这个败家子算是到头了！"早就受不了顾町风这种性格，夏微陌开始为尘埃打抱不平了。

"他不过是个私生子，至于你们一个个都护着他吗？是怕我吃了他？"夏微陌终于明白过来，不由得心疼尘埃，没有想到他会有这么曲折的身世。

"如果可以，我宁愿不要沾上你们顾家的血，太脏。"一直沉默的尘埃终于发声了，苏伊歆的心紧了紧。

顾町风却狂笑了："说得你好像很高尚的样子，还不是一个私生子，我告诉你，只要有我在的一天，我绝对不会让你踏入我顾家大门。"

"尘埃是我哥，他姓苏！"苏伊歆看不下去了。

"希望你能记得你姓苏，千万别说你是顾家的，如果我在外面听到了什么不好的风声，你就死定了！"顾町风恶狠狠地警告了顾町风一番后便离开了。夏微陌冲着他的背影做了一个鬼脸："有什么了不起的！"

苏伊歆现在最关心的是尘埃，看着他的脸色还跟刚才一样，心里更加担忧起来。尘埃就是那种总是把心事隐藏起来的男生，表面上没事，其实心里比谁都要难受。

"……哥。"她突然不知道该怎么安慰他了。夏微陌也察觉出尘埃的异样："其实他的话你不用太在意。"

"还走吗?"尘埃瞥了苏伊歆一眼,"再拖就赶不上公交车了。"望着尘埃凉薄的侧脸,苏伊歆立刻向前,一把就抓住了尘埃的手:"可别想着甩开我。"夏微陌跟上牵住了苏伊歆的手:"别见色忘友哦!"

苏伊歆一下子就笑出声了:"哈哈哈,美人你吃醋了,来,让朕亲一个。"夏微陌摆了摆手:"你可别占我便宜。"

因为是晚高峰,所以车来得迟不算,车上还特别挤。他们刚上去,后面又跟上一批学生党。

车上十分拥挤,就在苏伊歆被人挤得快要倒下的时候,竟然有人拎住了自己的衣领。

苏伊歆眨了眨眼睛,回过头来,视线从拎着自己衣领的白净的手一直到尘埃那张俊朗的脸上。

虽然自己是比他矮一个头,但是他也没有必要把她拎得跟一只兔子一样轻松吧。苏伊歆刚想要发飙的时候,自己的肩头就被他的温暖的手给环住。

"唰——"红晕瞬间就浮上了苏伊歆的脸颊,自己从来没有被一个男人这样亲密地接触着。

她又瞧了夏微陌一眼,她还被人挤着,苏伊歆赶紧过去把她从人群中拽了出来。被拯救的夏微陌向苏伊歆投来了感激的目光,刚好有人下车空出了座位,在苏伊歆还没有反应过来时,她就被拽到了座位上。

她听见他清澈的声音:"坐下。"

"这样不太好吧?"看见他们两个还站着,苏伊歆有些不好意思。

"坐下。"明了的两个字,她竟然听到了一丝温柔。

"陌陌你坐我腿上!"

夏微陌笑呵呵地坐在苏伊歆的腿上:"既然这样我就不客气了哦。"

苏伊歆娇嗔地拍了拍她的腿："占我便宜。"

尘埃微闭着眼，戴上了耳机，左手就握着公交车的吊环，仿佛想要把那二人的谈笑赶出自己的世界。

"这样很孤立耶。"苏伊歆嘟囔着。

夏微陌偷偷地附在苏伊歆的耳边："可是你不觉得这样很吸引人吗？"苏伊歆"哦"了一声不怀好意地说："难道我们的夏大小姐已经情窦初开了？"

"才不是呢，人都喜欢赏心悦目的东西，谁能拒绝帅哥啊，更何况有这么多女生都关注着你哥啊！"夏微陌赶紧解释道，指了指附近在偷看尘埃的女生们。苏伊歆看了过去，果然有一大片女生在窥觑，还有不少人竟然在拍照。

不过自己初次见尘埃，不也是被他帅气的容貌所震撼吗？尘埃根本就是一件完美的艺术品，苏伊歆觉得可以遇见他是此生最幸运的事情。

回到家后，苏伊歆就和夏微陌吃了张妈做的草莓布丁。苏伊歆满足地舔了舔嘴角，看了看在一边看着财经杂志的尘埃，问："哥，你要吗？"

"你吃吧。"他头都没有抬起，苏伊歆有点失望。夏微陌看着苏伊歆这么低落，赶紧安慰道："现在的男生哪个喜欢吃甜品的？他不吃也在情理之中。"

"那哥如果要吃什么就和张妈说，张妈做的饭菜可好吃了！"苏伊歆笑盈盈地说道，得到的却是尘埃轻轻的"嗯"。苏伊歆有些不高兴，赶紧扑到沙发处，眨了眨眼睛："哥，你说要当我的补习老师的。"

"我有答应吗？"他终于肯赏给她一点儿注意了。

"可你也没有反驳，沉默就是承认了。"

"我当老师很苛刻的。"

"没事，我承受得住。"

尘埃望见那双期待的眸子不停地眨着，冰山一般的脸终于有了一点儿笑容："那晚上 7 点我去你的房间，准时开课。"

"好!"

苏伊歆开心地眨眼。夏微陌笑嘻嘻地迎了上来："如果倒数第一能有进步的话，不如也救救我这个倒数第二吧?"

"我好像不记得要教你。"面对夏微陌，尘埃的态度一下子就转变了，夏微陌有些尴尬。苏伊歆看尘埃认真的模样，怕气氛一下子就冷却下来，赶紧解围："陌陌，他不肯教你，没事，我来教你!"

夏微陌有些尴尬地点了点头。

等夏微陌走后，苏伊歆有些不开心地说："哥，陌陌好歹是我的发小，你不可以看在我的面子上对她的态度好点儿吗?"

"我已经看在你的面子上和她说话了。"

"……好吧。"果然是高冷范儿。

"还有，以后有什么女生要打探消息，你都帮我拦着。"这是尘埃上楼前说的最后一句话，苏伊歆豪气地敲了敲自己的胸脯："没事，包在我的身上好了。"

张妈看着还在和草莓布丁奋战的苏伊歆，笑着说："其实少爷还是很关心小姐你的。"

"有的话，还会对我这么冷?"

"这也跟他之前生活的环境有关，遭遇了这么多的事情，也不可能这么快就开怀，凡事都要有个过程，不过我看少爷对小姐你特别好。"

"是吗?"苏伊歆听了张妈的一番话似乎一下子就茅塞顿开了，他喜欢安静，为什么一定要逼着他去变成她喜欢的那个样子?

也许，就像张妈说的，尘埃只是还没有走出来，因此他用冰冷来掩饰他自己。既然这样，在他走出来之前，还是自己先走进他的世界吧。

还没有到 7 点，尘埃就走进了苏伊歆的房间。

"把今天的作业拿出来。"尘埃靠在桌子上，左手抵着后脑勺，他懒散地看着忐忑不安的苏伊歆拿出了一张试卷，"先做下这张卷子吧。"

苏伊歆一听说要做卷子，就面露难色："哥，一定要做吗？"她从小到大最讨厌的就是做卷子了，还是做数学卷子。

"不做的话，我想也没有必要再教你了。"尘埃淡淡地说，说完就要把卷子塞回习题中，苏伊歆着急地说道："我做还不行嘛！"

尘埃十分满意苏伊歆的回答，看着苏伊歆硬着头皮做试卷，他嘴角流露出一丝苏伊歆没有发现的笑意。

"二次函数……有学过二次函数吗？"苏伊歆苦笑着，小心翼翼地抬着眼帘，偷看尘埃的表情。"今天上课就说过，如果不确定，我帮你打给数学老师问问不就知道了吗。"说完，尘埃就要拿起手机，苏伊歆赶紧抓住尘埃的手："别，哥，你不会这么绝情吧！"如果让那个更年期的数学老师知道自己在她课上开小差，还不知道会怎样惩罚自己呢。

"那就继续吧。"

于是苏伊歆只能在压迫下好好地去完成试卷，可是好多题目都太陌生，苏伊歆根本就无从下手。这时，尘埃给了自己一本数学书："书上的数学公式我都给你圈出来了，试卷上的五、六小题就可以用五边形公式套进去算。"苏伊歆顺着尘埃的提示，果然找到了解题的步骤，很快就解开了题目，可是面对剩下的那些看也看不懂的题目，苏伊歆只能用"欲哭无泪"四字来形容自己的心情。

"嗯？不会？"尘埃看着苏伊歆交过来的卷子，眉毛立刻就蹙了起来，她做的题目屈指可数，更别说正确率了，一眼扫过去就有好几个错误。

苏伊歆小心翼翼地说："人家不会做。"

"看公式也不会？"尘埃蹙眉，"你看过书吗？"苏伊歆一把就抢过了数学书，"我看看。"尘埃无可救药地摇了摇头："例如第五小题书本上就有解题步骤，好好看看，有什么不懂的你再问我。"

苏伊歆似懂非懂地点了点头，听尘埃的话去找书本中的答案。

门被推开了一角，苏父欣慰地笑了，自从尘埃来到了家里，伊歆就变了很多。

在尘埃的耐心教导下，苏伊歆终于订正好了卷子上的错误。尘埃很有才，难题经过他的三言两语就能化解，比起数学老师那枯燥无味的教导，实在要简便得多。

"时间不早了，早点睡。"尘埃站起身来，然后环视了一眼苏伊歆的卧室，好看的眉毛又紧紧地蹙了起来，"记得整理房间。"苏伊歆一窘，看着随处乱放的东西，第一次觉得是挺乱的。

尘埃正准备起身的时候，突然觉得屁股底下有什么东西，手一伸从屁股下拿出了一样东西。苏伊歆一看，脸就跟虾子一样，天啊，那竟然是她的臭袜子，怎么就出现在了这里！还是被尘埃给发现的，简直丢死人了！

"咳咳咳。"尘埃把袜子放在了桌子上。

苏伊歆以迅雷不及掩耳之势夺下了袜子，塞进了抽屉里，如果有一个洞，她真的想要钻进去："额……昨天忘记处理了……"

"走了。"尘埃离开了。看见房门被关上，苏伊歆丢脸地扑在了被子上，真是的，太丢人了！

苏伊歆缩在被子中，翻来覆去怎么也睡不着，一想起隔壁房间是尘埃，便坏心地敲了敲墙壁。"咚咚咚！"

隔壁没有反应，难道是睡着了吗？

苏伊歆正纳闷时，手机收到一条短信。竟然是尘埃发来的，苏伊歆一阵窃喜，原来他也没有睡觉啊，不过这么晚他会给自己发什么呢？

打开短信却发现简短的一句话：明天不准迟到。

苏伊歆笑了，尘埃果然不是铁石心肠，让自己早点睡觉就直说嘛。

第二天早上，苏伊歆却是顶着两个熊猫眼醒的，因为她半夜拉肚子，此刻连起床的力气都没有了。肚子还一阵绞疼，眼看着上学时间就要到了，苏伊歆咬着牙从被窝里起来——奔向了厕所。

餐厅内，尘埃缓缓地喝着牛奶。苏父抚了抚眼镜说："町风有来找过你麻烦吗？"

"同一个学校，你认为遇不到吗？"尘埃回答道。苏父已经适应了尘埃淡漠的口气，不怒反笑："看来你们已经见过面了，如果觉得不好，我可以给你转校。"

"不用了，你让我和苏伊歆同校不就是让我照顾她吗？"红润的薄唇微启，尘埃慢条斯理地说道。

"昨天谢谢你帮伊歆补习。"

"这算是报答，不过……"他冷冷地把目光转移到了苏父的身上，"我不会娶苏伊歆。"

"感情的事情要顺其自然，如果你真不喜欢，我也不会强求。"

听到了苏父的话，尘埃心安了："最好这样。"

张妈慌张地从楼梯上下来了："小姐她从昨天晚上就一直拉肚子。"

"还不赶快送医院！"苏父紧张起来，他就这么一个宝贝女儿，如果有什么闪失，他怎么跟她在天之灵的妈妈交代啊！

"可是小姐性格太偏，现在闹着要去上课。"张妈担忧地说，"那小脸苍白的，万一——会儿晕倒了怎么办……"

尘埃蹙起了眉头，迅速地跑上了楼。苏父和张妈紧跟而上。

苏伊歆费力地弓着身子整理书包时，一个身影破门而入，吓了苏伊歆一跳。看清眼前的男生，苏伊歆诧异："哥？"

"都生病了还不好好休息，上什么课！"他责备地抢过了苏伊歆手中的书包，苏伊歆虚弱地想要夺回："哥，你还给我……"可是身体毫无力气，自己差点就倒在地上，幸好被尘埃扶住。

就在这么一刹那，苏伊歆就被尘埃打横抱起，无论她怎么挣扎，尘埃都不放开自己。他依旧冷冷地抱着自己越过了诧异的爸爸和张妈，苏伊歆又急又羞："你做什么呀？我好着呢！"

"好不好得由医生说了算。"他瞪了苏伊歆一眼。无奈的苏伊歆只能被尘埃抱上了车，老王那颇有深意的笑让苏伊歆恨不得找个洞钻进去，不过现在也只能听尘埃的话去医院了。

医生看过后诊断为饮食不当引起的腹泻，其他没有什么大问题。吃了药的苏伊歆乖乖地靠在了靠椅上："我就说没什么问题，一定要把我拉到医院。"

"昨天不该吃这么多的草莓布丁。"尘埃责备道。

"好啦，我知道了。"虽然口气是不耐烦的，可是心里却是甜的，他对自己生气就证明他是关心自己的。

"今天不准去学校。"

听到这个消息，苏伊歆有些不满："为什么？"

"我已经给你请了病假了。"

"可是……"

"可是什么？"

"昨天你给我补习了这么久，我不想要再落下课了。"苏伊歆小声地嘟囔着，她本来还想要在数学课上大显威风，让一直看不起自己的数学老师知道什么叫作士别三日，当刮目相看。

"没有想到你这么爱学习。"尘埃垂下了眼帘，"今天休息一天，不准再生病，不然我就再也不给你补习了。"

"别，好啦，我今天休息。"没有想到尘埃会拿这个来威胁自己，苏伊歆只能像个垂着耳朵的兔子一样认栽。

……

"哥！加油！"操场上，苏伊歆和夏微陌坐在阶梯上看着烈日下一群男生在操场上打着球。苏伊歆的眼睛不停地追逐着尘埃那潇洒的身影，见他顺利从对方手中夺过了球，便兴奋地加油起来。

夏微陌和其他女生们一起站起来大声疾呼："尘埃必胜，尘埃加油！"

尘埃一个回眸，流下汗水的模样让场外尖叫连连。

自从尘埃来到了这所学校，原本一直拥护顾町风的女生们都开始"追随"尘埃，甚至建立了粉丝团，时刻关注尘埃。看见有这么多人关注自己的哥哥，苏伊歆十分自豪，现在谁都知道自己有个才貌双全的哥哥。

尘埃投了一个漂亮的三分球，全场沸腾。

他就是妖精一般的存在，黑玉色的发丝随着他的动作在微风中飞舞着，微红的双唇因为激烈运动而显得更加诱人。苏伊歆看到他的目光朝自己望来，随即他的嘴角就有了一个完美的弧度。

他在冲着自己笑！苏伊歆傻傻地笑着，看着尘埃在空中高高一跃，一个漂亮的投篮——进框！

敌友们疲惫地倒在了地上，尘埃微笑着朝着苏伊歆走来，期间有其他女生递给他水和毛巾，他却交给了自己的队友。

"水。"苏伊歆拿着一瓶矿泉水到了他的面前。他淡淡一笑，接过了她手里的矿泉水，喝了一口，眼中只有她的身影。

周围的女生朝苏伊歆投来羡慕的目光，苏伊歆却嘚瑟地叉着腰，十分得意。你们羡慕吧，谁叫我哥只疼我。

夏微陌笑盈盈地说："尘埃你想要吃什么？我给你买。"

"有水就够了。"他的语气也没有像第一次见到夏微陌的时候那样冰冷了。虽然尘埃拒绝了她，夏微陌还是很高兴，至少他没有再排挤自己。

大家都为尘埃的胜利而欢呼着。他们三人就到学校门口的奶茶厅庆祝，三个人坐成一排，苏伊歆坐在中间，左边是尘埃，右边是夏微陌。

在炎热的夏天，有一杯冰镇的奶茶是最美妙的事情，更何况苏伊歆的身边有她最在乎的两个人。她吃薯条吃得嘴巴上都是番茄酱，这时尘埃会用餐巾纸擦去她嘴角的番茄酱。有时，她会依靠在夏微陌的肩上，和她一起听 MP4 中孙燕姿的新歌，一起哼着那些年她们曾经疯过的年华。

　　知了不停地叫着，谁也不知这是它的第一声鸣唱，还是它的最后一曲谢幕。

　　……

　　苏父本来想让老王开车接送苏伊歆他们上学，却被苏伊歆拒绝了，于是苏父就给他们买了自行车。苏伊歆吵着闹着要尘埃骑着车载自己上学，尘埃不愿意，跨上了自行车准备走。

　　苏伊歆才不会善罢甘休，赶紧跑上去，跳上了自行车的后座。他停下车，回头，有些愤怒地说道："你知不知道这样非常危险?!"

　　"知道，可是我就是想要赖着你。"她紧紧地环着他的腰，把自己的头靠在了他的背上，顽皮地笑着。

　　尘埃无奈地望了苏伊歆一眼，见她实在不下来，只能载着她走。

　　……

　　放学时，尘埃推着自行车在前面走，后面跟着两个人，那便是背着书包的苏伊歆和夏微陌。

　　下坡时，眼见尘埃越走越远，她们赶紧跟了上去。"等等我们啊!"苏伊歆和夏微陌拉住尘埃的车尾，到了平坡后，苏伊歆就冲着夏微陌笑道："上!"

　　夏微陌嘻嘻哈哈地拉住了尘埃的车尾，和苏伊歆差不多同时上了车，不过苏伊歆是坐在车前的横杆上，而夏微陌则是坐在了车后座上。

　　尘埃皱着眉头："下来。"苏伊歆赖皮："我才不要了，现在你是我们的车夫，必须载着我们回家!"

　　无论尘埃怎么弄，她们两人就赖在车上不肯走，尘埃只能骑着车，载着她们走了。

　　苏伊歆的眼睛变得亮亮的，展开了双臂，幸福地昂着头。她能感觉到尘埃的气息在微风中浅浅地散开，温柔得如花瓣一样。她如一只猫懒散地搭着架子，嘴角满足地上勾着。

暗处有一双冒火的眼睛直视着他们离开的身影，黄毛不满地说道："最近这小子占足了风头。"

顾町风握紧了拳头。

……

　　"苏伊歆。"苏伊歆听到那个熟悉的声音,有些发愣。转身后,果然看见顾町风那张帅气的面容。

　　"怎么了?"那是一张曾经深深印在她记忆中的脸,如今却有些陌生。自从知道顾町风是尘埃的哥哥后,她开始不知道怎么面对他,这样一想,已经好久不见了。

　　顾町风却只是轻笑了一声,"你以前不是这样对我的。"

　　"如果你能接纳尘埃,我也会对你好的。"

　　"你很在乎他?"顾町风对苏伊歆提到尘埃的名字特别不爽。

　　"他是我哥。"她说得理直气壮。

　　"仅此而已?"

　　苏伊歆一愣,仅此而已吗?想起和尘埃在一起的画面,那些亲昵的举动就如一颗颗钉子钉在了她的回忆中,可是看着面前这个曾经让自己羞涩十分的男生，苏伊歆又迷茫了。

"顾町风"三个字，曾经承载了她的青春，不管把回忆关机多少次，重启后，屏幕上总有他的脸。

"我……"她的眼睛或许是因为无措已经有些湿润了。

"给你一次选择的机会，你会选择他还是选择我？"

她低下了头，不语。

"好，我知道你的选择了。"顾町风不爽地离开。

苏伊歆本来想要挽留，可是却不知道该说什么。

回家后，苏伊歆就看见了一辆熟悉的车停在了门口。这辆车似乎在哪里见过。苏伊歆蹙着眉头走进了屋子，结果就见到了顾盛铭。

她听见爸爸说："你走吧，那孩子脾气倔，我也没有办法。"

顾盛铭低下头，自责："当初都是因为我的错，所以才会这样，我错了，只希望他可以给我一个机会。"苏伊歆可以从他的身上看出一个父亲的愧疚。

"顾伯父，这种事情你应该去找尘埃，我们也没有办法帮你的。"苏伊歆叹息道，"你之前也来找过尘埃几次，可是他哪次愿意见你？当年你给他造成的伤害太大了，所以一时间无法弥补他心中的疼痛。"

"当初都是我的错，如果能再给我一次机会，我一定好好地弥补尘埃。"

"不可能。"门口传来一个决然的声音，所有人都看向了门外，看见了门口冷酷的尘埃。

"哥……"**苏伊歆**忧心忡忡，她明白尘埃的性格，一旦决定的事情就很难改变主意，更何况**顾伯父**给他带来这么大的伤害。

"我不是说过你别来了吗？这是苏家，我也是苏家的人。"他冷冷地看着面前哀伤的男人，没有一丝怜惜，像是一个陌生人一样越过他，准备上楼。

"难道连一个补偿的机会都不能给我吗？"

"除非你死了。"他冷冷地回了一句就上了楼梯，顾盛铭的眼里满是失落："他始终不肯原谅我……"

"伯父你别太难过了。"苏伊歌安慰着他，却没有想到被他紧紧地抓住了手："伊歌，你帮我多劝劝他吧，如果他有什么需要，就跟伯伯说。"

"好。"看着顾盛铭颓废离开的模样，苏伊歌叹了一口气，说，"爸爸，如果你是尘埃，你会原谅顾伯父吗？"

苏父摇了摇头："我也不知道，不过真是一步错步步错啊，可怜尘埃了。"

"不管尘埃最后做出了什么选择，我都支持他。"

担心尘埃的苏伊歌选择上楼敲门，可是敲了几下门并没有人开。她小心翼翼地问道："哥你没事吧？"

"哥？"里面依旧没有声响，怕他有事，苏伊歌直接就推开了房门，结果就看见躺在床上的尘埃。整个房间似乎都流淌着悲伤的色彩，她看不清他的表情，可是从他身上传递出来的那种忧伤是不会欺骗人的。

他一定是在伤心。

苏伊歌一下子变得无措，小心翼翼地走了过去。顺着她的视线可以看见他紧闭的眼睛，似乎为了忍住委屈而抿着的嘴巴，苏伊歌叹了一口气，从他微颤的睫毛来看，他根本就在装睡。

可是苏伊歌不愿意拆穿他的谎言，准备离开的时候，她听见身后传来他的声音："别走。"

"哥？"她坐在了他的床边，紧紧地握住了他的手，却发现他的身子冰凉，现在可是八月天，别人都在流汗，他的手却比谁都要冰凉。

"你是不是觉得我很绝情，不肯原谅自己的亲生父亲？"突然，他睁开了眼睛，苏伊歆看见他的眼眶通红。

"我……"做局外人的她无法评头论足。

"生下我的人是我妈，养育我的人也是我妈，他从来没有履行过一天当父亲的义务。从小我就没有父亲，每当看见别人和父亲玩耍时，年少的我就傻傻地问妈妈为什么我没有父亲，妈妈说他只是去了远方。我以为我的父亲已经死了，所以妈妈不愿意多提，因此我好好地保护妈妈，不想有人欺负她了，可是……"突然之间他卡住了，语气有些哽咽。

看着他流泪，苏伊歆的心脏一阵阵地疼，她紧紧地抱住了尘埃："好了，别再说了。"

两颗炽热的心紧紧地贴在一起，他的过去就算不说，苏伊歆也可以知道那是多么的艰辛。

尘埃没有父亲，她没有妈妈，那种绝望和痛苦她能了解。

尘埃就像是一面镜子，一下子就照出她迷茫的曾经。

"我没有想到原来我的亲生父亲还活着，不仅成家立业还有一个比我还大的孩子，最重要的是他毁灭了妈妈的希望。妈妈以为父亲是有不得已的苦衷所以才没有回去找她的，却没有想到她会成为破坏别人家庭的第三者，更被顾盛铭残忍地赶出了家门。那个雨夜，她带着我跪了一晚，我感觉到她的身体已经滚烫得灼人，我哭着让她去医院，她却还是在那里跪着，直到发烧倒下……"一想起那晚的情景，尘埃的心就隐隐作痛，"所以那时的我决定不再认顾盛铭，就算他是跪着求我回去，我也要拒绝。"

"哥，那些痛苦都已经过去了。"不知眼角何时有了泪水，她咬着嘴唇，喉咙灼烧般的疼，"哥，你现在有我，有爸爸，我们是一家人，你再也不是孤单一人了，从今以后我会保护你的！"

"那你能保证永远不离开吗?"他紧紧地盯着她。

"永远?"这两个字沉重地压在了她的心上。

"做不到就别轻易地说出永远。"他猛地抽离了她，那冰冷的眼神像是锥子狠狠地扎入了她的身体内。苏伊歆的眼睛里带着一丝悲伤，听见他淡漠的话语："没事的话你就出去吧。"

"哥！那你能承诺永远不离开我吗?"苏伊歆开始愤怒起来，不管她做出怎样的努力，他永远要把她推到他的世界外面！

这次轮到他沉默了。

见他没有说话，苏伊歆冷笑："你也不能轻易做到，是吧? 哥，我无法保证永远不离开你，因为未来会变成什么样子，我根本就不清楚，但是我清楚的是我现在会好好地陪在哥的身边，对哥哥好的！

"比起口头的保证，我更喜欢实际的行动，我会用自己的行动好好证明我说的话。"苏伊歆吸了一口气，"我也是很小的时候没有了母亲，我是亲眼看着母亲死在我的面前，她说会好好和病魔做斗争陪着我的，可是最后她却离开了我，再也没有从那个手术台上下来！

"我们是一个世界的人，只是我已经被人从悲伤中救了出来，而你还锁在一个悲伤的密室里，你出不来别人也进不去！如果伯母还活着一定不希望看见你这颓靡的样子，她一定希望你可以微笑地面对每一天，而不是留在过去那些痛苦中不能自拔。"

他的睫毛动了动，凝视着面前勇敢的苏伊歆。

"我希望哥可以静静地想想，到底是拥抱幸福的未来，还是永远待在痛苦的过去。"她清秀的脸蛋上没有了之前的稚气。

她冲出了房间，紧紧地关上了门。就在那一刻，她无助地蹲坐在地上，把一直塞在心里的那些委屈全部都倒了出来，她一直以为这些话她再也不会对别人说了，没有想到今天会一股脑地说给一个人听。泪水打湿了脸庞，那种苦涩的感觉让她有些不适，她用手狠狠地擦去了眼角的泪。

"对不起。"听见他的声音，苏伊歆的心竟然开了一扇门。

因为她背对着他，她无法看清他是什么表情，只能感觉到他静静地抱住了自己，轻轻地说道："原来一直需要守护的人是你。"

"从今天开始，就让我来保护你吧。"是他把自己锁在自己的世界太久了。

她诧异。

……

只是一天的工夫，尘埃竟然对自己不再冰冷，他微笑的频率竟然比平时要多了50％。每次看见他笑，苏伊歆都会觉得心花怒放，更别说那些喜欢尘埃的女生，一见到尘埃笑，一个个都兴奋得跟打了鸡血一样。

他成了她的临时闹钟，会准时来敲她的房门叫她起床。他会骑着自行车送她上课，自从她抱怨后座不舒服之后，自行车的座位上就加了一个垫子，坐着很舒服。

她会拿着他提前买来的煎饼果子吃起来，咬了一口后就递给尘埃咬。他也不像平时那样嫌弃她的口水。

樱花散落在他们青春的身影上。

"对……对不起。"有女生不小心撞了尘埃一下，手却偷偷地划过了尘埃的脸，女生的小脸因为开心变得红彤彤的。这一幕刚好就被苏伊歆给看见了，看着尘埃毫不介意，苏伊歆嘟囔着："人家可是光明正大吃了你的豆腐。"

"你吃醋?"他俯下身子，近距离地凝视着苏伊歆的眼睛。苏伊歆一阵心慌，"我才没有呢。"尘埃笑："那我不在意，你在意做什么？"

"那个，你可是我哥！"她一把就圈住了尘埃的手臂，"我哥怎么可以随便让人占了便宜。"

可是就在这时，一辆哈雷嚣张地停在了他们的面前，车上是一个戴着头盔的男人和一个穿着长裙的漂亮女孩，苏伊歆一眼就认出那个女孩就是校花许灿灿，那戴头盔的男人无疑就是顾町风了。

没多久，顾町风就摘下了头盔，目光扫过苏伊歆和尘埃，嗤笑了一声："早啊，苏伊歆，还有校园王子尘埃。"

第十章
说好不再爱

　　许灿灿看见尘埃，多少有些惊叹他的帅气，早就听闻有个学弟的容貌不逊于顾町风，今天见到果然名副其实。

　　苏伊歆不想尘埃和顾町风再发生什么矛盾，赶紧拉起尘埃的手："哥，我们走。"

　　"苏伊歆，这就是你给我的答案？"顾町风叫住了苏伊歆，尘埃的眉头蹙了一下。

　　她咬住了嘴唇，什么都没说，直接拉走了尘埃。

　　"我希望你别后悔你的决定！"她听到顾町风愤怒踹倒垃圾桶的声音，强忍着要落下的泪水。尘埃很清楚苏伊歆的性格，如果苏伊歆不愿意说出来的事情，谁逼她也不会说。

　　苏伊歆感觉到自己拉着他的手被他紧紧地握住了。他给了她从来没有过的安全感，苏伊歆第一次觉得有一个人站在自己身边是幸运的。

可是苏伊歆不是一个容易隐藏心事的人，看见苏伊歆忧心忡忡的样子，夏微陌担忧极了："你是不是不舒服？"

坐在前面的尘埃听到了夏微陌的声音，转过头看了苏伊歆一眼。她勉强地微笑："没，我去上厕所。"越过夏微陌，苏伊歆跑向厕所。

看着镜子中那张清秀却算不上好看的脸蛋，苏伊歆的眼睛有些湿润了。从她记事开始，自己就一直在追逐着顾町风的步伐，无论他对自己的态度多么恶劣，自己永远会笑呵呵地迎着他。

她以为只要自己努力点，对方一定可以接受自己的存在。

苏伊歆知道自己没有校花许灿灿那样漂亮，可是为什么自己会这么不甘心呢？苏伊歆紧紧地抚住了心口。

"我就说你有事吧。"透过镜子，苏伊歆看见夏微陌走了进来。

"陌陌，我在想我到底要不要放弃顾町风。"苏伊歆默默地说道。

夏微陌蹙起了眉头："你看到顾町风和许灿灿在一起了？"

"是。"

"伊歆没事的，他们也许只是好朋友呀。"夏微陌知道苏伊歆一直很喜欢顾町风，可惜一直没有和他坦白心意。

"我一直喜欢顾町风。"从五岁一直等到十八岁，她最美好的年华都给了那个叫作顾町风的男生。可是无论她怎么等，对方都没有对自己有过心动，一点儿都没有。

"我真的好不甘心。"苏伊歆蹲在地上号啕大哭起来，把夏微陌吓傻了。

"别哭了。他脾气那么差，你以后一定会找到更好的男生的。"夏微陌紧紧地抱住了苏伊歆。苏伊歆小声地抽泣着："是，他性格暴躁又没耐心，我怎么会喜欢上这样的人！"

夏微陌拼命地安慰着苏伊歆："他耽误了我们这么长时间，我们没有向他要精神损失费已经是便宜他了，我们家伊歆性格好又漂亮，偏偏要去喜欢那个许灿灿，没眼光。"

苏伊歆吸了吸鼻涕："对，他就是没眼光。"接着就用餐巾纸擦掉了眼角的泪水。

地球又不是绕着顾町风转，自己又不是离不开顾町风，她会努力向他证明没有他，她也能活得很好。

苏伊歆回到座位上，结果看见桌子上放着一瓶草莓牛奶。

尘埃上勾嘴角："你每次心情不好的时候都喜欢喝这个。"苏伊歆诧异尘埃会这么细心，原本低落的心情一下子就变好了："谢谢。"

"马上就要期末考了，如今已经大二了，别辜负你爸的期望，好好学习。"

"知道了，哥。"她把吸管插入了牛奶中，草莓香充斥了整个口腔，甜甜的。

放学了，夏微陌故意找了个借口躲开了苏伊歆，来到了顾町风的哈雷摩托车前。她的手里拿着一个圆规，正准备往顾町风的轮胎上扎的时候，一个声音响起："你要做什么！"

夏微陌有些心慌了，转身一看竟然是顾町风，看着他一步步靠近，夏微陌情急之下说："不准过来，如果你再靠近我一步，我就扎下去了！"

顾町风一眼就认出了夏微陌这个苏伊歆的朋友，眼瞳里满是危险的戾气："是苏伊歆让你来的吗？"

"才不是呢，只是我看不惯你的作风，你有什么了不起的，针对尘埃不说，还伤害了苏伊歆，对于你这种坏家伙就该给点教训。"

从来没有一个女生可以在他顾大少的面前胡作非为，夏微陌是第一个！"你应该知道惹我是什么下场，如果你不怕就下手吧。"

"我最讨厌的就是别人威胁我了！今天你的轮胎我扎定了。"说完，夏微陌就拿着圆规狠狠地扎在了轮胎上，没多久，轮胎就泄了气。顾町风暴跳如雷，快步走到夏微陌的面前："别以为我不敢打女生。"

"那你打吧，我倒是要让大家来看看你是怎么欺负女生的！"她眼里没有一丝怯弱，反而大胆地握住了他即将落下的手，那种决然是顾町风从其他女生身上看不见的。

突然之间，顾町风觉得事情变得有趣起来："你叫什么名字？"

"顾少，你以为现在是在演偶像剧吗？够了，我们都过了幻想的年纪。"夏微陌对此嗤之以鼻。

"那你真是义气，为朋友两肋插刀，就是不知道苏伊歆会不会领情了，还有——"顾町风故意贴近夏微陌，看着她嫌弃地往旁边移开，坏坏地上扬了嘴角，"以后做事周密点，刚刚你扎我轮胎的画面被摄像头给拍下来了，如果我闹到教务处的话……"夏微陌的脸色一下子就变了，对了，她怎么就忘记监控在拍摄中，现在她可是大二，顾町风家又是比较有势力的，让夏微陌退学根本是易如反掌，夏微陌不由得有些害怕起来："多少钱？我赔你！"

"五万。"

"你还不如去抢劫啊！"虽然夏微陌的数学不好，可是很清楚一个轮胎根本就不会这么贵！

"我这可是哈雷摩托车，轮胎也是美国进口的，刚刚我已经让你别扎轮胎了，结果你还是扎了，我也没有办法。"顾町风拍了拍哈雷摩托车，看着夏微陌的脸色越来越难看，嘴角的笑意更甚。

"那你还是把我送到教务处吧。"反正她也没有钱。

"其实还有一个办法……"他故意拉长声音。

"什么？"

"以身相许。"他不怀好意地笑着，夏微陌蹙起眉头，愤怒地扬着手要打顾町风："你敢占我的便宜！"顾町风躲闪着，"喂，你真是够了吧！"

"不就是一个轮胎吗，我给你搞定！"夏微陌夺过顾町风手中的钥匙，插入摩托车里，然后推到了学校外的一个修理站。顾町风蹙着眉头："你确定就在这里修车？"

"我能给你负责就不错了。"夏微陌斜睨了顾町风一眼，对师傅说，"师傅，给他的摩托车换个轮胎。"师傅爽快地应道，然后去拆摩托车的轮胎。

在等待修理的过程中，夏微陌看了身旁的顾町风一眼："你知不知道苏伊歆很喜欢你？"

"知道。"

"知道，你还那样对她？"夏微陌无奈地翻了一个白眼，"如果你不喜欢她，为什么要耽误她这么久，应该早点和她说清楚。"

"你似乎很关心我们两个人的事情。"

"因为伊歆是我的朋友。"虽然认识的时间不长，但是因为性格相似，她们早把彼此当作了最好的朋友。

"不过朋友也管得太严了吧，我怎么对待苏伊歆是我自己的事情，我不希望有其他人来干涉我，更何况又不是我要她来喜欢我。"

看着他一副无所谓的模样，夏微陌气不打一处来："我觉得我们之间根本就没有共同语言，我以为渣男至少还有点良知，原来你的心早就被狗吃了。"

"师傅，修车的钱记在我的身上，下次我再来付，我不想和这个家伙多待一秒。"说完，夏微陌就气愤地走人。顾町风看着她的背影，笑了。

……

"哥。"苏伊歆见尘埃停下步伐，奇怪地看了过去，结果就见到他盯着一家宠物医院橱窗里笼子中的黑色小猫咪。那只小猫咪玩着一团毛线，眼睛尖尖的，黑色的绒毛比起身旁的波斯猫来说要平庸得多，可是苏伊歆隐隐觉得它很像死去的流沙。

尘埃的脸在橱窗上投出落寞的阴影，苏伊歆想，他应该是想起了流沙吧。

看来，哥哥一直没有放下。

"你要吗？"她问。

"走吧。"他淡淡地说道，不带着一丝留恋地越过了苏伊歆，可还是被她瞥见了他眼里的那丝忧伤。

想起流沙被撞死在地上的惨样，想起他因为疼痛而木愣的模样，她感觉有针在扎向自己的心。

不知道为什么，她心里有个声音在提醒着她必须要做一件事情。"哥，你等等我！"尘埃看见苏伊歆快速地跑入了宠物店，眼眸划过一丝愕然。

他看见她对服务员说着什么，接着苏伊歆就拎着关着小黑猫的笼子跑到了他的面前。她炫耀似的举起了笼子："哥，这个送你！"

一向冷漠的他看着面前这双如小鹿一般充满憧憬的眼眸，竟然有些无措。

见他迟迟没有收下，苏伊歆以为他还有顾虑，赶紧说："哥，你快收下啊，我手都酸了。"

"喵——"似乎猫咪也在抱怨主人的犹豫，弱弱地叫了一声。那歪着头的懒散的模样和流沙如出一辙，尘埃的眼里竟然有了一丝温暖的颜色。

打开笼门的那刻，黑猫立刻就跳了出来，刚好就蹦到尘埃的怀里，撒娇地蹭了蹭他的袖子。

苏伊歆见他宠溺的目光缓缓地落在了小黑猫的身上，立刻兴奋地说道："那你给它取个名字吧？"

"那就叫——"他温柔地抚摸着小黑猫的毛，缓缓地说，"叫暖吧。"

"暖？"虽然不知道尘埃为什么会给小黑猫取这个名字，但是尘埃想要叫就叫这个名字吧。"暖这个名字听起来就觉得温暖。"

"我不会把它当成流沙的，流沙虽然死了，却永远活在我的心中。"他笑道，"暖是我重生的信念，我会好好照顾它的。"

"还有我也会的！"苏伊歆看着少年和猫相依的模样，一瞬间就回到以前，他们一人一猫幸福地生活着。

当苏父看见尘埃抱着暖回家的时候，奇怪地问："这是从哪里弄来的猫？"

"是我买来送给哥的。"苏伊歆老实回答，"之前哥曾经有一只猫，可是死了，我想要让哥开心点，所以就买了一只猫来。"

苏父有些为难："可是你们要上学，平日里谁来照顾它？"

"不是有张妈和爸爸吗，我们不在的日子，暖就由你们照顾了。"

"暖？"

"暖就是这只小黑猫的名字，是不是啊，暖！"苏伊歆兴奋地把暖举了起来。暖似乎有些恐高，在空中害怕地挣扎着，苏伊歆嘲笑着暖的窘相："哈哈，还是一只胆小的猫！"尘埃从苏伊歆接过暖："别再弄它了。"看着尘埃对暖温柔的样子，苏伊歆有些吃醋了："早知道就不给哥买猫了，现在哥对我都没有对猫好了。"

"如果你的饭量和它一样，我就考虑一下对谁好一点。"尘埃说道。

苏伊歆嘟囔道："哥，你好偏心！"

"我同意你们养猫，但是不准心血来潮，养几天就不想养了。"苏父严肃地说道，听到苏父松口，苏伊歆十分高兴："我们一定会好好养的！"

就这样，暖成了苏家的一员，苏伊歆还会模仿暖懒散躺在床上舔舐手的模样，她兴高采烈地对一边看书的尘埃说道："哥，我这样是不是比暖还要萌啊？喵——"

"自恋不好。"他瞥了她一眼，吐出简短的四个字。身旁的暖似乎在窃笑，一双猫眼都变弯了。苏伊歆怒视了暖一眼，然后撒娇地凑到了尘埃的身边，圈住了他的脖子："哥，让你夸我一句有这么难吗？"

"说谎不好。"

"夸我就是在说谎啊？"自从和尘埃同在一片屋檐下后，苏伊歆就深刻地明白在尘埃这张冰冷的外皮下裹着的是一颗毒舌的心。

"想要我夸你的话，就把你的期末考试成绩提到三位数吧。"

"考试八十分已经是我的极限了，想要我的分数变成三位数，根本不可能。"苏伊歆拿起一个苹果，擦了擦，重重地咬了一口。

"你什么时候变得这么不自信？"

"可是我已经尽力了呀！"苏伊歆无奈地耸了耸肩，随即转了转眼球，狡黠一笑，"让我期末考试考到三位数也可以，但是你必须答应我一个要求。"尘埃深邃的眼盯视着她嘴角合拢不了的微笑："什么要求？"

"这个嘛，我还要考虑一下，等我想好了再告诉你。"她俏皮地说。

"不过我也有一个要求，那就是不准作弊。"

"一言为定！"苏伊歆爽快地答应了。能让尘埃答应自己一个要求实在是不容易，她一定要好好想想该让他做什么。

当夏微陌看见暖的时候非常惊喜，多次想要抱抱暖，可是暖却总是跑到尘埃的身后，喵喵地叫着，那模样似乎在叫嚣："你能拿我怎么办！"

夏微陌就会气得直跺脚："暖，如果让我抓住你一定让你好看！"可是暖一点都没有把夏微陌放在眼里，只是懒散地舔了舔爪子，夏微陌用鱼干来诱惑暖："快过来。"暖仍然无动于衷。

苏伊歆嘲笑夏微陌："哈哈哈，暖连我的话都不听，更别说听你的话了。"

"它只听尘埃的话吗？"夏微陌看着暖黏着尘埃的模样，问道。

苏伊歆打了一个响指："答对了！"明明把暖买来的人是自己，为什么这小家伙就喜欢黏着尘埃，看来连猫咪也看脸。

夏微陌依旧逗着暖，还是以失败告终。沮丧的她坐在了椅子上，苏伊歆看到都笑了："你怎么和一只猫过不去。"

"我当然不会这么小心眼。"

"也是。"苏伊歆坐在了沙发上，夏微陌靠在了苏伊歆的肩膀上："伊歆，两周后就是你的生日了，你想要过什么样的生日？"苏伊歆想了想："随便啦，只要有你和尘埃在就好了。"

"这么容易满足，这样的话我就不给你买礼物了。"夏微陌故意试探苏伊歆，没有想到她马上就急了："不行！"夏微陌扑哧一声笑了："好啦，生日一年一次，我怎么可能真的不给你礼物，只是唬你的。"

苏伊歆满足地点了点头，然后望向了抚摸着暖的尘埃："哥，你也得给我礼物，不过得是与众不同的！"他只是淡淡地点了点头，却让苏伊歆心花怒放，不知道尘埃会给自己准备什么样的礼物，她第一次这么期待过生日。

夏天的炎热已经褪去，换上的是秋天的微凉。出门前，尘埃看着苏伊歆只穿着一条裙子，眉头蹙了起来："不冷吗?"

"不冷啊。"苏伊歆转了转身，"今天我有演讲比赛，必须要穿得漂亮点。"

"如果感冒了，又得我送你去医院了。"他脱下了身上的校服外套，塞进了苏伊歆的手中，"盖在腿上。"

"哥，你是在关心我吗?"苏伊歆故意凑近尘埃，尘埃移开脸："别自作多情，只是你每次去医院打针吃药太烦了，很浪费时间。"

"承认关心我就这么难吗?"苏伊歆表面上是埋怨尘埃的，可是心里甜甜的，坐在尘埃的自行车后座上，她小心翼翼地把外套盖在了她的腿上。

不过她看着尘埃只剩单薄的一件衬衫时蹙了蹙眉头："这样你会不会太冷?"

"你盖着就好。"他长腿往自行车上一跨，那潇洒的身姿让苏伊歆心跳加速。那张清秀的小脸上布满了红晕，明明不是第一次坐他的车，可是每一次都会激动得难以言表。

苏伊歆颤抖地伸出手，看着他纤细的腰肢，犹豫了一下。"抱住。"似乎因为苏伊歆的磨蹭，尘埃有些不耐烦。苏伊歆眼一闭，紧紧地抱住了他的腰。

尘埃嘴角微微上扬，骑动了自行车。

除了秋天的桂花香，还有他身上淡淡的体香，萦绕在苏伊歆的鼻尖散不开……

第十一章
意外的告白

"阿嚏——"

"给你。"苏伊歆递给打喷嚏的尘埃一张餐巾纸，责怪地说，"之前还逞强说不冷，你看现在都感冒了。"尘埃接过纸巾擦了擦，没多久鼻子就变得红红的。

苏伊歆无奈地望了眼几米处举着餐巾纸和各类感冒药的女生们，问尘埃："你还需要什么，这儿都有。"

"不用。"

那些女生都失望地散开了。

"如果很难受的话，还是去医务室看看吧。"夏微陌担心尘埃的病情会加重，提议道。

"不必了，我还撑得住。"或许是因为受到感冒的影响，他有些无精打采。

"如果有事不准硬撑！"苏伊歆警告道，她可不想尘埃因为自己而病倒了。

他轻轻点了点头，苏伊歆才回到自己的位置上。可是上课后，以往都聚精会神的尘埃竟然突然趴在了桌子上，苏伊歆觉得有些不对，开学那几天尘埃虽然都会睡觉，但自从给她补习做表率之后，尘埃听课一直很认真，不可能趴下的。

她把疑问说给了夏微陌，夏微陌赶紧让尘埃的同桌推了推尘埃，结果对方惊叫一声："啊，他好烫啊，好像发烧了！"

不行，发烧的话必须好好休息。苏伊歆赶紧举手报告了老师，经过老师同意后，她和夏微陌一起把尘埃扶到医务室。

扶着尘埃的时候，苏伊歆一直咬着牙在心里给尘埃祈愿，尘埃必须快点好起来。就在他们要出走廊口的时候，苏伊歆就听见夏微陌惊呼了一声："顾町风！"

苏伊歆立刻抬起了头，果然看见了顾町风，他的眸子扫过了她们扶着的脸色发红的尘埃："他生病了？"苏伊歆看见顾町风，突然不知道该说什么。

"这不是很明显吗？麻烦你让一让，我们还要把他送到医务室呢。"夏微陌一点儿面子都不给顾町风，想要越过顾町风，却没有想到顾町风却偏偏挡在她的面前，昂着头说："我偏偏不让，你又能把我怎么样？"

"你……"夏微陌咬着牙，极为愤怒，如果不是自己扶着尘埃，绝对要暴打顾町风一顿。

"顾町风，你让开吧，这是你们顾家人欠他的。"苏伊歆怒视着顾町风。

"没有想到你这么在意他。"顾町风冷笑，让出路来，"也对，他现在这副模样一点儿都勾不起我的斗志。"夏微陌狠狠地瞪了顾町风一眼后，赶紧和苏伊歆扶着尘埃去了医务室。

终于把尘埃带到了医务室，医生把他扶到了床上，用体温计测了下体温，说："三十九度。"苏伊歆心一颤，有些埋怨自己，如果不是因为尘埃把外套借给了自己，他也不会生病。

"先吃点退烧药观察观察，如果还不行就送到医院。"医生开了药方，苏伊歆赶紧去倒水，在夏微陌的帮助下让尘埃靠在自己身上，给他喂药。

发烧中的尘埃就像一个没有灵魂的木偶任人摆布着，听话地吃下了苏伊歆喂的退烧药，还喝下了水。接着苏伊歆就让他好好躺下，给他盖上被子，夏微陌见被子没有掖好赶紧掖好。

"你在这里照顾尘埃，我去买点粥什么的，他醒来肯定要吃点东西。"夏微陌对苏伊歆说道，苏伊歆看了眼病床上虚弱的尘埃点点头，于是夏微陌就走出了医务室，却没有想到在门口竟然见到了最不想见的人。

"你要做什么？"夏微陌微愠地望着面前的顾町风。

苏伊歆顺着窗子看见了夏微陌和顾町风在交谈，夏微陌似乎很不愿意见到顾町风的样子，想要和他保持距离。苏伊歆怕有什么事情，刚想要出去看看，却没有想到自己的手被尘埃抓住了，看着尘埃难受的模样，苏伊歆便不忍心离开。

顾町风居高临下："怎么就把你扎破我摩托车轮胎的事情给忘记了？"

"轮胎不是给你换了吗？"还花了她好几百元呢，自己都没有说心疼呢。

"那车我没开几天，轮胎就破了。"

"那是你自己的问题，就好比你去买了一个花瓶，你自己不小心打破了花瓶还要找店主理论是花瓶的质量不好吗？"夏微陌厌烦地看了顾町风一眼，"我现在很忙，你最好赶快给我走人。"

"夏微陌，你真是有趣，如果我说我喜欢上你怎么办？"他嘴角微微上扬，缓缓地接近了夏微陌，就在他离夏微陌只有 10 厘米的时候，夏微陌狠狠地推开了顾町风："顾大少，你个大三生怎么这么清闲，别的学生都在抓紧学习，你还有时间来逗我？"

"我说认真的。"似乎有些不满意夏微陌的野蛮，顾町风蹙了蹙眉头。

"那就先把你的校花女朋友解决了再说！"实在想要甩开顾町风，夏微陌随便搪塞了几句就走了，没有想到他竟然赶上，一副势在必得的表情："没问题！"

"那现在麻烦顾大少让开好不，我真的很忙。"夏微陌严肃地警告着顾町风。顾町风耸了耸肩，没有再跟上去。夏微陌松了一口气。

苏伊歆还在等着尘埃醒来时，夏微陌就买了粥回来了。苏伊歆担忧地问："我刚刚看见顾町风来找你了，他有没有难为你？"听到顾町风的名字，夏微陌就起了一身的鸡皮疙瘩："你能不和我提他吗？"

"怎么了？"原本毫无交集的两个人怎么就突然认识了，夏微陌还对他如此厌恶。

"说来话长，当初我就不该报复顾町风，还扎了他的摩托车轮胎，结果现在他喋喋不休了，真是烦死了！"

"你竟然这样对他？"苏伊歆瞠目结舌，自己都不敢干的事情，夏微陌竟然做了！苏伊歆紧张地问："那他有没有对你做出什么？"以顾町风的性格未必不会打女孩子的，或者想出什么样的狠招来对付人。

夏微陌无所谓地耸了耸肩："我谅他不敢做出什么，我就是看不惯他三心二意的样子，没有好好教训他一下，真是不解气!"

"陌陌，你不该这样冒险的，我不想你因为我而和顾盯风交恶!"苏伊歆担忧地说道，"还有，如果他下次再来找你麻烦，你来找我，他不敢动我的!"

"嗯，不过尘埃现在怎么样了?"夏微陌还是很担心尘埃的。苏伊歆笑了笑:"他现在的状态比刚刚要好很多了，谢谢你刚刚帮我一起把我哥送到医务室。"

"对我还说谢?"夏微陌先回去上课了，苏伊歆则是陪着尘埃，等着他醒来。

等尘埃醒来的时候已经是下午了，他看见了身边趴着的苏伊歆，她已经睡着了。这个模样像极了第一次他从医院醒来时见到的她，只是当时的他对她还很陌生，一直把她排斥在他的世界外面。

如今……不知道为什么，他觉得这一切都美妙得不真实。

尘埃颤抖地伸出了手指，刚想要触碰苏伊歆的脸蛋来确认这是事实时，医生从门外进来了，尘埃赶紧把手给缩了回去。

"你醒了啊?"医生笑着说。原本睡梦中的苏伊歆听到声音立刻就睁开了眼睛，看着面前睁着眼睛、面色正常的尘埃，她兴高采烈地说道:"哥你终于醒了!"摸了摸尘埃的额头，不烫了，哈哈，退烧了。

"你没有去上课?"他蹙了蹙眉头，"今天下午有你最不喜欢的数学和英语，你不会以照顾我为由故意逃课吧?"

苏伊歆的小脸立刻拉了下来:"哥，你冤枉我了，我怎么可能会因此而逃课呢，我是真心想要照顾你的，不然我可会内疚死的，如果不是因为你把外套给我，你怎么会感冒发烧。"

"我已经好多了。"尘埃心一暖。苏伊歆见尘埃掀开被子准备下床，立刻不高兴了:"哥，你要做什么?"

"上课。"他刚刚看了看墙壁上的钟，下午应该还有一节课。

"哥，你先休息吧，你才刚刚烧退。"苏伊歆不准尘埃去上课，万一一会儿又烧起来怎么办？尘埃的眼睛扫了扫苏伊歆："我不去上课可以，但是你必须去上课。"

"好。"苏伊歆点头，"不过你绝对不能下床，一定要在这里好好休息，保温杯里有陌陌买来的粥，你可以喝哦。"见尘埃点头，苏伊歆心满意足地走了，不过在走之前，又嘱咐医生不准尘埃离开。

"看来你妹妹很在乎你。"医生笑着说，尘埃微笑着望着窗边冲着自己挥手的她，再看着她蹦蹦跳跳地离去。

……

下课铃声一响，苏伊歆就如一只兔子一样快速地跑出了教室，夏微陌跟在后面跑得气喘吁吁的："你等等我啊！"可是苏伊歆哪里听得到，满脑海都装着尘埃，直到到了医务室，她才瘫坐在椅子上，匆匆地喝下了一杯水。

"怎么跑得这么急？"尘埃有些不高兴。

"没事，呵呵。"

"你跑得真快啊，平时都没见你这么积极过。"夏微陌也赶到了医务室，看见尘埃气色好多了，很开心，"尘埃，你还有哪里不舒服吗？"

"烧基本退了，没什么事。"他冲着夏微陌淡淡一笑，夏微陌的脸色一红："那你有没有什么想吃的，我马上给你去买。对了，粥有没有喝完？"她赶紧去看她的保温瓶，看见里面的粥喝完，傻笑，尘埃终于没有拒绝她了。

"谢谢，粥很好喝。"

"你要喜欢我再给你去买。"夏微陌正要出去的时候，就听见尘埃说："不用了，我已经吃得很饱了。"夏微陌有些不好意思："是吗？"

尘埃把注意力转到了苏伊歆的身上："你今天留下来陪我，是不是没有参加中午的演讲比赛?"苏伊歆心一慌，哥又是怎么知道的?

"没事啦，照顾你要紧，演讲比赛什么的以后还会有。"苏伊歆装出一副满不在乎的模样坐在了尘埃的身边，她不想要哥内疚。

"以后不准这样了。"苏伊歆以为他会骂她笨，没有想到得到的却是一声轻柔的话。

"嗯。"苏伊歆的眼睛亮了亮，"那你不怪我咯?"

"谁说不怪，下次必须在演讲比赛上拿到第一。"

"是!"苏伊歆甜甜一笑，然后蹲下背对着尘埃："哥，快上来!"

"什么意思?"

夏微陌也不解："你这是要干吗?"

苏伊歆笑道："背哥哥出去啊，司机还在外面等着我们呢。"

尘埃的脸色立刻变了，他的身高1.83米，苏伊歆的身高只有1.6米，更何况她又瘦弱，怎么可能背得了自己。"不用了。"

苏伊歆认为尘埃瞧不起自己，故意弯着手臂凸出有肌肉的样子："哥，你可别小瞧我哦，我很有肌肉的哦!"夏微陌大笑，指着苏伊歆故意凸出的手臂："你那不是肌肉，是肥肉吧!"结果招来了苏伊歆的白眼。

"哥，你上不上来啊?"苏伊歆催着。

"我还是自己走吧。"苏伊歆看见尘埃憋着笑，有些不开心，"哼，我还懒得背呢。"她是关心他刚退烧站不稳，没有想到竟然被他笑话了。

就在苏伊歆不高兴地要走出医务室的时候，一双手竟然环住了她的脖子，那熟悉的气息扑面而来，苏伊歆仿佛感觉到眼前有无数的烟花燃烧绽放着。身后是他的呢喃："背我走吧。"

他并没有把全身都靠在她的身上，似乎是怕压着她，只是把上身靠在她的背上。苏伊歆走一步，他在后面挪着走，根本就不是背。苏伊歆明白，哥哥就是怕她不开心所以才会顺着自己的意做的，可是又怕压累了自己。

"怎么不走了？"这次竟然换他来催了。苏伊歆喜笑颜开："哥，你真的很重耶。"可还是把尘埃"背"出了医务室，校园中有不少人都向着他们投来了异样的目光，可是苏伊歆一点儿都不在乎。

一直把哥哥"背"上了车，苏伊歆才对夏微陌告别："明天见！"

"拜拜。"

苏伊歆关上了车门，看向了身旁的尘埃，严肃地命令道："回去的时候不准碰猫，免得感染细菌，还有，一定要好好休息。"尘埃望了眼担心自己的苏伊歆："这么霸道？"

"你的身体我要负责到底。"如果不是自己的任性，尘埃不可能生病。

尘埃笑："那今天晚上就拜托你照顾暖了。"

"我会把暖抱到我的房间睡觉的，在你身体没有痊愈之前别妄想接触它！"

尘埃没有说话，只是把目光投向了窗外的风景，看着玻璃上映出的苏伊歆关怀自己的模样，眼里一片温柔。

第十二章
楠木本相依

因为期中考试马上就要到了，大家都进入了紧张的备考中，并且这次期中考试的成绩关乎奖学金的分配，大家都十分在乎。

尘埃成了奖学金的最佳人选，班主任更是语重心长地对尘埃说："只要你考试不出意外，就绝对可以拿到奖学金，好好备考。"尘埃点了点头，苏伊歆的生日在即，只要自己拿到了奖学金就可以给她买生日礼物了。

不过他现在更担心苏伊歆。尽管每天都给她补习，可是不知道是不是进入了秋季，她对于学习的热劲已经过去，反而一天到晚在追着新出的台湾偶像剧《命中注定我爱你》。

教室中，苏伊歆和夏微陌乐滋滋地看着手机里放映的《命中注定我爱你》，看见阮经天一步步走向从丑小鸭蜕变成白天鹅的陈乔恩的时候，两个人激动得说不出话来，尤其是见到阮经天要亲吻陈乔恩的时候，苏伊歆更是兴高采烈地叫着："快亲下去啊！"

"咳咳咳！"就在两个人看得津津有味的时候，背后响起了一串轻微的咳嗽。

夏微陌转身看到来的人立刻不说话了。苏伊歆现在正看得入迷，根本就不希望有人打扰，因此头也不回，生气地说："别打扰我！"这时，一双手拿掉了手机："苏伊歆，夏微陌，你们很空闲哦，考试临近，大家都在紧张地学习，你们竟然在教室里看视频！"

苏伊歆一抬头，竟然看见了愤怒的数学老师，立刻吓得魂飞魄散："老……老师。"

"你们两个人来我办公室一趟！"

两个人听到后立刻陷入了深深的绝望中，经过两年的相处，苏伊歆已经能想象出数学老师吐着飞沫进行着好几个小时的教育的模样。

再不情愿也只能跟着老师进了办公室，苏伊歆却没有想到会在办公室见到尘埃。不过尘埃是被表扬的，她和陌陌却是被批评的。

苏伊歆见尘埃望着她，不好意思地低下了头，真是丢死人了。数学老师一回到位置上，就生气地对苏伊歆说："你看你哥不仅成绩好，又品德优良，你怎么不跟你哥好好学？前段时间你的学习成绩突飞猛进，老师很开心，但是不代表老师我可以放纵你了，你自己不学习还带着别的同学不学习，这种行为非常恶劣，今天我不仅要没收你的手机，我还要请你的家长来！"

一听到请家长来，苏伊歆就欲哭无泪了，虽然爸爸很疼自己，但是他对自己的学校生活十分看重，如果真的被请到了学校，一定会生气。尤其现在尘埃还在，苏伊歆真是面红耳赤，无地自容。

"老师，我们错了，别请家长吧。"夏微陌苦着脸求情，可是数学老师一点儿也不退让："不行，如果这次不给你们点惩罚，你们以后还会再犯的！"

就在苏伊歆和夏微陌两人快要抱头痛哭的时候，尘埃开口了："我是苏伊歆的哥哥，老师，您有什么事和我说吧。"

"哥！"苏伊歆的眼睛立刻就亮了，尘埃真是她的救星！谁知尘埃瞪了她一眼，苏伊歆愧疚地垂下了头。

"可是……"数学老师有点为难。

"是我没有教好妹妹，以后我再也不会让她犯同样的错误，希望您可以给她们一个机会。您请家长来无非是想要让她们好好学习，如果说我有办法让她们在这一次的期中考试中有所进步，那就不必请家长了吧？"

"是吗？"数学老师觉得有点道理，就同意尘埃说的话，"那她们两个人就交给你了，必须让她们的成绩在期中考试中取得进步，不然我继续请家长。"

"好。"尘埃同意了。逃过一劫的俩人松了一口气，跟在尘埃后面出了办公室。苏伊歆用崇拜的眼神望着尘埃："哥，你好棒！"

"我还没有找你们两个算账，竟然在教室里看视频，幸好今天有我，不然都不知道你们怎么收场了。"尘埃责备她们，"从今天开始必须好好学习，争取考试合格。"

"你的意思是你也教我？"夏微陌的眼睛放光了，之前尘埃只愿意教苏伊歆，看见苏伊歆的成绩突飞猛进，她非常嫉妒，还在想什么时候尘埃也教自己，没有想到这一天会这么快就来临了。

"不然呢？"尘埃挑眉，"不过你落下的课程太多，在期末考试前，我会重点抓你。"他曾经让苏伊歆教夏微陌，可是苏伊歆会做了，夏微陌却一窍不通，主要还是基础不扎实。

"这次我一定会好好学习的。"夏微陌第一次燃起了学习的斗志。

之后，教室里总是能看见他们三人坐在一起，尘埃坐在中间给她们两个人补习功课。

苏伊歆望了望课桌上堆满的书籍，愕然："夏微陌，你现在是往奖学金冲吗？"苏伊歆只要求考试合格而已，夏微陌却像是打了鸡血一样疯狂地学习。

"才没有呢。"夏微陌偷偷瞥了瞥旁边划着重点的尘埃，"我现在发现学习也挺简单的。"

"你到底经历了什么？"苏伊歆摸了摸夏微陌的脑袋，"没有发烧啊，怎么改变得这么彻底？"之前夏微陌对学习可是瞧都不瞧的，如今着迷成这样，简直不可思议！

"因为我不想被请家长。"夏微陌瞥了苏伊歆一眼，然后继续看书，"你也别说话了，明天就要考试了，抓紧复习。"可就在这时，夏微陌的电话响了，她怕影响正在学习的两位，跑到教室门口去接电话了。

打来的是一个陌生的号码，夏微陌有些奇怪，但还是接听了。

"喂？"

"是我。"这充满邪气的声音，夏微陌再熟悉不过，双眼中满是不屑："顾町风，你是怎么弄到我的电话的？"

"凭我的本事，要想知道你的电话根本就是小菜一碟吧。"他顿了顿，"我已经按照你的要求和她分手了。"

"分不分是你的自由，我有事，以后也不要给我打电话了，我要把你拉入黑名单了。"

"呵呵，你宁愿陪尘埃学习，都不肯和我聊会儿天吗？"

"你怎么知道的？"夏微陌心里有点儿不安，尤其是身后响起了脚步声和那熟悉的声音，夏微陌感觉到他在逼近。她一个转身就看见了拿着手机的顾町风，"夏微陌你是不是喜欢尘埃？"

"你……你在说什么？"

"你是不是喜欢尘埃！"他愤怒地嘶吼着，把她推到了墙上。夏微陌根本没有想到顾町风会做出这么疯狂的举动，脸色瞬间苍白，可是她根本就不喜欢别人用这种语气质问自己。"是，我就是喜欢尘埃，那又怎样？这是我自己的事情与你无关！"她想要推开顾町风，却被顾町风紧紧地抓住了手腕："他到底有什么好？为什么大家都喜欢他？你只能和我在一起！"

"你是不是神经病啊！你弄疼我了！"夏微陌暴躁地说道，不停挣扎着想要摆脱顾町风的桎梏，"我最讨厌你这种目空一切、自大狂傲的家伙，如果你再不放手我就叫老师来了！你也快毕业了，不想连毕业证书也拿不到吧！"可能是她的话奏效了，他放开了手："我不会放弃的，同样，我也不会放过尘埃的！"

"浑蛋，如果你敢对不起尘埃，我绝对不会放过你！"夏微陌冲着顾町风离开的身影大吼，有不少同学都奇怪地望着夏微陌。

夏微陌紧紧地握住了拳头，巨大的不安如一块黑布盖住了她的心，她清楚顾町风的性格，只要他想要干就什么都干得出来。

……

学生们最不喜欢的期中考试还是到来了，苏伊歆和夏微陌因为在尘埃的帮助下学习突飞猛进，应付考试不成问题。

在教室备考的时候，尘埃再次检查苏伊歆的工具有没有准备妥当。

"2B铅笔带了没？"

"带了。"苏伊歆从笔袋中拿出铅笔。

"橡皮呢？"

"有。"苏伊歆笑呵呵地又拿出几只黑笔，"笔我也准备了。"

他看着她可爱的面庞，嘴角稍弯："手机关机了吗？"结果就看见苏伊歆一惊："对哦。"赶紧掏出了口袋的手机关机了，"OK，搞定。"

铃声响了，考生们都去往各自的考场。苏伊歆和夏微陌的考场和尘埃的考场是分开的，正好是走廊的左尽头和右尽头。

尘埃正往考场走去时，迎面走来了顾町风。顾町风没有穿校服，只穿着一件泼墨的T恤，他嘴角勾起的邪魅的笑容就如他左耳的黑色耳钉一般闪耀。

如果说尘埃是美得梦幻的天之使者，那么顾町风就是从地狱中走出的撒旦。他们身上有着同样的血液，可是他们带给人的感觉却截然不同。

"听说我没有找你的这段时间你过得很舒适。"顾町风伸出手拉住了尘埃外套的拉链，尘埃冰冷地打掉了他的手："别动我。"

"脾气还是这么臭。"顾町风不悦。

尘埃却瞧都没有瞧他，要往考场走，这时清晰地听到了顾町风的冷笑："尘埃，希望你考试好运。"

"什么意思？"尘埃敏锐地感觉到顾町风的话里带话。

"马上你就会知道了。"奸诈的笑如镰刀一般划开了尘埃心里的不安，他总觉得有些古怪。

尘埃到考场坐下后就等待考试，就在考试快开始时，老师看了一眼尘埃前面的空位说："尘埃，你坐到前面的空位来吧，他生病请假了。"于是尘埃和尘埃身后的同学都往前移了一个座位。

身在考场的苏伊歆看见发下来的考卷非常开心，考题基本上都复习到了，再看侧角的夏微陌正细心地答着题，苏伊歆觉得不会出什么问题。

考试过了半小时后，门外走进来了一位教导主任，他严肃地巡逻了一圈后，停在了尘埃后面的同学旁边。

"把纸条交出来。"教导主任威严地说道，原本还在答题的考生立刻都看向了教导主任那一边。那个同学有些迷茫："老师，您在说什么？"尘埃蹙了蹙眉头，微微侧身就看见教导主任从那个同学的桌子中抽出一张写满了密密麻麻小字的纸条："你现在还有什么话可说？"

"老……老师，这不是我的！"同学睁大了眼睛，张皇失措。

"都有人告密了还不承认，难道小抄还是别人栽赃陷害的？"教导主任十分生气，"作弊就算了，还要狡辩。"

听到"栽赃陷害"四个字，尘埃的眉头蹙了蹙，看着教导主任带着同学离开。监考老师赶紧维持秩序："继续考试。"

尘埃看了看手表，时间所剩不多，就继续答题了。

结束考试后，尘埃看见那位作弊的同学站在教导主任办公室门口，一双眼睛哭得通红通红的。苏伊歆和夏微陌刚好也从考场出来了，见尘埃一直盯着那个人，就说："听说他作弊被抓到了，真是可惜，考试得零分不说还得受处分。"

尘埃却没有说什么，只是隐隐地觉得不安。

第十三章
不念何须欢

男卫生间。

顾町风愤怒地拉上了裤链："没有想到让那小子躲过一劫。"

黄毛说："本来我们想要嫁祸给尘埃的，没有想到那小子竟然找了一个替罪羊，怎么每次都这么幸运！白费我让人贴小抄在桌子里了，谁能想到会临时调动座位？"

"没想到真的是你们做的！"厕所隔门被推开了，两人看见一双愤怒的眼睛死死地盯着他们。黄毛吓了一跳："大哥，他……"

"你竟然听到了，"顾町风也没有想到尘埃会出现在厕所，还会听到他们的对话，"是我要害你又怎样！"

"顾町风你做得太过分了！"尘埃一把就扯住了顾町风的领子，身后的黄毛赶紧围上来抱住了尘埃的腰，逼迫尘埃放开了顾町风。顾町风看着在黄毛的桎梏中挣扎的尘埃，恶狠狠地说："尘埃，我放任你不代表我可以忍你!"

"你们最好去教务室说清楚事情的真相,有事冲着我来,别害了别人!"

顾町风看着尘埃那张坚毅的脸就感到好笑:"你不会蠢到认为我会去承认错误吧?这次你逃过一劫就该庆幸,而不是用这种语气和我们说话。"

"既然你们不去,那也没有关系,那我就去调出考场的监控,是谁贴上小抄的就一目了然了。"尘埃的眼睛里满是愤怒。顾町风怕他真的去告密,赶紧拉住了他的手:"不准去!"

"放开!"尘埃猛地甩开顾町风的手,结果导致顾町风撞到墙壁,这下彻底激怒了顾町风,他将尘埃扑倒在地,两个人扭打起来。尘埃的眼睛划过一丝厌恶:"放开我!"

"你就是个杂种,你妈更是个不要脸的人,破坏别人的家庭,像你这种人哪来的勇气留在学校!"

"你可以骂我,但绝对不能骂我妈!"

"难道我说错了吗?你妈就是不要脸的小三!"顾町风张狂地笑着。听着他对自己母亲的污蔑,尘埃眼里愤怒的火苗越来越旺……

"嘭——"尘埃重重地揍了顾町风一拳,顾町风睁大了眼睛,一下子就愤怒起来:"你敢打老子!"朝着黄毛使了一个眼色,"上!"

看着危险离自己越来越近,尘埃没有一丝畏惧,反而越加冰冷。一个完美的右脚踢,就让黄毛躺在了地上。顾町风的眼里浮现了一丝不屑:"不错嘛,你还留了一手。"

"向我妈道歉!"尘埃如一头发怒的狮子,嘶吼着。

"跟一个死人有什么好道歉的。"顾町风一点儿都没有把尘埃放在眼里,他的语气里充满了轻蔑。

"在我心里她是最伟大的！"尘埃怒吼着把顾町风压在了墙上，用拳头狠狠地揍向了顾町风的头，没有想到顾町风快速地躲过，还来了一个右勾拳。

"呵呵，"那是一声轻蔑的笑声，"私生子就是私生子，竟然把一个见不得光还被我爸赶出家的小三当作最伟大的人，我呸！"

拳头飞快地砸在了顾町风的右脸颊，不一会儿他的嘴角就出血了。在顾町风还来不及擦拭的时候，尘埃就像是发疯了一样扑了上来，揪住了顾町风的领子，居高临下："道歉！！！"顾町风也被激怒了，正想要反击的时候，就看见了出现在门口的人，嘴角浮现了一丝得逞的笑意："你继续啊。"

"啊——"他最厌恶的就是有人侮辱自己的母亲！他顿时失控狠狠地又揍了顾町风的脸一拳："道歉！"

"尘埃，你还不快住手！"身后响起的声音让尘埃颤了一下。

……

"阿嚏——"苏伊歆打了一个喷嚏，她抽了一张纸擤了擤鼻涕，"好像是感冒了。"

"那多穿点衣服，"在身旁看书的夏微陌望了苏伊歆一眼，"对了，尘埃呢？考试结束后就没有看见他，下午还有考试呢。"

"应该是去厕所了吧。"不过上厕所的话这时间也太长了吧，苏伊歆不知道为什么总觉得心里堵堵的，似乎有什么事情要发生。

"不好了！"班里的消息通从门外跑了进来，苏伊歆打了一个哈欠问道："你是不是又听来了什么八卦？"

"这次是有关你哥的！"

"怎么了？"看着消息通紧张的模样，苏伊歆也有了一丝不好的预感。

"你哥因为和顾町风打架斗殴，现在正在教导主任的办公室呢！"

"怎么可能？"只是上个厕所，尘埃怎么会和顾町风打了起来？

"陌陌，我们快去看看！"苏伊歆真的很担心尘埃出事，赶紧和夏微陌去教导主任办公室。在门口，她们就听见了教导主任的批评声："尘埃啊，我对你很失望，我一直以为你是个品德优良的学生，怎么会和别人去打架呢？"

听到尘埃的名字，苏伊歆才确定了这件事情是真的，刚想要推开门，却被夏微陌抓住了手："你干吗？"

"我要进去，我不相信哥会无故打人！"

"我也不相信，可是你这样冒失进去也帮不了什么忙，而且教导主任正在气头上，如果我们这样进去，只会火上浇油。"

"那我们现在该怎么办？"又不清楚里面是怎样的状况，就光在外面等吗？

"静观其变，如果实在不对，我们再进去！"

苏伊歆很不甘心，但是夏微陌说的有道理，就只能一直站在门口听着里面的状况。

"尘埃，你为什么要打顾町风？"那是教导主任的声音。

接着苏伊歆就听到尘埃说话："没有理由。"她的心被扎了一下，心里有个声音在告诉自己，尘埃说的绝对不是真的。

"主任，你这次必须要严惩尘埃，你看把顾町风的脸打成什么样子了！"又有一个声音传了出来，苏伊歆蹙起了眉头："这是谁的声音？"

夏微陌说："貌似是顾町风身边的那个小跟班。"

里面响起了顾町风的声音："对，我现在脸都肿了，我可是一直安分守己，今天无辜被打，主任，你必须给个说法，不然我就让我爸取消给学校的捐助了。"

"这个人渣！"夏微陌气呼呼地说道，就知道落井下石。

"这个……"教导主任十分为难，"尘埃你还有什么要说的吗？"

"没有。"

门口的苏伊歆急了："他怎么这么笨，这不就是全盘承认嘛！"不顾夏微陌阻拦，她就直接冲入了屋内，屋内的人都看向了她。

"这位同学你有事吗？"教导主任奇怪地看着闯进来的女生，她的脸红扑扑的，一双眼睛炯炯有神地望着尘埃，又生气地扫过顾町风："老师，我是尘埃的妹妹，我想要为我哥说句话。"

"苏伊歆，出去。"尘埃似乎不愿意见到苏伊歆，语气十分冷漠，苏伊歆十分气："哥，我知道你是无辜的，你不可能随便打人的！"如果真的要打顾町风，他早就打了，根本就不用等到现在。

"就是，一定是顾町风激尘埃，尘埃所以才会动手的！"夏微陌也跑进来说道。看着两个女生都为尘埃说话，顾町风拍了拍手："很好，我知道你们和他的关系好，但是也不能说假话啊。"

"你颠倒黑白！"夏微陌愤怒地说道。

尘埃有些不悦地说道："够了，你快出去！"

"哥！"苏伊歆有些愤怒，"我要证明你的清白。"

"不用！"

"不行！"她也有她的坚守，自己必须要守护尘埃。

"我还有一些事情要处理，麻烦你和这位女同学出去好吗？"教导主任有些失去耐心，情况已经够乱了。

眼看着教导主任要赶人了，苏伊歆赶紧说："老师，我哥品行优良，成绩也很好，一直遵守学校纪律，又怎么会无故打人，除非有人先挑事儿，所以才会让我哥哥做出过激的举动。"

"我不管是出于什么理由，打人都是不对的！你说你杀了人，无论是不是有苦衷，始终是做了错误的事情，该怎么做我比你清楚，现在麻烦你们出去！"教导主任严肃地说道，苏伊歆原本要说的话一下子就咽了下去，只能跟着夏微陌出去了。

可是她们并没有离开，而是在外面焦急地等着。

苏伊歆一直在走廊上走来走去，心急如焚，等他们出来的时候已经是半个小时后了。见到尘埃，苏伊歆赶紧问："他准备怎么处置你？"

"当然是处分，不过这也太轻了，"后面出来的黄毛开始落井下石，"应该退学。"

"别太过分了。"夏微陌有些看不下去。

"是我们过分还是他过分？"顾町风指着青一块紫一块的脸说，"受害人是我！"

"尘埃，这到底是怎么一回事？"尘埃根本就不愿意提，苏伊歆只能去问顾町风，可是顾町风耸了耸肩："很简单，就是他打了我。"

尘埃紧抿着嘴，一把就拉住了顾町风的衣领："你说够没？"

"怎么？"顾町风斜眼望向尘埃，不客气地说道，"还没打够，你再打啊！还想要吃个处分是不是！"尘埃的眼睛里滑过一丝戾气，苏伊歆见气氛不对，赶紧分开了两人："哥，我们别理他！"尘埃却一言不发地甩开了苏伊歆的手，走了。苏伊歆瞪了一眼顾町风，赶紧跟了上去。

顾町风整理了一下衣服，一副嚣张的模样，看得夏微陌一阵恶心："不是不报，只是时候未到。"

"呵呵。"引来顾町风的一阵冷笑。

夏微陌气得打了顾町风一巴掌："小人！"然后怒气冲冲地走了。

"老大，你有没有事啊，要不要我去收拾那个女人？"黄毛说道，结果顾町风愤怒地说道："你敢收拾她，你就等着我扒你的皮吧！"

"是是是。"

"不过这一巴掌我要算在尘埃的身上，早晚有一天我会要回来的！"

……

看见尘埃走出了校门，苏伊歆赶紧追了上去："哥，你要去哪里？下午还有考试！"以前他总会停下来等等她，可是这一次他都没有回头。

"哥——"她猛地跑了上去，挡在了尘埃的前面，"我知道你很生气，你干吗要憋在心里，我是你的妹妹，你完全可以说出来的。"

"说出来有用吗？"尘埃愤怒地咆哮着，"你快回去，别跟着我！"

"哥……"他那绝望、气愤的表情让她心里一阵难受，她说过要守护他的，可是一次次让他受到伤害，她觉得自己好没用。

她看着他越来越远的背影，突然没有勇气跟上去了。她不知道他为什么会和顾町风打架，但绝对不是他们看见的这么简单。

就在这时，她突然看见一辆车飞快地冲着尘埃开来！

不……不要……

"哥——"她嘶吼着，快步冲了上去。她不能失去尘埃！她真傻，当他排斥别人靠近时就是他最需要别人靠近的时候，自己为什么要去放他一个人走！

尘埃听到身后她绝望的嘶吼，刚要回头，就感觉自己被重重推了一把，接着他就听到了刺耳的刹车声。

"哥……"那个微弱又熟悉的声音在他的耳边绽放，他看见那个重重摔在自己身上的女孩，吓坏了。幸好司机及时刹车，不然两个人都难逃厄运。

司机确定他们没事后才走。

"你疯了吗？"尘埃责备苏伊歆的冒失，这可是公路，车子无情，万一她被伤害到一分一毫，自己怎么和养父交代！

"我还没有骂你呢，你没有看见车子往你这儿开来了吗?"就差一点点，尘埃就要出事了，幸好他们都平安无事。

"那又怎样，我本来就是一个没有人在乎的人，受伤根本没有人会理会。"

听着他这样消极的口气，苏伊歆有些愤怒:"谁说不会有人关心你，至少我是一个，爸爸也是，陌陌也会伤心! 还有老师、同学们，这么多人都是关心你的，谁会忍心你受伤?"

他沉默了。

"我虽然不知道你和顾町风之间发生了什么，但无论你做了什么我都不会怪你，我不在乎别人眼中的哥哥是怎样的，我只要你明白我眼中的哥哥是怎样的就好了。"

那真挚的目光让他一下子迷茫了:"你想知道我为什么打他吗?"

"不想知道。"

他的目光一下子柔和了，听见她在耳边轻柔地说道:"哥，跟我回去吧，下午还要考试呢。"他猛地拉住了她伸出的手，看着她因为自己拉手开心的模样，心中的那些不畅都烟消云散。

他回校的第一件事情，就是敲开了教导主任的办公室。他必须要把自己知道的事情说出来，更不可以让别人受冤，给他人的未来抹上一抹黑色。

第二天，学校的公告栏上贴着一张处分通知，除了写了尘埃因为打人而得到的警告处分，下面还有对顾町风和江正楷（黄毛）的严重警告，原因竟是扰乱考场秩序。

苏伊歆有些不明白，夏微陌洋洋得意:"报应来了吧，真是活该。"

尘埃淡笑，所谓的扰乱考场秩序只是校方给顾町风的一个面子，不想要让身为学校投资人的顾家下不了台罢了。不过能得到这个结果他已经心满意足，因为他已经看见告示旁边贴着校方给被冤枉作弊的同学的澄清书。

"只是因为这个处分，哥不能得到奖学金了。"苏伊歆很为尘埃可惜。

尘埃的眉头蹙了下，但很快就松开了："没关系，明年还有。"计划赶不上变化，他本来打算拿这笔钱给她一个惊喜，结果因为顾町风的搅局泡汤了。

幸好，自己还有些积蓄，足够给苏伊歆准备礼物了。

成绩下来了，尘埃的分数是班里第一，紧跟其后的竟然是夏微陌！所有人都大跌眼镜，谁都没有想到班里的倒数第一竟然会有这么好的成绩。

有人怀疑夏微陌作弊，可是看了监控后却没有发现一丝蛛丝马迹，就不了了之了。苏伊歆的分数虽然没有夏微陌高，但也是进步了很多，夏微陌沾沾自喜，说："你看我聪明吧，其实我才是真正的学霸，平时不学，一学就秒杀你们。"

苏伊歆瞪了瞪她："你这是运气。"夏微陌就"切"了一声："有本事你也考这么好。"因为苏伊歆和夏微陌的分数很高，数学老师正为班里的平均分上涨很多开心，哪有时间去理会她们，更别说请家长，所以苏伊歆和夏微陌逃过了一劫。

因此，她们决定好好感谢她们的"救命恩人"——尘埃，准备请他吃大餐。

尘埃坐在 KTV 内看着面前的汉堡套餐："这就是你们说的要请我吃的大餐？"

"学生嘛，没钱。"苏伊歆撒娇道，"哥，你就将就吃吧。"

"每个月给你的零花钱到哪里去了？"他挑眉。

"我还是吃汉堡吧。"苏伊歆低下头吃汉堡。

吃完饭后，就各自分开了。尘埃望着身边还在低头看手机的苏伊歆，蹙眉："走路就别看手机了。"

"我是在找孙燕姿 H 市演唱会的票，我超级喜欢孙燕姿，可惜一票难求，"苏伊歆叹了一口气，"我到现在都没有见过她。"

"不管怎样，走路都不准看手机，我先暂时没收了，等回到家我再还给你。"他不听苏伊歆的抱怨，直接就收走苏伊歆的手机。苏伊歆三番五次夺回不成，只能苦着脸望着尘埃。

他只是斜睨了苏伊歆一眼，抚了抚她的头，结果她闷闷地扒开："不准摸，我本来就笨了，再摸就更笨了。"

苏伊歆见他忍不住笑了，报复性地跳上了他的背："不准笑，我要惩罚你把我背回家。"

"你太重了。"

"哪有，我明明很轻的。"她故意圈紧他，听着他吃力的闷哼声，咯咯地笑了。

尘埃还是把她背回了家，苏伊歆心情十分愉悦："哥，你记不记得几个月前你也是这样背着我回去的。"

"记得，那时你重得快要把我压趴了。"

"乱说。"她轻轻地敲了下他的肩膀，心里却暗自决定回去要少吃一点。

一路上苏伊歆说了很多，虽然他很少接话，但是苏伊歆知道他是在认真听的。这种感觉让苏伊歆觉得很舒服，有时候有个人可以当自己的倾听者也是一件幸福的事情，可惜时间过得很快，很快就到了家门口。

结果在这时出现了两条打斗的狗，苏伊歆刚好站在旁边，一不小心就踩到其中一只狗的尾巴，结果那条狗疼得汪汪大叫。苏伊歖吓了一跳，只见那条被踩中尾巴的狗绿着眼睛冲她扑来，就在这时，一个身影牢牢地挡在自己的面前。

苏伊歖一下子就傻眼了，仿佛看见了初遇时那个挡在自己面前的少年的影子。那条狗龇着牙狠狠地咬了尘埃一口，接着苏伊歖就见他疼得闷哼了一声蜷缩起来。狗正准备继续袭击的时候，老王出来了，他拿着棍子赶跑了两条跑。

"你被咬伤了！"苏伊歖怕得要死，她看见他白洁的手臂上有着大大的牙印。

"必须马上送到医院，万一得狂犬病就不好了。"老王紧张地说道，赶紧去开车。苏伊歖赶紧扶起尘埃，上了老王开出的车。一路上，苏伊歖都十分内疚："都是我不好，刚刚你干吗替我挡狗啊，就让我被咬就好了。"

"我是男人，地震都经历过了，还怕狗咬吗?"相比她焦虑的模样，尘埃却是淡然极了。

"可是还是会疼的。"虽然她没有被咬过，可是她听别人描述过被狗咬后是很疼的，自己怎么就这么笨，踩到了狗的尾巴。

"如果是你被咬伤，你肯定会哭一个晚上，烦死了，这样的话不如我被咬了。"他嫌弃的口气让苏伊歖明白他其实是在安慰自己，幸好很快就到医院了。

医生给尘埃注射针剂的时候，苏伊歖怕得要死，却还是要陪在尘埃的身边。针头扎入尘埃的胳膊的时候，苏伊歖更是紧紧地抓住了尘埃的另外一只手，眼睛更是因为恐惧紧紧地闭着。

尘埃有些无奈，悠悠地说："好疼，放轻松。"

"你是被打疼了吗?"她弱弱地睁开了一只眼睛。

"是你把我抓疼了。"他瞅了瞅被她抓的满是褶皱的袖子，苏伊歆不好意思地松开了手："那你继续打。"护士笑道："已经打好了。"然后帮尘埃压上了消毒棉球，苏伊歆赶紧帮尘埃压住："我来帮你。"尘埃也没有阻止。

"护士，他没事了吧?"苏伊歆问。

"打过针已经没事了。"护士又交代了一些注意事项，苏伊歆听得十分认真，好像受伤的人是她。然后她小心翼翼地护着尘埃上车，苏伊歆一直悬着的心才放了下来。

"刚刚真是吓死我了。"

"幸好我在你的身边，不然被咬伤的人就是你了，记住，以后离那些野狗远一点。"尘埃认真地叮嘱着，苏伊歆小鸡啄米地点头："嗯。"去国外出差的苏父听到尘埃被咬伤，赶紧打来了电话，苏伊歆赶紧把来龙去脉说了一遍，苏父确认尘埃平安后才挂了电话。

当夏微陌听闻尘埃昨天被咬伤，担忧极了："尘埃，你今天没什么不适吧?"

"没有。"

夏微陌松了一口气。

第十四章
明争和暗斗

苏伊歆和夏微陌去上厕所的时候，意外地听见同班的女生在讨论："你知道吗？学校的校草大赛马上就要开始了。"

"校草大赛？"八卦消息点燃了俩人的好奇，她们赶紧围了上去，"我们怎么不知道有这个比赛？"

"今年学生会组织的，在公告栏上已经贴出海报了，中午可以去操场报名参赛，哈哈，这一次可以看见好多帅哥了。"

苏伊歆笑道："这根本就不用比赛嘛，校草肯定是我哥。"

"那是肯定的，可是尘埃不会参加这么无聊的比赛吧。"夏微陌说出了关键性的问题，苏伊歆却说："你听过赶鸭子上架这句话吗？我们可以先给他报名，到时候他不去也不行。"

"OK！"夏微陌也赞同苏伊歆这个决定，于是两个人瞒着尘埃偷偷地给他报了名，苏伊歆甚至贴上了一张尘埃的照片。

可是纸是包不住火的，苏伊歆根本没有想到决赛通知会来得这么快，当尘埃被学生会通知不用参加初赛就进入决赛的时候，他的脸色阴得就如喝了墨水一样："苏伊歆，是不是你搞的鬼？"

"哈哈，今天的天气不错。"苏伊歆心慌极了，没有想到尘埃会这么快就怀疑到自己的身上来。

"看来就是你了。"尘埃非常肯定。

苏伊歆见瞒不住了，只能承认了："好了，是我和夏微陌偷偷给你报的名，但是这个是参赛就有加分的哦！"夏微陌也不好意思地笑了笑。

"我会退赛的。"尘埃缓缓地说道。

"为什么?!"苏伊歆和夏微陌异口同声。

"没有意义。"

"可是这也是一种机会，你也要去试试啊，更何况你如果成为校草的话，不知道有多光荣呢，我也有面子，以后就对别人说我有个校草哥哥。"苏伊歆劝着尘埃。

"对啊，而且顾盯风也参赛了，你明明长得比他帅，总不能便宜那个浑蛋成为我们学校的校草吧。"夏微陌的话让尘埃的眉头蹙了蹙："他也报名参加了？"

"我当然参加了！"门外传来的声音把众人的注意力都吸引过去了，顾盯风冷笑，"你退赛该不会是怕了我吧？"

"才不是呢，他只是不屑参加罢了！"夏微陌不愿意听见顾盯风这样贬低尘埃。

"不屑？我看是怕了，也对，我本来就是学院名副其实的校草，根本就不用参赛，恐怕某人是怕自取其辱所以才不敢和我比赛。"

"是吗？那如果我赢了，你就向我道歉。"尘埃冷冷地盯着顾盯风，顾町风鼻子冷哼了一声："你真是太固执了，那如果我赢了呢？我要你退学！"

"顾町风，别把事情闹得这么严重好不好？"苏伊歆没有想到顾町风的要求会这么过分。

"那我参赛。"

苏伊歆诧异，她没有想到尘埃会选择参加比赛。顾町风冷笑了一声："我很期待你输的场面。"接着就离开了。

"哥，你根本就不必这样的！"顾町风是个强劲对手，更何况他在校这么久，大家对他比对尘埃要熟悉多了，顾町风胜出也未必不可能。如果顾町风赢了，尘埃就要离开学校了。

"哥，要不要再考虑一下？"苏伊歆犹豫地说道，尘埃淡淡地说："难道你对我没有信心吗？"

"不是。"

"那就行了。"一句话就塞住了苏伊歆要说的话。夏微陌说："尘埃肯定会赢得的，到时候自取其辱的人就是顾町风了，苏伊歆你担忧什么？"

听了夏微陌的话，苏伊歆的士气起来了："为了感谢你上次帮我挡下狗，这一次我帮你勇夺校草之位。"

"随便。"他只是想要赢顾町风而已，对方还欠自己一句道歉。

……

音乐教室内挤满了女生，她们都是尘埃后援会的成员，也是被苏伊歆给请来的。

苏伊歆看人来得差不多后，就让夏微陌关上了门，开始进入正题。

她点开了《校草制定计划》的PPT，说："今天我把大家请到这里来，就是来说说校草大赛的事情，大家想不想让尘埃成为H大学的校草?"

"想!"所有人都举起手来。

"现在我们的主要威胁是顾町风,他和我哥一样拥有强大的粉丝团,所以我们得想办法多号召一些人来支持我哥。"

"那我们该做什么?"有人举手问。

"这个问题问得很好,我们只要做能增长我哥人气的事就好了,我已经印制了关于我哥的宣传单,只要麻烦各位分发就好了,网上也建立了我哥的粉丝群和贴吧,大家也要多多活跃气氛,明白的话大家就尽力在考试之前完成任务。"苏伊歆给了夏微陌一个眼神,夏微陌就去分发传单了。

于是,校园里就出现一帮女生开始分发尘埃宣传单,还竭力推荐大家在校草大赛上给尘埃投票,尘埃的人气一下子就上涨了很多。

可是与此同时,顾町风后援会也开始行动,于是尘埃后援会与顾町风后援会开始较量。

校草大赛终于开始了,比赛点设在空旷的会议厅,这天挤满了女生,大家都好奇这一次的校草会是谁。

其实这场比赛就是尘埃和顾町风的专场,其他参赛者都是炮灰,大家对他们根本提不起兴趣,直到顾町风出场,大家才变得精神起来。

顾町风这一次穿着一件黑色的皮衣,几缕头发也被挑染成了蓝紫色,看起来叛逆却不失帅气。他把手指抵住了唇边,然后给了全场一个飞吻,全场尖叫,那声音都快要震破苏伊歆的耳膜了。

"顾町风!顾町风!顾町风!"粉丝团们大声疾呼着。

夏微陌瘪了瘪嘴:"有什么了不起的!"

苏伊歆却什么也没有说,而是静静地望着舞台上劲舞的顾町风。他的确是发亮的,只是他站的高度是她一直仰望不到的,这一刻,她也明白他们的距离实在太远了，远到她已经无法跟上他的步伐了。

顾町风属于那种走远就很难转头等后面的人，尘埃却不一样，他会停下来等等她。

可是为什么自己的目光就是离不开他呢？

旋转，舞动，他的每一个动作都深深地印在她的脑海中。

他曾经是她最美的回忆，可现在却离自己非常远。

顾町风是在众人的尖叫声中结束的，苏伊歆的精神还有些恍惚，就看见他如王者一般离去。

"苏伊歆你在想什么？下一个就是尘埃了。"夏微陌见苏伊歆还愣着，又赶紧推了推她，"你在想什么，马上就是尘埃上场了。"

苏伊歆没有想到尘埃出场会这么早，不过尘埃和顾町风一样是在尖叫声中出来的。当她的视线触及尘埃的那一刻，还是呆住了。

他身上穿着她准备的白色西装，那笔挺的身姿捕获了无数人的目光。他和顾町风不同，唯美得如精灵一般。

如果说顾町风邪魅得如从黑暗中走出的撒旦，那么尘埃就是不染凡尘的精灵。他们两个人是不同的风格，带给大家不同的视觉冲击。

刚刚顾町风的表演是劲爆的，而现在尘埃的表演是唯美安静的。这一次，他带来的是一首钢琴曲《悲伤还是忧伤》，他那淡淡忧郁的气质和这首钢琴曲独特的悲伤风格相得益彰。

全场都为尘埃安静下来，没有一个人敢发出一点儿声音，怕打扰这个精灵弹奏。

苏伊歆紧张地屏住了呼吸，仿佛能感觉到从他指间流淌出的那些忧伤。她微微一转，就看见大家如痴如醉的神情，就连夏微陌脸颊也满是绯红，遮挡不住从胸腔内涌上来的激动之情。

尘埃或许就是这样一个让人心动的存在吧。

顾町风不甘心地握住了双手，凭什么所有人都在关注他！身旁的黄毛似乎看出了顾町风在想些什么，奸诈地一笑："放心！这小子不会笑到最后的。"

顾町风觉得有些古怪："你做了什么？"黄毛神秘地说："老大，你一会儿就知道了。"

就在尘埃要弹奏下一个音的时候，苏伊歆听到了一阵诧异声，夏微陌更是颤抖地抓住了苏伊歆的手臂："伊歆！你快看屏幕！"苏伊歆赶紧看了过去，立马就看见多媒体屏幕上写着大大的几个字：尘埃是私生子。

接着幻灯片就自动播放了，资料讲述了尘埃的身世，其中私生子三字故意被拉大了。

苏伊歆不敢相信自己的眼睛，怎么会这样！她已经听见众人指着台上还在弹钢琴的尘埃窃窃私语，到底是谁播放了这段PPT！这会严重伤害尘埃还未痊愈的心！他最抵触的就是过去的那段日子，现在又把过去放在他的面前，他绝对会受不了。

她看向了不远处的顾町风，握紧了拳头。不用多想，她就知道这是谁做的。

顾町风气愤地说道："这到底是怎么一回事？"

"老大，那家伙的人气实在是太旺了，只有这样才可以毁掉他塑造的良好形象，让大家投票给我们。"

"笨蛋！谁让你这样做的！"顾町风气愤地训斥着黄毛，他顾町风是要赢，但是绝对不是用这么恶劣的方式赢。

苏伊歆赶紧冲了上去关掉了PPT。她望了望在台上弹奏钢琴的尘埃，他似乎没有受到影响，依旧在那里弹奏着钢琴曲。

他垂着眼眸，是悲伤还是不屑还是……生气？他的手指快速地在琴键上飞舞着，越来越快，苏伊歆再也忍受不了握住了话筒："麻烦大家静一静。"

这时，他的琴声戛然而止。

苏伊歆看见夏微陌让她下来的手势，可是为了不让舆论扩大，她必须为哥哥说几句话。全场人的目光都望向苏伊歆，就算她再怎么害怕，也要说。

"刚刚的事情只是一场恶作剧，我希望大家不要被误导了，而且……"

"而且，这上面说的的确是事实。"一个声音的介入让苏伊歆颤抖了一下，那是尘埃的。

如果说刚刚还是争议，那么现在就是诡异了。

苏伊歆根本就没有想到尘埃会承认自己是"私生子"，一时间不知道说什么好。夏微陌着急地说："尘埃这是在说什么啊！"

尘埃似乎不理会底下人的反应，淡淡地说道："我的母亲的确做错了事，那就是受到有妇之夫的男人的欺骗，并爱上了他，生下了我。我并不憎恨她，相反我很钦佩作为单身母亲的她一直照顾我。

"甚至为我付出了生命。"此言一出，立刻引起了哗然。

苏伊歆的眼睛有些湿润，假如她能早点遇见尘埃多好，就不用他一个人承担这么多的悲伤。可是她真的不愿意见到尘埃在众人面前揭开自己的伤疤，苏伊歆知道那有多痛。

"你们可以不尊重我，但是请尊重我的母亲，谢谢。"他朝着众人一个鞠躬就下台了，苏伊歆赶紧跟了上去："哥，你等等我。"

看着他凝重的表情，苏伊歆弱弱地问了一句："哥，你没事吧？"

"我已经不是当初那个敏感的自己了。"苏伊歆看见了他嘴角出人意料的淡淡的微笑，见他摸着自己的头，她悬着的心终于放下了。

全场都鼓掌了，那是为尘埃鼓掌的，也是为了那伟大的母爱鼓掌的。苏伊歆扫了一眼全场，一些顾町风后援会的成员都红了眼睛。

　　不出所料，尘埃成了校草，这段 PPT 非但没有让大家厌恶尘埃，反而让不少人喜欢上了尘埃。

　　当主持人为尘埃颁奖的时候，顾町风握紧了拳头，有些不甘心，正准备离开的时候，夏微陌拦在了他的面前："顾大少，你准备去哪里？说好的，尘埃当上校草后你就道歉的，怎么现在就后悔了？"

　　"我顾町风说到做到！"顾町风不悦地转身冲上前，然后在众人诧异的目光下拿起了话筒，"尘埃你赢了，我也兑现我的诺言，向你道歉，对不起！"

　　"不是向我，而是向我妈妈。"尘埃冷冷地望着顾町风，眼里闪烁着的怒火，说，"你不会是要后悔吧？"

　　"对、不、起！"顾町风咬牙切齿，然后愤怒地离去。夏微陌冲着他的背影唾弃道："输了就输了，还一副大少爷的架子！"

　　"不过恭喜尘埃成为校草！"夏微陌看向尘埃后又是笑眯眯的模样。

　　"哥你好棒！"苏伊歆崇拜地抱住了尘埃，"你简直就是我的偶像！"

　　……

第十五章
平地起波澜

播音厅外，有个人在费劲地说："我……我叫……"沙哑的声音就如公鸭嗓一样，她懊恼地甩开手里的稿子。

"嗓子疼就别说话了，多喝点水。"尘埃递给了苏伊歆一瓶水，苏伊歆接过喝了一口后苦恼地蹙着眉头，刚想要说话，尘埃就用手抵住了她的嘴唇，"保留体力。"

苏伊歆的眉头紧紧蹙着，自己真是衰，好不容易等到广播社迎新，可是自己的嗓子却在面试的前一天出现了问题，早上一起来就因为感冒有些沙哑，喉咙更是疼得像是有一把刀狠狠地刮，说一句话都困难。

可是这是等了很久的机会，如果错过这一次就得等明年了，可是明年大三就很难有时间去参加播音厅的活动了。

尘埃似乎看出了苏伊歆的顾虑，缓缓地说："不如我去找会长，让她推迟面试的时间。"苏伊歆摇了摇头，然后伸出手在尘埃的掌心写道："我不想要因为我的原因耽误了别人。"

尘埃点了点头："那你再喝点水。"苏伊歆摇了摇头，刚刚已经喝了很多水了，现在她更关心里面的情况。终于等到她面试了，可是她却一句话也说不出来，尽管有尘埃在为自己加油打气，可是喉咙里一片火辣，根本一个字都发不出。

会长似乎等得有些没耐心了："同学，我们的时间有限，如果说你只是来恶作剧的话，麻烦出去。"苏伊歆自责地低下了头，然后失落地走出了播音厅。

尘埃一直跟在身后，苏伊歆故作轻松地给了他一个笑容，示意自己很好。尘埃快步走上前，在苏伊歆还没有反应过来时就把她拥入了怀里："想哭就哭吧。"

苏伊歆颤抖了一下，尘埃的怀抱十分温暖，感受到他轻柔的抚慰，她竟然不由自主地落泪了。她垂着睫毛，一颗颗晶莹的泪水落了下来。

尘埃感觉到胸前的衣服湿了一片，那都是被她的泪水打湿的，听着她小声地呜咽，尘埃知道她很伤心。

哭完之后的苏伊歆觉得很舒畅，把悲伤化为食欲，在食堂吃了一顿午饭就没事了。眼睛因为流泪变得通红通红的，还被夏微陌调侃为"兔子"，结果苏伊歆开始挤对她，两人嬉戏打闹着。

今天晚上的作业特别多，苏伊歆就到尘埃的卧室写作业。就在她翻阅英语书的时候，看见了本子下的一张孙燕姿的演唱会门票，惊奇地说："这个不就是——"

"你不是一直想去吗？"尘埃一直盯着他手中的书，看都没有看苏伊歆一眼。苏伊歆猛地点头："对，可是这票早就卖光了，你怎么会有的？"

"学校一个女生给我的，我不喜欢孙燕姿，就给你看吧。"

"真的？"苏伊歆还是有些怀疑。

"不然呢？"尘埃斜睨了苏伊歆一眼，"你认为我会特意给你去买？"

得到这个回答的苏伊歆有些失落，尘埃每天这么忙，怎么可能会有时间给她买票，还是这么难买到的票，看来只是巧合。

不过能看到孙燕姿演唱会是她梦寐以求的事情，所以喜滋滋地亲了亲演唱会门票。

夏微陌知道苏伊歆能拿到演唱会门票非常嫉妒，可是因为只有一张，所以只能苏伊歆一个人去看了，夏微陌还叮嘱苏伊歆要多拍一些照片。

那天，因为天气有些冷，苏伊歆穿上了乳黄色的大衣，正准备出门的时候，发现尘埃站在门口。

"哥，你也要出门吗？"

"晚上不安全，我送你去。"

"不用了，别忘了我可会跆拳道，坏人哪里敢欺负我！"

"你现在有两个选择，第一个是把票还给我，第二个就是我送你去。"苏伊歆怕尘埃真的向自己索票，紧张得把票护在胸前："不行，哪有送人还收回的道理，好啦，你送我去吧。"

尘埃满意地勾起了嘴角。

演唱会定在体育馆，门外已经挤满了人，都是来看孙燕姿演唱会的。苏伊歆非常开心，能在现实中看见真人是她梦寐以求的事情。快要检票的时候，苏伊歆对尘埃说："哥，你回去吧，也不知道演唱会什么时候可以结束。"

"演唱会结束后打电话给我，我来接你。"

"哥，"她嘟囔着，"根本就不用这么麻烦，我自己可以回去。"

"打电话。"

"好吧。"苏伊歆低下了头,她知道尘埃决定的事情不会改变,只能留恋不舍地望了尘埃一眼后就进入了体育馆。

尘埃看着苏伊歆兴高采烈地进去,那俊秀的脸上浮现一丝淡淡的微笑。他没有离开,而是在门口一直等着她出来。

苏伊歆刚到演唱会的位置,夏微陌打来了电话。

"喂!"因为四周太吵,苏伊歆走到一个安静的角落,才听清楚夏微陌说的话:"伊歆,你知道孙燕姿的演唱会的票是怎么拿来的吗?"

"怎么拿来的?"苏伊歆心里有种不祥的预感。

"是尘埃到我们学校附近的餐厅打了一周工,店主的女儿才同意把那张演唱会门票给他的,刚刚我去吃饭,那店主告诉我的!你知道吗?喂?喂……"还没有等夏微陌说完,苏伊歆就挂掉了电话,她根本就没有想到这是尘埃靠在餐厅打工得来的票,难怪自己看他每天晚上都不在,他还搪塞说自己是去朋友家。

当她问起他的手怎么通红时,就不该相信他说是因为受冷,这根本就是长时间泡水所以才会通红的。

不就是一张票吗?他为什么要这么对待自己!苏伊歆的眼里有些怒气,猛地跑出了大厅,这场演唱会不看也罢,她必须去找尘埃,然后狠狠地骂他一顿。

当苏伊歆喘着气跑出来时,就看见背对着她的尘埃。似乎因为冷,他的身体有些瑟瑟发抖,苏伊歆正准备跑过去的时候,见他要转头看来,于是赶紧躲在柱子后。

寒夜中的尘埃像是坠落在人间的星星,已经褪去了在天空中的星光,黯淡地闪着。他因为寒冷而瑟瑟发抖,让苏伊歆有些心疼,她低头看了看手里的票,这是尘埃千辛万苦买来的,结果自己还是没有看成。

里面已经传来了孙燕姿的歌声，她潸然泪下，就呆呆地站在那里。

管理员奇怪地看着一个少女含情脉脉地注视着面前的少年，觉得有些莫名其妙却没有说什么。

演唱会一直持续了4个小时才散场，苏伊歆站得腿都麻了，有人陆续出来。于是苏伊歆给尘埃发了短信："哥，你快来接我吧，我要出来了。"

接着她就见到尘埃看了一眼手机后赶紧躲了起来，苏伊歆暗骂了一声笨蛋，然后装作什么都没有发生的样子出来了。

她的余光已经瞥见了暗处观察自己的尘埃，可是她却什么也没有说。尘埃等到时间差不多后才出来，看见他白皙的脸已经有些通红，苏伊歆感觉心里有把刀狠狠地割着自己。

"哥，你来了。"她还是调整好状态面对尘埃。

"演唱会好看吗？"他问她。

"好……好看啊，孙燕姿长得比电视上漂亮多了，连歌声都好听，全场人听到激动处都站了起来！"原谅她的欺骗。

"那就好。"

哥，为什么你不告诉我，这张票是你打工得来的，为什么不说你一直在等我！苏伊歆忍住鼻子的酸楚："哥，我们走吧。"她主动拉上了他的手。

冰冷刺骨。

但她并没有表露出心里的担忧，只是浅浅微笑，怕尘埃看出什么蛛丝马迹。

人的一生很短暂，可是总有一个人会感动到自己，甚至在漫长的岁月中融化那颗还不算麻木的心。

……

顾盛铭不太来苏家，却总会托人送来一些东西，但都被尘埃拒之门外。苏伊歆弱弱地说："哥，你还是收下吧，这样会不会太绝？"毕竟那是他的亲生父亲，就算犯了再大的错误，他们之间的血缘关系是不会被切断的。

"比起他对我们做的，我已经仁慈很多。"

"可是……"

"够了。"尘埃冷冷地扫过苏伊歆，"以后别再跟我提起他了。"

"好吧。"和顾家有关的事情都会引起他的厌恶，苏伊歆尽量不去提。

一天课上，苏伊歆接到了父亲的短信，看清楚短信内容后，她看着前面的背影，心一阵颤抖："哥……"

"嗯？"他微微转头。

"顾伯父他出事了。"苏伊歆赶紧把短信内容给尘埃看，他的脸色立刻就变了，当着老师的面冲出了教室。老师有些莫名其妙，平时的好学生竟然会做出这么出格的事情："尘埃，你——"

"老师，家里出了一些事情，我和尘埃请假。"说完，苏伊歆就跟了出去。爸爸说顾伯父的脑袋里被查出有肿瘤，如果不动手术就有生命危险！

苏伊歆上了一辆的士，透过车窗看见在疯狂奔跑的尘埃，赶紧让司机在旁边停下车，对尘埃说："哥，快上来！"因为时间紧急，尘埃赶紧上了车。

一路上，苏伊歆都忐忑不安，尤其是尘埃多次激动对司机说："快点开快点，快！"

"那是红灯。"苏伊歆一把握住了尘埃的手，"我现在知道你着急，可是现在没到医院，是怎样的一个结果我们还不清楚。"尘埃似乎慢慢地安静下来，吸了一口气："我知道。"

毕竟父子连心，就算顾伯父当初对尘埃和伯母多么忍心，他都还是在意着尘埃的。

和父亲通过电话后，他们来到了病房门口。苏父叹了一口气："老顾一直不同意进行手术，因为手术有风险，他怕再也见不到你了，所以一直抗拒手术。"

"手术有几成的胜算？"尘埃说话的声音有些颤抖了。

"有75%的胜算，就是因为那25%的风险，所以老顾一直不愿意冒险，但是如果肿瘤扩大，就必死无疑啊。"

听了父亲的话，苏伊歆咬住了嘴唇，看看阴沉的尘埃。

"不管老顾对不对得起你，至少他想过弥补，你也该试着给他机会，毕竟他是你的父亲。"苏父劝着尘埃。

"我进去看他。"不知道他有没有把苏父的话听进去，进入了病房。尘埃看见病床上虚弱的顾盛铭的时候，眉头蹙得很紧，一直没有说话，相反是顾盛铭见到尘埃非常开心，挣扎着要从病床上起来："尘……尘埃……"

护士赶紧阻拦他起来："不行，你刚醒来不可以下床。"尘埃赶紧向前阻止他起来："躺着。"

他欣慰地笑了笑："你说过只有我死了才会原谅我，现在能不能原谅我了？"

"顾伯父你还是接受治疗吧，尘埃说的都是气话。"苏伊歆不想要看见顾伯父这样折磨自己的身体，"我希望您能好好活着。"

"我这一生做尽了错事，所以上天要惩罚我啊！"顾盛铭感叹道，眉目间带着自责，"对不起，在死之前都没有尽到一个父亲的责任。"

"我要你活着，你不是说要补偿吗？那就活着补偿我啊，你放弃手术不就是要我内疚吗？呵呵，我告诉你我不会内疚，只会唾弃你！"尘埃愤怒地说道。

"只要能活着，我就考虑原谅你。"尘埃的脸发出坚毅的光芒，"不然我会恨你。"

顾盛铭激动地抓住了尘埃的手："你真的愿意原谅我？"

"只要你同意做手术。"

"好好好，我马上手术，医生，我要做手术！"顾盛铭激动地按着床边的通知铃。尘埃见他情绪激动，赶紧安抚："别激动，好好养身体。"

"尘埃你怎么会在这里？"门外响起了一个愤怒的声音，来者正是顾町风。他的目光死死地盯着尘埃和顾盛铭拉着的手："你抓着我爸做什么，放开！"

"顾町风！"苏伊歆见顾伯父的情绪有些不稳，然后拉住了顾町风的手腕，"我们出去说话。"

顾町风不甘心地望了一眼尘埃和父亲，不过还是只能听苏伊歆的话出去了。

"伯父患了脑瘤，在还没有伤及神经之前必须根除，可是他不愿意接受手术。"苏伊歆说。

第
十
六
章
前
嫌
皆
冰
释

　　"什么！"跟苏伊歆想象的一样，顾町风激动起来，"就算是这样，干吗让那个杂种来见我爸，之前我爸求他，他都不见我爸，现在我爸病危了，他就假惺惺和好来分家产吗?！"

　　"你怎么能这么想？如果不是尘埃，伯父就不会接受手术，还有，我哥不是杂种，我希望你把嘴巴放干净点。"

　　"自从他到你家，不就和你同流合污了？难道这次分家产也有你的份？"

　　"啪——"一个巴掌打过去，顾町风的脸颊就红了一片。

　　"我和尘埃都没有你说的那样不堪，更何况现在躺在里面的人是你的亲生父亲啊！"苏伊歆对顾町风非常失望，她以为他还能有点人性，会和尘埃和解，去关心顾伯父，可是他什么都没有做到。

　　"呵呵，你为了他打我?"顾町风有些难以置信，虽然以前和苏伊歆会有些小斗嘴，可是她从来都没有打过他。

这一次却因为尘埃，她打了他！

"你可以讨厌尘埃，但是别把他想得这么龌龊，他选择不了出生，也拒绝不了和你流淌着同样的血液。就算你不认他为兄弟，你也要为你爸想想，现在尘埃是伯父的希望，是支撑伯父活着的信念，希望你可以好好想想。"

苏伊歆毫不留恋地走进了病房，留下愣在原地的顾町风。他笑，难道现在的他还有选择吗？

尘埃的到来点燃了顾盛铭的希望，他不再消极了，积极配合医生。

因为要照顾父亲，所以尘埃请了长假，顾町风也选择留在了父亲的身边，虽然他不喜欢尘埃，但是为了父亲的身体着想，并没有和尘埃闹得不可开交。

顾盛铭终于确定动手术了，他的一头黑发剃成了光头，依旧乐呵呵的。

在他被推进手术室的时候，他握住了尘埃和顾町风的手："町风，尘埃，我知道你们这段时间都是为了我装出和解的样子，我知道你们心里还有芥蒂，不管我能不能活着出来，我都希望你们可以好好地相处。"

苏伊歆看见顾町风的脸色一下子就变了，她不知道他在想什么，只是一直没有说话。尘埃只是点了点头，说："等你出来。"

顾伯父满足地笑了，一群人目送着他进入手术室，接着气氛就变得凝重起来。尘埃一直靠在墙上，头低着，苏伊歆能感觉出他身上充满阴郁，又看了一眼顾町风，他的神情也很低落。

她默默地叹了一口气，买来了两盒牛奶和面包。她把牛奶和面包分给了他们："你们早饭还没有吃，多少吃点吧。"

"你吃吧。"顾町风扭过头去，看都没有看一眼。

尘埃只是说了一句："你吃吧。"

"别担心了，顾伯父一定会平安无事的。"明明两个人都很关心自己的父亲，却都嘴硬装不在乎。

"不用你说，我也知道。"顾町风倔强地说，他昂着头，苏伊歆仿佛能看见他眼里有些湿润。

都没有人愿意吃，苏伊歆也没有什么食欲，把面包和牛奶放在一边。苏父处理完公司的事情就赶过来了。

"叮——"手术灯从红色变成了绿色，尘埃和顾町风同时围住了第一个走出的医生。"医生，我爸怎么样了！"两人异口同声，接着互相瞪着对方，尤其是顾町风十分不舒服："你不姓顾，凭什么叫爸！"

"我叫不叫他，用不着你管。"尘埃不甘示弱，苏父怕战火再次点燃，赶紧问医生："老顾的病情怎么样了？"

"手术很成功，我们会把他转入普通病房，只要安心休养就好了。"所有人悬着的心终于放下了。苏伊歆开心地说："顾伯父这次一定能逢凶化吉！"

"之前，我是为了我爸才处处忍让这小子的，这一次我不会再忍了。"顾町风说。苏伊歆只觉得他有些任性："你这样就不怕顾伯父伤心？"

"老顾最想要看的就是你们两个冰释前嫌，为什么一定要兵刃相向?!"苏父也看不下去了，"町风啊，有时咄咄逼人并不是一件好事。"

"就算你踏入顾家大门，我也不会承认你尘埃是我的兄弟，永远不会！"顾町风依旧执拗，见到顾盛铭被护士们推了出来，赶紧迎了上去。

苏伊歆怕尘埃伤心，就安慰他："他就是这样的性格，你别太在意。"尘埃却只是笑了一下:"我认识他又不是一天两天了。"

尽管顾町风嘴上抵触着尘埃,但是他并没有阻止尘埃接近顾盛铭。

放学后的苏伊歆会立马赶到医院,看见尘埃为顾盛铭削苹果的样子,苏伊歆就觉得他很可爱。自从和顾盛铭冰释前嫌后,尘埃的笑容也比以往多了。

顾盛铭一看见苏伊歆,就笑得合不拢嘴:"伊歆来了,快到这里坐。"苏伊歆奔了过去,乖乖地坐好。

"谢谢这段时间你在尘埃的身边照顾他,这份情顾伯伯一定记在心上。"

"您别这么说,我可没有照顾哥,相反是他在照顾我。"苏伊歆羞愧地低下了头。

"你知道就好。"尘埃插嘴,苏伊歆狠狠地瞪了他一下,他没有收敛反而说,"难道不是吗?"苏伊歆只好沉默,的确是尘埃在照顾自己。

"现在我认回了儿子,想要他搬到顾家来,所以想要你和你爸说一声。"听到顾伯父的话,苏伊歆的笑容都僵了:"搬家?"她从来都没有想过离开尘埃。

尘埃也有些意外:"为什么?"

"以前我没有尽到做父亲的责任,现在我想要弥补一下。"顾盛铭说道,苏伊歆心头一阵失落,如果说尘埃真的搬走的话,自己一定会很不习惯的。

"爸,我想留在苏家,滴水之恩,当涌泉相报,苏家帮过我,我不能就这么一走了之,更何况我已经熟悉了苏家的氛围。"尘埃的话让苏伊歆的眼睛里又复燃起希望,她赶紧说:"对啊,而且尘埃和我同班,一起上下学比较方便,再说苏家和顾家离得这么近,来往也方便。"

顾盛铭一下子就看出苏伊歆在挽留尘埃,又看着尘埃坚定的模样,也不再强求，只能答应了他们的要求。苏伊歆开心得都快蹦了起来，吃饭的时候想到尘埃会留在自己家，她就笑得合不拢嘴。

顾盛铭的身体康愈得差不多后，尘埃就给他办理了出院手续，偶尔也会去顾家看望他。有时候会碰见顾町风，但是顾町风最多是冷笑一声，就进了自己的房间。

看来他已经在默许自己见爸了。尘埃想，这样也好，至少少了很多麻烦。

虽然长时间请假，尘埃却没有落下课程，不仅对答如流，还把老师困惑的问题给解决了，导致数学老师投来佩服的目光。

苏伊歆简直要膜拜尘埃，她常常怀疑尘埃就是传说的天才，人家辛苦复习的东西还不如他瞧上一眼所学的快。

夏微陌因为尘埃长时间没来，觉得格外亲切，前段时间听苏伊歆说顾盛铭出事的时候吓了一跳，因为顾盛铭带给尘埃巨大伤害，夏微陌并没有去看望他。可后来，他们竟然冰释前嫌了，夏微陌也为尘埃感到开心。

……

苏伊歆没有进入广播社，后来投奔了绘画社，爱上了素描。她扑到尘埃的身上，故意用头去蹭着尘埃：“哥，陪我去买素描工具。”

“没空。”他的目光一直盯着电脑屏幕，在写报告。

“哥！”她撒娇。

“跟你去有什么好处？”

“不逼迫你吃我做的莓干曲奇了。”因为前一段时间手痒，苏伊歆在厨房里忙活着做出了一道黑乎乎的莓干曲奇，然后逼迫尘埃吃掉，到现在她还能想起尘埃痛苦的模样。

想到这里，她就忍不住笑了。

"成交。"

苏伊歆开心极了，赶紧拉着尘埃去购买素描材料，在尘埃的建议下，苏伊歆终于购齐了绘画材料。店主更是因为尘埃长得帅，特别赠送了一只毛笔，苏伊歆爱不释手，心里暗想下一次一定要拉着尘埃去买东西。

"哥，你站在那边不准动！"苏伊歆霸道地说，然后用笔指着被威逼利诱当模特的尘埃。

"速度。"

"绝对会把你画得美美的。"因为是第一次接触人物写生，苏伊歆并不是特别娴熟。

半个小时后。

"画好没有？"

"哥，你别动啊。"

……

又半个小时后。

"给我看看。"尘埃的手靠在画板上，望着掩着画不给他看的苏伊歆。

"不……不行。"她可不想被尘埃笑话。

"作为模特的我应该有权利看画吧？"尘埃说，"我就问一句，你给不给我看？"苏伊歆只能交出画，委屈地说："别怪我哦！"她真的尽力了，只是无论她怎么画，都无法画出尘埃5％的神韵。

尘埃盯着画纸上的人有些哭笑不得，上面的人挤眉弄眼，嘴巴更是咧开到了脸颊处。

"这就是我在你心里的形象？"

"当然不是！"她着急地解释着，"只是我的技术有限，所以才会画成这样的。"

尘埃也没有责怪她的意思，只是淡淡地说："再来一张。"

"嗯?"苏伊歆没有明白他的意思。

"素描靠的就是多练，熟能生巧，你多画几次，一定会比现在好。"

……

苏伊歆吹了吹画纸上的橡皮屑，满意地看着自己画出的画，经过自己的努力，画终于有些像尘埃了。

"看来我在素描上还是有天分的。"苏伊歆骄傲起来。

"有天分的话连个圆都画不圆?"尘埃斜睨她。苏伊歆一下子就蹙起了眉头："哥——"

"嗯哼?"

"其实我还想要求你一件事情。"

"说。"

"夏微陌成立了一个 cosplay 社团，现在正在招新，可是我们现在缺人，你可以参加吗?"苏伊歆小心翼翼地问道，她知道尘埃很忙的，可是真的是因为参加的人太少了，但在校庆上又必须出一个节目，如果尘埃能参加的话，一定会吸引来一大批人参加 cosplay 社团。

"你不是已经参加素描社了，怎么又开始插足 cosplay 社?"尘埃斜睨了一眼苏伊歆，苏伊歆吐了吐舌头："我这种讲义气的人怎么可能会不帮助朋友，所以请你帮帮我吧。"

"没兴趣。"尘埃直接拒绝，这让苏伊歆有些受伤。

"哥，你都没有接触过怎么知道没兴趣?"苏伊歆继续求着，"更何况你上次欠我一个要求，现在我让你加入 cosplay 社团!"

尘埃斜睨着苏伊歆："真的要我参加 cosplay 社?"见苏伊歆小鸡啄米一样地点头，他想了想点头："那好吧。"苏伊歆欢呼："我就说哥最棒了！"

当苏伊歆把尘埃带到了 cosplay 的排演场地的时候，夏微陌诧异地说不出话来了："你真的把尘埃请来了？"

"当然。"苏伊歆一脸自豪："你打赌输了，请吃饭。"

"原来这只是一场赌局。"尘埃环抱着胸，说道。苏伊歆吐了吐舌头："这都不是重点，重点是我们必须在校庆上排出一部完美的 cosplay 剧。"

"能把尘埃请来，我们就如虎添翼了，我和社员们已经想好排什么剧了。"夏微陌兴高采烈地说道，苏伊歆好奇地问："什么剧？"

"《白雪公主和七个小矮人》。"

"有些演烂了吧？"苏伊歆蹙了蹙眉头。

"我们也会加入一些看点的，例如让你当王子，让尘埃当白雪公主啊，我相信一定会有不少人期待的。"夏微陌笑呵呵地说道。

"我当……白雪公主？"尘埃指了指自己，然后阴沉沉地望向了苏伊歆，"苏伊歆！"

"啊？其实我也是刚刚知道你演白雪公主的。"苏伊歆委屈地说道，"夏微陌，我好不容易请到他的，你就不能换个角色给他？"

"可是白雪公主是主角，绝对不可以让给别人。"夏微陌一意孤行，"如果尘埃不愿意的话，那你就得请我吃饭。"

苏伊歆一下子就拉下了脸，可怜兮兮地望着尘埃："哥，你说过会答应我任何要求的，你就演一次白雪公主吧。"

"我想哥哥也不会违背诺言吧?"

"所以你是在逼我吗?"他凝望着苏伊歆那张调皮的脸,苏伊歆摇了摇头:"我绝对不是这个意思,只是想要让哥哥帮我而已。"

尘埃叹了一口气,看着 cosplay 社所有成员都用期待的目光望着自己,只能点头:"那好吧,我参加。"

众人欢呼,最开心的莫过于苏伊歆。

作为最大功臣的她就被夏微陌拉去海吃了一顿,接着两人就开始设计尘埃的服装,终于在张妈的帮助下做出了一条漂亮的公主裙。

尘埃看见苏伊歆和夏微陌展开那条裙子的时候,脸色都阴了,咬牙切齿地说:"苏、伊、歆!"

"不准违背诺言。"苏伊歆在旁边小心地提醒着,尘埃只能穿上了那条裙子。

和她们想象的一样，尘埃穿上公主裙后比女生还要美。

校庆终于到了，cosplay社团为大家表演《白雪公主与七个小矮人》的舞台剧。

"从前，有一位美丽的皇后，她生下了一个美丽的女孩，取名叫白雪公主……"夏微陌担当旁白缓缓地说着。

幕后的苏伊歆小声地对尘埃说："哥，轮到你上场了！"他却一直站在幕后不肯出去，苏伊歆赶紧推他："都紧要关头了，必须上了！"

尘埃绷着脸只能被苏伊歆推了出来。苏伊歆看见所有人都诧异地望着尘埃，她就知道大家一定会满意的。

现在的尘埃带着金色长发的假发，白皙的肌肤白里透红，因为化了妆，更加娇俏可人，根本就看不出他是男生。那一身乳黄色的公主裙，蕾丝翩翩，把尘埃衬托得更美丽动人了。

夏微陌十分满意众人惊艳的表情，顺着台本继续念了下来，接着扮演皇后的女生出场了，站在尘埃的身边，一下子就被比了下去。苏伊歆顿时庆幸，幸好演皇后的人不是自己，不然自己会被比下去的。

尘埃是个很聪明的人，先不论外表有多出色，就说他的演技，他可以看一遍剧本就把自己的台词给记准，并且角色拿捏得当。

随着剧情的发展，苏伊歆出场了，她穿着一套骑士装，褪去了以往的青涩，俊朗地站在了众人的面前。她看着底下黑压压的一片，有些紧张，可是目光触及到尘埃的脸时，顿时轻松下来，跟着其他社员一起演戏，直到躺在棺材里面的尘埃醒来。

无数的彩花从舞台上方撒了下来，撒在大家的身上。在热烈的掌声后，苏伊歆和大家排成一排冲着观众鞠躬。

苏伊歆感到非常自豪，看着旁边的尘埃，暖到了心坎里。退场后，换下演出服装的苏伊歆对椅子上的尘埃说："哥，我去一下厕所，等一下会有化妆师来给你卸妆的，等我哦。"

见尘埃点头，苏伊歆笑着往厕所方向跑去，可是她却在厕所门口见到了自己最不想看见的画面。

顾町风捧着夏微陌的脸吻着。

苏伊歆只感觉心撕裂般的疼，不可思议地望着面前的景象。

"顾町风，你别太过分了！"夏微陌猛地推开了顾町风，狠狠地给了他一巴掌。顾町风很愤怒："夏微陌，我喜欢你，我不准你去靠近别人！"

"哈哈哈哈！"苏伊歆大笑，看见两人错愕地望了过来。

"伊歆！"夏微陌想要向前一步，苏伊歆向后避开，说，"不准过来！"她现在只觉得很疼，很疼，她根本就没有想到自己喜欢这么久的人竟然会喜欢上自己最好的朋友。

"原来顾町风早就喜欢你了，你却一直瞒着我，你是不是觉得我很傻，一厢情愿地喜欢顾町风，到头来人家喜欢的人是你而不是我！"苏伊歆嘶吼着，她可以接受别的女生和顾町风在一起，但不能是自己的好朋友！自己还傻到总是和夏微陌说自己暗恋顾町风时做的傻事，现在苏伊歆可以想象得出那个时候她一定是在嘲笑自己。

"苏伊歆，对不起，不喜欢就是不喜欢。"顾町风没有想到苏伊歆会突然出现，既然已经被她看见了这一幕，他也不想要再欺瞒下去，"我喜欢的人是夏微陌！"

"你住口！"夏微陌愤怒地冲着顾町风大喊，紧张地望着满脸泪水的苏伊歆，"他只是为了报复我才会这样说的，你别相信他！"

"够了，我现在根本就不知道你说的话哪句是真哪句是假，夏微陌，我讨厌你！"她是真正喜欢顾町风的，夏微陌却抢走了他，还和他亲吻，苏伊歆只觉得夏微陌虚伪。

看着跑走的苏伊歆，夏微陌愤怒地说："我还没有跟你算强吻的账，你就这样颠倒黑白，顾町风，我跟你势不两立！"说完她就去追苏伊歆。

苏伊歆坐在花坛边，倔强地用手擦着眼角的泪水。她从来都没有想过顾町风会爱上自己的好朋友。

"伊歆。"那轻轻地呼唤唤起了苏伊歆心里的委屈，想起那些年她们依偎着说笑，一起看电视，关系好到可以穿同一件衣服。苏伊歆以为自己非常了解夏微陌了，没有想到自己连顾町风喜欢夏微陌都不知道。

"你和顾町风在一起可以直说，没有必要瞒着我。"

"不是这样的，是他刚刚强吻我，结果刚好被你看见了。"夏微陌努力解释着，苏伊歆却冷笑："他吻你，你不能推开他吗？可是你却是在看见我的时候才推开他的，原来你一直不让我接近顾町风的原因是你也喜欢他。"

"你已经认定了我和他在一起，我也无话可说，但我希望你冷静一下。"夏微陌心里也不好受，尤其是苏伊歆误解了她。

"夏微陌，我不能再隐瞒自己的心了，我喜欢顾町风，从很小的时候就喜欢他了。"

"我没有想过和你争！"

"可是你们明明亲吻了！"

"苏伊歆！你别无理取闹！"夏微陌一下子就被激怒了，"别什么事情都要我让着你，你一直以来就把自己当作公主一样，我已经忍够了！"

刚刚是不是她太过分了，苏伊歆有些愣，刚想要伸出手去抚慰夏微陌的时候，却被她打开了手："从小你就觉得比我优秀，可是在感情上我赢了你，你喜欢的顾町风喜欢上我了，所以你受不了这个事实了，我觉得朋友之间必须有信任，既然你对我已经没有了信任，我觉得我们也没有必要再做朋友了！"

苏伊歃诧异地望着愤怒的夏微陌，她没有想到夏微陌会说出绝交的话，原本她想要拉住她，可是看见夏微陌失望的眼神后，弱弱地缩回了手。

天明明亮着，苏伊歃的世界却关了灯。泪水像断了线的珍珠划过她白洁的脸庞，看着夏微陌的身影离自己越来越远。

……

推开门，一片漆黑。

尘埃问："为什么不开灯？"他知道她在，他已经听到她微弱的呼吸。

可惜没有回应。

他不知道苏伊歃为什么会中途回家，可是从夏微陌生气的表情来看，她们多半是吵架了。

灯被打开了，缩在墙角的苏伊歃看见灯突然亮起来，眯起眼睛，冷冷地说："关掉。"

"怎么了？"他走了过去，蹲在了她的面前。

她的眼睛对视上他的眼睛："尘埃你有没有恨过一个人？"

"为什么会突然这样问？"

"我和夏微陌绝交了。"

尘埃并没有多大的惊讶，只是问："为什么？"

"为什么？"苏伊歃的眼神有些空洞，嘴角凄凉地一笑，"如果我说我看见顾町风吻了她呢？如果我说我……还喜欢着顾町风呢？"

他的眉心一紧，把瘦弱的她揽入了怀里，却一言不发。

"纵使顾町风不喜欢，没关系，我一直等着他，现在我感觉自己一点机会都没有。"他爱的人是夏微陌，她根本不想和夏微陌去争夺什么。

"我以为自己已经忘记了顾町风，没有想到他一直都在我的心里，或许他的脾气很烂，可是，忘，哪有这么容易？"他的怀抱很暖，让苏伊歆有些眷恋，似乎那些悲伤也消散了很多。

"我懂。"

"哥，我好想哭，可是我一点也哭不出来。"苏伊歆呆滞地说着，她指了指自己的心，"可是我的心好疼，疼到我快要窒息了。"

他觉得他的心一阵绞痛，他想要抚平她心里的伤痛却无能为力，只能看着她像一朵花朵慢慢走向枯萎，再也看不见它盛开的模样。

……

第二天一早，他敲了她的门，却没有人应，推开门，结果看见房间里空无一人。

他的心慌了，想到苏伊歆那绝望的模样，怕她有事，赶紧拨打了她的电话，可是一直是无人接听的状态。

尘埃着急死了，这么早她会去哪里？他找遍了所有能找的地方，可是一直没有见到她的踪影，苏父和张妈、老王十分担心苏伊歆，也跟着找，可是没有找到她的下落。

苏父见上学时间快到了，就让尘埃先去上课，尘埃只能同意，怕苏伊歆会在学校，走之前对苏父说："如果有什么事情记得打我的电话。"可是尘埃在校园里转了一圈都没有见到苏伊歆的身影，教室里也没有苏伊歆，无奈之下，尘埃只能询问夏微陌："今天你有没有见到伊歆？"

"怎么了？"夏微陌感到一丝不安，尤其是看见尘埃这么紧张的样子，就猜到苏伊歆出事了。

"早上的时候她就不见了，我找了很多地方都没找到她，我以为她会去找你。"

"怎么会？"夏微陌十分诧异，"那我们快去找她吧！"尘埃点头，正准备和夏微陌出去的时候，上课铃声响了，老师走了进来，看见他们要往外走，问："你们去哪里？一会儿还要考试呢。"

夏微陌为难地望了一眼尘埃，尘埃正准备说话的时候，手机响了。上面闪烁着"苏伊歆"的名字，尘埃的眼睛划过一丝欣喜："是伊歆的。"

"快接。"既然能打来电话，应该就没事了。

"你在哪里？"尘埃着急地问，"知不知道大家都在找你？"

"我马上回学校，别担心我。"不知道为什么，尘埃听到有吹风机的声音："你现在在哪里？我来接你。"

"不用你管。"接着电话就被挂了。夏微陌小心翼翼地揣摩着尘埃的神色："怎么样，她怎么说？"

"她马上就会回来的，我们先考试吧。"尘埃说，然后对老师说，"伊歆有点事可能迟点过来。"

"那好吧。"老师点了点头，等他们回到位置后，开始发试卷。尘埃给苏父回了找到苏伊歆的短信后，就开始答卷子了。

时间一分一秒地过去，尘埃都没有见到苏伊歆的身影，看着手表上的时间，有些焦急。怎么到现在还没有来？

"嘭——"在同学们认真答着卷子的时候，门被重重地踢开了。不是被推开的，是被踢开的！

所有人都用异样的眼神看着门外的少女，一头显目的紫色短发，穿着有些杀马特风的牛仔衫，下身则是黑丝打底，那三公分的白色高跟鞋极为显眼。

苏伊歆望着愕然的老师，嘴角一笑："对不起，我来迟了。"老师没有想到一向乖巧的苏伊歆竟然会做出这么出格的举动，而且她的打扮哪里像个大学生，不由得有些愤怒："苏伊歆，学校不允许奇装异服！"

苏伊歆却好像没有把老师的话放在眼里，只是从口袋中拿出了一片口香糖扔进了嘴里，旁若无人地走向了自己的位置。

"苏伊歆！"老师在她的身后咆哮。

"到底怎么回事？"尘埃挡在了苏伊歆的面前，苏伊歆咬住了唇，倔强地说："让开。"

第
十
八
章

尘
埃
再
受
伤

　　夏微陌也不理解苏伊歆为什么会发生这么大的改变，心情复杂地望着苏伊歆。苏伊歆只是轻笑："哥，我已经长大了，我想要怎么样，那是我自己的事情。"从她被夏微陌伤害的那一刻起，她就不会再去相信任何人了，更别说去依赖。

　　或许有一天，尘埃也会像夏微陌一样背叛自己吧。

　　"苏伊歆，你连我都不放在眼里了是吧？你给我出去，没有我的允许不准进来！"老师正气在头上，为了平复老师的心情，尘埃拉着苏伊歆的手往教室外走："我们出去。"

　　"我不要！"苏伊歆愤怒地甩开了尘埃的手，看见他眼里的难过，心里有些伤痛，可是看到正盯着自己的夏微陌，苏伊歆推开了尘埃，不屑地说："我不需要你们的可怜，我讨厌你们。"

　　夏微陌一阵火大，重重打了苏伊歆一巴掌："你把自己折腾成这样，不就是想要我内疚嘛，我告诉你，你的目的达到了，我内疚了，我后悔了！你可以冲我发火，但是没有必要把自己弄成这个模样！"

苏伊歆摸着火辣辣的脸颊，满眼都是恨意："你凭什么打我？"

"你们三个人都给我出去！"老师看他们三个人扰乱了课堂秩序，气愤地指着他们三人。

苏伊歆咬着嘴不屑地走了出来，夏微陌和尘埃赶紧跟了上去，到了外面才见到苏伊歆靠着墙用手机在发着什么。她看见他们两个出来，叛逆地盯着他们。

"你什么时候把头发染成这样了？"夏微陌愤怒地说道。

"你都不是我的朋友了，干吗管这么多！"

尘埃把身上的外套脱了下来，要盖在苏伊歆的身上，却被苏伊歆狠狠地扔在了地上："我不需要你关心我！"

"你到底想要我们怎么样？昨天真的是顾町风强吻我，我从来没有想过和顾町风在一起。我无法控制别人不来喜欢我，因为他喜欢我，你怪我，认为我背叛了我们两个人的友情，我无话可说，但是我不希望你把自己折腾成这个样子。"

苏伊歆忍住了心里翻涌而上的伤感，"不用你假惺惺！"她头也不回地走了，夏微陌刚想要去追，就被尘埃阻拦了："我去吧，她现在看见你就情绪激动。"

夏微陌点了点头，但还是很担心。

苏伊歆看见学校门口几个骑着摩托车的小混混儿，赶紧走了过去。带头的人染了一头栗色的头发，叫作江凯，是苏伊歆的小学同学，曾经喜欢过苏伊歆，可惜苏伊歆没有接受。

昨晚，他看见她因为伤心发出的说说，就用 QQ 发了消息安慰苏伊歆，也是他带苏伊歆去染了一头紫发。

苏伊歆只想堕落，她再也不想要依附着众人眼里的那个苏伊歆生活。

"你终于来了。"江凯露出了兴奋的表情。

与此同时尘埃也追了出来，看见苏伊歆和他们在一起十分意外。"伊歆，过来。"苏伊歆冷漠地戴上了江凯递过来的头盔，坐在了他的摩托车上。

她看了看披在自己身上的外套，犹豫了一下便脱下扔到了地上，对不起。

尘埃赶紧上了一辆的士，让司机一直跟着他们。

江凯他们订了一家 KTV 的包间唱歌，玩闹，嘈杂喧嚣。

苏伊歆是最突兀的存在，一下子不知道该干什么，怎样都融入不了他们。江凯手里夹着一根烟，眯着眼睛，吞云吐雾。

"放开点嘛。"他故意凑近苏伊歆。苏伊歆闻到他身上浓重的烟草气息就有些想吐，想要往旁边移一移，却没有想到江凯的手大胆地放在了她的背上。

"怎么？怕我？"

"没有。"

江凯似乎有些不开心，拿了一杯酒过来："酒是好东西，喝了它就能忘记那些悲伤。"

苏伊歆想起了之前的事情，便愤怒地拿起了江凯手里的酒。周围的混混儿看见苏伊歆一干而尽，欢呼起哄着，江凯冲着身边的几个混混儿眨了眨眼睛，就开始不断有人给苏伊歆敬酒。

一杯杯酒下肚，苏伊歆头晕眼花，想要拒绝，却被江凯给灌了下去。苏伊歆感觉头很重，无力地瘫在沙发上，面前的景象都有了重影。

她看见面前的江凯露出了坏笑，他的触碰让苏伊歆有些恶心，想要推开，却被他紧紧地禁锢住双手。她心里有了不好的预感，"放——放开我——"可是江凯的双手并没有停止，反而探入了她的衣服里，那冰凉的触感让苏伊歆一阵恶心，尤其是江凯要吻她脖子的时候，苏伊歆奋力推开江凯，趁机想要逃走，却被几个混混儿拦在了门口。

"你个臭婊子！"江凯步步紧逼，重重地打了苏伊歆一巴掌，苏伊歆摔在了沙发上。

"苏伊歆！！！"在苏伊歆绝望的时候，包厢的门被重重地踢开了，江凯听到巨大的声音立刻朝门外看了过去。苏伊歆赶紧掩好衣服，缩在角落，看见尘埃那张熟悉的脸，哭道："哥，你终于来救我了！"

尘埃看见了苏伊歆那狼狈的样子，目光里满是愤怒："放开她。"

"呵呵，就凭你？"江凯狂妄地大笑着，使了一个眼神，他的兄弟们朝着尘埃进攻。"小心！"看见有人要偷袭尘埃，苏伊歆紧张地大叫。

尘埃一个左踢就把对方踢倒在地上，那些女生尖叫着散开了，一个个逃出了 KTV。

苏伊歆松了一口气。

江凯看见倒在地上的兄弟，愤怒地冲了上去，没有想到尘埃一个侧身，拳头重重地击在了江凯的肚子上。他的面孔变得扭曲，痛苦地蜷着身子。

尘埃朝着角落中还在恐惧中的苏伊歆走去。苏伊歆看见尘埃，立刻就抓住了他的手，哭嚷着："哥，我就知道你会来的，我知道错了，快点带我走。"

"冷静点，我在。"他用轻柔的声音安慰着苏伊歆，正准备把她拉起来的时候，江凯从地上起来，拿着啤酒瓶砸向了尘埃的头。

"嘣——"苏伊歆睁大了眼睛，看见酒瓶破碎的玻璃渣，在空中飞扬，微微擦过她的脸颊，掉落在地上。而尘埃的头部已经流淌着血，就这么径直地倒了下去……

就像初次见面，他为她挡下了从天而降的玻璃……

"哥——"她嘶吼着。

……

救护车到了，护士们把尘埃抬上了车，苏伊歆伤心地握住了他冰冷的手，着急地哭着："哥，是我错了，你醒醒好吗?"是她太过任性了。如果她不跟那些人走的话，哥就不会遭遇不测。

可是尘埃一点反应都没有，就像一朵被折断的白莲，已经没有任何生气。他的衣服上已经被鲜血浸透，那红色让苏伊歆恐惧极了。

她满手鲜血地站在手术室外面，焦虑地等着。苏父和夏微陌先来了，看见已经被吓傻的苏伊歆。"到底发生了什么事情?"苏父已经被苏伊歆这副失魂落魄的样子给吓倒了。

苏伊歆痛苦地蹲了下去，捂住了耳朵："不要问我，不要问我!"眼泪肆意地在她的脸上流淌着。

夏微陌看见苏伊歆这么激动，赶紧安慰她："好，我们不问。"这时候做笔录的警察来了，苏父和夏微陌赶紧上前了解情况。

得知了大概的过程后，苏父说："警察同志，现在我女儿的情绪不稳定，可以稍后再做笔录吗?"警察望了眼蹲在地上的苏伊歆，同意了。

"万一尘埃就这么醒不过来了该怎么办?"苏伊歆恐慌着，满脑子都是尘埃倒下去鲜血飞溅的画面。

"不会的，他一定会没事的。"夏微陌不相信尘埃会这样倒下去。

第十九章
人生胜离还

顾町风和顾盛铭来了，顾盛铭焦急地问："现在里面的情况怎么样了？"

苏伊歆满腔羞愧："伯父，他是为了保护我才成这样的，你骂我打我吧。"

"我打你骂你又有什么用？重要的是尘埃没事儿。"顾盛铭叹了一口气，苏伊歆垂着头，十分憔悴。

夏微陌看了眼一直没有说话的顾町风，走了过去，轻声地说："你跟我来一下。"

顾町风跟着夏微陌到了医院的一处安静的地方。夏微陌望着窗外的风景说道："你是真的爱我吗？"

"是。"顾町风斩钉截铁地回答。

"既然爱我，你就和苏伊歆在一起。"一个出乎顾町风意料的回复。

"为什么？"他气愤，自己明明对夏微陌是认真的，为什么她却总是把他拒之门外，现在更是要求他和苏伊歆在一起。

"苏伊歆是因为受不了你喜欢我的这个事实，所以才会堕落成这个样子的，我们都是罪魁祸首，但是我也看出她是多么的在乎你，如果她失去了你，一定会撑不下去。"夏微陌默默地说道，"尤其是在尘埃生死未卜的时候，你就是她继续支撑下去的希望。"

顾町风说："可能事情因我而起，可这个结果却不是我造成的，我没有必要这么做。"

"就算你不和苏伊歆在一起，我也不会和你在一起。"夏微陌愤怒地说道，没有想到这会激怒了顾町风："为什么？难道你是真的爱上了尘埃？如果他在病床上醒不来，或者变成植物人，你也喜欢他吗？"

"你给我住口！"夏微陌愤怒地训斥道，"尘埃不会有事的！"

"呵呵，那也只是你这样想罢了。"顾町风极为不屑，"我要的只是你夏微陌，而不是她苏伊歆！"

"你死了这条心吧，从我第一次见到尘埃我就爱上他了！"

"你确定？"顾町风看着夏微陌这么绝情的模样，愤怒地踢倒了垃圾桶，结果夏微陌坚定地说道："我确定。"

顾町风恶狠狠地说："我希望你别后悔，好，你要我和苏伊歆在一起，好，我就和她在一起！"

"希望你能说到做到！"夏微陌冲着顾町风的背影说道，他的后背颤抖了下，然后拳头握紧。

……

医生从手术室出来了，苏伊歆似乎看见了希望的曙光，赶紧冲了上去问道："医生，他怎么样了？"

"幸好碎片没有扎入大脑，只是受了一些皮外伤，我们已经缝合了伤口，只是伤者失血过多，一直昏迷着。"

苏伊歆稍稍松了一口气，可是听到尘埃仍昏迷着，又沮丧起来。

顾伯父欣慰地说道："幸好幸好。"

尘埃躺在推床上被护士们推了出来，苏伊歆赶紧跟了上去，可是无论她怎么呼唤，他都没有睁开眼睛。

苏伊歆一下子就跌倒在地上，刚赶到的顾町风赶紧扶起了苏伊歆："快起来！你这个样子是想给谁看？"

苏伊歆一把就抱住了顾町风，哭泣着："我真的不是故意要把他弄成这个样子的！"

"我知道。"原本还生气的顾町风看着怀里柔弱的苏伊歆，不忍心把她推开，刚好他看见了夏微陌，故意做出一副温柔的模样，"没有人会怪你的，从今天开始我会保护你。"

苏伊歆有些怀疑地抬起了脸，眼角还噙着泪。

"或许你才是我该喜欢的女生。"苏伊歆还迷茫的时候，顾町风竟然吻上了她的额头。她有些失措，根本就不明白顾町风为什么会这样，她看了看不远处的夏微陌，对顾町风说："你不是……喜欢她吗？"

"现在我只在乎你，你不是喜欢我吗？"他捧起她的脸蛋，深情地说道。苏伊歆重重地点了点头，她没有想到自己可以等到顾町风说出这句话。

夏微陌看着苏伊歆的样子，一下子就觉得她做出的决定是对的。

……

因为尘埃一直没有醒来，苏伊歆一直陪在他的身边，夏微陌怕她太过劳累，就说："你去吃点饭吧，你这两天都没吃饭。"

"我想要等到尘埃醒来。"已经昏迷了两天了，苏伊歆对他还是很担心，虽然医生说他已经没事了，可是他为什么到现在还没有醒来。

"可是你也不能饿着自己啊。"夏微陌劝了苏伊歆好久，苏伊歆才同意出去吃点东西，她出了病房后才发觉忘记带手机了，赶紧回去拿，却看见夏微陌偷偷地亲上了昏迷中的尘埃的额头。

苏伊歆吃惊地捂住了嘴，怕夏微陌发现，速度地逃离了病房。她根本就没有想到夏微陌会喜欢尘埃，她早就该察觉出来的！

可是为什么她会不开心？苏伊歆有些慌乱，不知所措的她冲向了洗手间，打开了水龙头洗了一把脸。

她要冷静，冷静。

可是当她看向镜子中的自己时，却发现眼角已经有了一行酸涩的泪。为什么她会哭？苏伊歆奇怪地擦去了泪水。

……

清晨的阳光偷偷地从窗户外面爬了进来，懒洋洋地照在了尘埃熟睡的脸上。他的眼吃力地睁开，头有些眩晕，不过他还是支撑着坐了起来。他感觉有个人趴在床边，他想，是苏伊歆吗？

他的手悄悄地扫了过去，还没有接触到，对方就醒来，惊喜地说道："尘埃，你醒了！"

尘埃有些失望，是夏微陌，他只是点了点头，问："伊歆呢？"夏微陌的笑容就僵硬了。

一天前。

"你真的想好要和顾町风去美国吗？"夏微陌疑惑地说道，"现在你哥还没有醒来呢。"

"我知道，但是我怕看见他醒来我会舍不得走。"苏伊歆咬住了嘴唇，"我就是一个累赘，尘埃两次救我都差点死掉，如果再待在他的身边，一定会让他再受到伤害的。"苏伊歆内疚地说道，"为了对两个人都好，我决定去美国留学。"

“这件事情谁都没有怪你！”夏微陌激动地说道。

“可是我不能原谅自己。”

“那你就没有考虑过尘埃的感受吗？”

“时间会冲淡这一切，他很快就会忘记我的，陌陌，你喜欢尘埃是吧？”苏伊歆见夏微陌一愣，似乎得到了答案，“既然喜欢就替我好好照顾尘埃。”

“那你什么时候能再回来？”夏微陌见苏伊歆去意已决，也不再挽留她了。

“等我想回来的时候或许就会回来了。照顾好他。”

“我会的。”

……

夏微陌望着尘埃，说：“她决定和顾町风去美国留学，离开的时间就是今天。”

尘埃的脸色一下子就变了：“几点的飞机？”

“9点的。”夏微陌看着尘埃快速地起身，赶紧拦住了他，“你要干什么？”

“把她追回来。”

“别傻了，医院离机场有十几千米，现在离登机只剩 20 分钟，你根本就赶不上！”尽管夏微陌这么说，尘埃还是执意下床，可是因为刚刚苏醒，立马踩空倒在了地上。夏微陌赶紧把他扶了起来，却被尘埃给推开，他执着地扶着床边要往门外走，却不知道夏微陌已经按了铃，外面涌入了大批的护士。

她们口里说着“你不能走”，和夏微陌一起把尘埃拖到床上，可是尘埃拼命挣扎着，情绪失控，直到护士为他注射了镇静剂，他才停止了挣扎，可是夏微陌却看见他的眼睛已经有些湿润。

在机场的苏伊歆接到了夏微陌的电话，得知尘埃已经醒来，一直积攒在心里的阴霾立刻就散开了，可是听到尘埃执着要来见她的时候，苏伊歆说："替我对他说句对不起。"似乎觉得不妥，又补充了一句，"好好照顾他。"

挂了电话后，苏伊歆对顾町风淡淡一笑："我们走吧。"

候机室外一辆飞机停落在地面，苏伊歆收起深深的眷恋，和顾町风检票登机。

……

五年后。

飞机划过云际，留下一条长长的痕迹。

飞机舱内有个栗色长发的女人，她穿着一条长长的碎花裙子，一双水灵的眼睛盯着手中的一本杂志。她正是回国的苏伊歆，岁月褪去了她的青涩，那原本有些婴儿肥的脸已经变得尖尖的，显得很知性。

"这杂志真的好看到值得你看两个小时？"身旁的顾町风郁闷地瞅了一眼苏伊歆。

"这是时尚。"苏伊歆亲昵地笑着，合上了杂志，然后头靠在了顾町风的肩头，"你说我爸会给我找一个怎样的后妈？"

"普通人听到应该会介意，怎么你却特别开心？"

"我爸为了我一直没有续弦，现在终于找到一个合适的人，我干吗要反对，当然是支持咯。"

　　"如果说你不喜欢她呢？"

　　"为什么？"苏伊歆摇了摇头，"只要是我爸选择的人我都会喜欢的。"只是她太好奇自己的后妈会是怎样的一个女人，能让自己的父亲产生结婚的念头。

　　"一会儿你不就知道了吗？"

　　"说得也是。"其实这次回来她不单单是为了见自己传说中的后妈，还是为了见尘埃。她没有告诉顾町风，她一直盯着那本杂志的原因，是因为上面有他的照片。

　　五年真的改变了她和他很多，而他已经成为国内大红的名模，不少杂志上都有他的写真。苏伊歆从夏微陌的口中得知两年前，他被星探发现，现已同中国造星工厂红冉传媒签约，将以"TIM"组合成员出道。

　　苏伊歆觉得当年做的决定是对的，不然他们都不会生活得像现在这样好。

　　只是，她有些不知道如何面对他，当年的不告而别他一定很生气。

　　飞机降落了，当她的脚接触到祖国大地的时候，她就觉得十分亲切。

　　"中国，我回来了！"苏伊歆惬意地闭上了眼睛，伸展了双臂。顾町风煞风景地说了一句："别傻了。"

　　"难道你就不开心回来？我可是受够了每天说英语，舌头都要打卷了，也不想再吃那些垃圾油炸食品，我要吃张妈做的菜！"苏伊歆拉住了顾町风的手，兴高采烈地说道。

　　"不开心。"

　　"哼，你就不知道笑一下吗？"苏伊歆有些不满，但是得到顾町风的冷眼回应之后，叹了一口气，"好吧。"不过能回来真好。

出了出口后，顾町风去拿行李，苏伊歆就站在原地等他。

这时一个男人走了过来，茶色的墨镜遮盖了他三分之一的脸，所以苏伊歆看不清他的眼睛。

他穿着一件印着银色水墨的短袖，左耳的耳钉放射着闪耀的光芒，每走一步都让人心慌意乱。

他是谁？苏伊歆只觉得好熟悉，却怎么也想不起来。

"伊歆，好久不见。"男人的脚步在苏伊歆的面前定格。清澈的声音唤醒了苏伊歆的记忆，她吃惊地捂住了嘴："……你，怎么知道我今天回来的？"

他摘掉了脸上的墨镜，并没直接回答苏伊歆的疑问，而是说："你不觉得你欠我一个解释吗？为什么当初要不告而别？"

苏伊歆沉默了。

"尘埃？"顾町风的及时出现缓解了气氛的尴尬，"你为什么会在这里？"他对尘埃还是有敌意的。

"我接我的妹妹有什么问题吗？"尘埃挑眉，顾町风眉头凝重了，随即微笑，搂住了苏伊歆："当然没有问题。"他见尘埃的目光一直锁在自己搂着苏伊歆的那只手上，顾町风就知道自己的目的达到了。

尘埃算是个完美无缺的人，可是他有一个死穴，那就是苏伊歆。

顾町风知道尘埃非常在意苏伊歆，所以才会故意让苏伊歆成为自己的女朋友，他不单单要报复夏微陌，更要报复尘埃。

"我们走吧。"苏伊歆赶紧转移话题。

于是苏伊歆和顾町风坐上了尘埃的保时捷跑车。苏伊歆满肚子的疑问，好奇地问着尘埃："你怎么当上明星的？"

"偶然被星探发现，结果就进入了演艺圈。"尘埃开着车，回答了身后的苏伊歆的问题。

"哥，你……"脱口而出的称呼让苏伊歆一愣，自己是有多久没有叫过一个人哥哥了？

"嗯？"他转过头。

"哥，"她试探地喊了一声，然后说，"你见过我爸要娶的女人吗？"

尘埃的肩头一颤，没有说话。

苏伊歆觉得有些不对劲："怎么了？"

"你不会想要见到她的。"

"为什么？"

"一会儿你就知道了。"尘埃的心是不安的，眼里折射出苏伊歆那兴高采烈的脸，如果她知道了真相，还会不会保持这样的笑容？

"好吧，反正马上就要到家了。"苏伊歆惬意地靠在了椅背上。因为顾町风家比较近，所以顾町风先下车了。

尘埃摇下车窗，说："爸很想你，好好照顾他。"

"不用你说。"顾町风对尘埃的敌意并没有随着时间的消逝而减少。尘埃却满不在乎，直接开车走了。

车内只剩下苏伊歆和尘埃了，苏伊歆有些尴尬，不知道该说什么。

"现在可以告诉我你当初草率离开的原因了吗？"

"如果我说国内竞争残酷，所以我选择留学，你信吗？"

"每次说谎，你都会眨眼睛。"尘埃透过车前镜看见了后座的苏伊歆的一举一动。

苏伊歆心里懊恼了一下，赶紧闭上了眼睛："哥，当年的事情我不想再提起了。"

"我不想你像当年那样逃避了。"

她的心被重重地一捶，听他继续说："我从来没有怪过你，所以你不用把所有的过错都揽在自己的身上，救你，我是自愿的。"

一直积压的悲伤终于在尘埃说完最后一句话的那刻爆炸了，苏伊歆悲伤地低下了头："对不起……当初的我真的无法面对你，所以才会……"她知道自己什么都瞒不过他。

　　"以后别一句告别都不说就离开，"他的目光放得很远，"我会伤心的。"

　　苏伊歆猛地抬起了头，此时的尘埃已经停下了车，他的目光留恋地停留在她的身上，喃喃道："幸好你回来了。"

　　"什么？"声音太轻，苏伊歆并没有听清楚尘埃在说什么。

　　"我说欢迎回来。"他隐瞒了。

　　"哥，我再也不会让你担心了。"苏伊歆坚定地说道，当年是她太过任性，所以才会一走了之，现在的她足够坚韧，已经有了守护尘埃的勇气。

　　苏家到了，苏伊歆兴高采烈地打开了车门，冲了下去："啊！终于回家了！"

　　"小姐，欢迎回家。"张妈笑着帮苏伊歆提下了车上的行李。

　　"张妈我可想死你了。"张妈除了比之前多了些皱纹，头发有些花白，其他的跟五年前并无差别。

　　"我也是，小姐真是越来越漂亮了。"人都喜欢夸奖，苏伊歆自然不例外。

　　到了大厅，苏伊歆就看见一个婉约的女人侧着身子在插花，长长的如瀑布一般的黑发及腰，眼睛直视着手中白净的花朵，把它们插入了白色青花瓷瓶中。

　　看轮廓有些熟悉，苏伊歆悄悄地走近，却没有想到女人把头转了过来。

　　"微……陌吗？"苏伊歆有些不解。尘埃的表情瞬间变得凝重起来，他已经看见了夏微陌挑衅的目光，他知道这一场战争的号角已经吹响。

"难道你忘了我吗?"夏微陌莞尔一笑，苏伊歆睁大了眼睛，兴奋地说:"你真的是陌陌啊!越来越漂亮了!"她一直都知道夏微陌的底子很好，但是没有想到会变得如此漂亮，而且浑身上下都散发着优雅的气质，和当年那个和她调皮捣蛋的野丫头截然不同。

刚出国时，她常常和夏微陌联系，可是后来因为课业的繁重，无暇顾忌夏微陌了，到最后她直接就联系不上夏微陌了，她的手机也变成了空号，QQ更是不再上线。

她以为夏微陌是忙着学业，就不去打听她的消息，结果一晃眼，五年就过去了。今天能再次见到夏微陌，苏伊歆觉得陌生又熟悉。

"当初我一直联系不上你，你发生了什么事吗?"

"我现在不是好好地站在你的面前吗?"夏微陌并没有直接回答苏伊歆。

"你今天是知道我回来，所以特意来看我的吧?"

"如果是特意来看你，为什么我会在这里插花?"冷冷的排斥感写满了夏微陌的脸庞。

苏伊歆一愣，总感觉她们之间的距离有些疏远，原本想要说的话又吞了回去。她用干笑化解尴尬的气氛:"呵呵，那你见到我那传说中的后妈了吗?"

尘埃的眉头一皱，还没有等夏微陌回答，就抢着说:"伊歆你一定累了，先上楼休息一下吧。"

夏微陌回瞪了尘埃一眼。

"我不累，我想要见一见我的后妈。"

"你不是已经见到了吗?"楼上传来苏父的声音，他缓缓地从楼上下来了，他的身体还是那样健硕，眉目间带着一丝欣悦。

"爸！"好久没有见到父亲了，苏伊歆十分想念，苏父一下楼，苏伊歆就来了一个熊抱。

　　"我的好女儿终于舍得回来了？"

　　"爸，你知道我比较忙的。"苏伊歆笑着拉住了父亲的手，"我现在不是回国了嘛，再也不去美国了，我啊，就陪着你。"

　　"好。"苏父笑得合不拢嘴。

　　"不过你刚刚说我见过后妈了是什么意思？我没有看见啊。"苏伊歆东看西看，一副不解的表情。

　　"是我。"夏微陌出声了。

苏伊歆笑了："你在开玩笑吗？"

"微陌就是你的后妈。"苏父说道。

"今天不是愚人节，别再骗我了好不？"她满心期待的人竟然是自己的好朋友？这个笑话一点儿都不好笑。

苏伊歆笑着拉住了夏微陌的手："好啦，我知道你们是在埋怨我这么久不回来，所以想要吓吓我，现在惩罚过了，可以让我见见我的后妈了吧？"

"要嫁给你爸的人是我。"

夏微陌的脸上满是认真，苏伊歆找不出一点儿开玩笑的影子，她不能接受地后退了几步，目光扫到了尘埃，赶紧像是抓住了救命稻草一样抓住了他的手："哥，你告诉我这些都不是真的。"

"是真的。"

一个晴天霹雳打下，苏伊歆腿一软，如果不是尘埃扶着，苏伊歆就摔倒在地上。苏父紧张地上前："伊歆，你没事吧？"

"走开！"苏伊歆一把就推开了苏父，尘埃严肃地说道："那是你爸。"

"如果他是我爸的话，为什么还会对我的好朋友下手！爸，那是我最好的朋友，结果你告诉我，她要做我的后妈？"苏伊歆失望地垂着脑袋，尖锐地说着，"你可知道你已经四十八岁了，她却只有二十五岁，你们之间相差了整整二十三岁！"

"这点不用你提醒，决定和你爸在一起，我一定是深思熟虑过的。"夏微陌出声了，她脸上的冷漠让苏伊歆觉得害怕，只是五年，陌陌就像是变了一个人一样，变得她再也不认识。

"可能你现在还接受不了，但之后你会接受的，爸愿意给你时间，不过微陌我娶定了。"苏父事先已经想到了苏伊歆的反应，也做好了应付的对策。

"哥，你帮着我劝劝爸爸不要做这么荒唐的事情！"苏伊歆知道父亲的性格是顽固的，现在能帮她的人只有尘埃了。

"伊歆，你还是上楼吧。"尘埃的话让苏伊歆更绝望，他的意思就是默认了这一切，这更加刺激了苏伊歆。"不，我绝对不会让微陌嫁给我爸的！"说完她就拖着行李箱冲出了苏家。

"伊歆！"苏父没有想到女儿会哭着跑走，刚想要跟上去，尘埃就说："我跟去好了。"

苏父对尘埃放心就让他去了。

夏微陌望着尘埃紧张苏伊歆的模样，长长的指甲狠狠地戳进了肉里。

……

　　苏伊歆蹲在路口，把头埋在臂弯中，小声抽泣着，她似乎不该回来，不然她就不会知道这样残酷的事实。

　　时间真的是一个可怕的东西，一下子就把一个熟悉的人变成陌生人，更改变了一个人纯真的心智，夏微陌竟然要嫁给自己的父亲。

　　这一刻的苏伊歆很无措，她根本就不可能接受这样的关系，更不可能叫自己曾经的好朋友为妈妈。

　　她听到有脚步声逼近，苏伊歆知道一定是尘埃。

　　每当自己难受的时候，他总会第一个出现。在国外，每当她受到欺负的时候，一想到尘埃，她就有力量去还击。

　　可是无论她如何想他，她都不敢去拨通他的号码。她曾经拨了他的号码又一次次摁掉，这种动作一直重复几十遍。

　　她不想去打扰他的生活，所以苏伊歆只敢偷偷地看他的写真照片。她一直没有告诉尘埃，她一直想着他。

　　"哥，是你吧?"苏伊歆直接站了起来，面对尘埃。

　　"你怎么知道是我?"

　　"一种感觉。"苏伊歆默默地说道，"哥，到底发生了什么，夏微陌为什么要嫁给我爸?"这五年发生了太大的转变，尘埃变成了明星，夏微陌要嫁给父亲。

　　"有段时间我离开了，等我再次回来的时候，他们已经在一起了。"

　　"是吗?"苏伊歆重重地吸了一口气，抹了抹泪水，"这么多年不见我还是动不动流泪，真是矫情。"她微笑面对尘埃，"哥，我们去吃草莓布丁吧。"

　　尘埃没有说话，苏伊歆勉强一笑："每次我伤心的时候吃草莓布丁，心情都会变好，你陪我去吃吧。"

　　"……好。"他迟疑了一会儿，同意了。

橱窗外人来人往，她含着布丁，嗖的一声就没有了，什么味都不知道。她用调羹搅拌了一下草莓布丁："你知道我为什么喜欢吃草莓布丁吗？"

见尘埃没有说话，苏伊歆说："因为陌陌喜欢吃。"

"我和陌陌在还没有上大学的时候就认识了，我们是在奶茶店邂逅的，当时人非常多，刚好只有我前面有空位，她就过来问能不能坐在我前面，我们就这样认识了，也是她让我知道草莓布丁是多么的好吃。"

"现在我们就坐在我和陌陌认识的这家店，明明是同样的布丁，为什么我再也吃不出当初的味道？"说着说着，苏伊歆就有些哽咽。

"接下去你想怎么做？"尘埃问。他阻止不了苏父和夏微陌结婚，如今关系又这样僵。

"除非他们取消婚约，不然我不会回家。"看着尘埃担忧的眼神，苏伊歆补充道，"我会住在宾馆的。"

"来我家吧。"尘埃说道。

"你家，你不是……"

"从我成为模特开始，就从苏家搬出来了，不过也没有回顾家住，只是租了一间房子，如果你不介意，可以暂时住着，刚好有空房。"尘埃的话让苏伊歆的眼里又有了希望："真的吗？"

"当初我走投无路的时候是你收留了我，现在我帮你也是在情理之中。"

尘埃租的房子是市中心的一套小型套房，房子不大，只是一厅两室，可是整体的装潢却给人一种舒服的感觉。苏伊歆非常喜欢这房子的格调，更重要的是，这是她回国后第一次感觉到身心的轻松。

她兴奋地东摸摸西看看，之后舒心地倒在了沙发上，说："哥，你这儿还挺小资的。"随即就打开了电视机，开心地换着频道，"国内的电视比国外的有趣多了，以前我在国外看的都是英文版，别说笑了，能听懂就不错了。"

一直换到几年前和尘埃一起看的盛安卫视，看见主持人变成了一个短发的长相比较可爱的女生时，她遗憾地说："怎么换了主持人，虽然以前是批评她主持差什么的，可是突然换了人我反而不习惯了。"

"五年虽然不长，但是……"尘埃顿了顿，"也不短。"

"也是，五年都可以让一个人面目全非，更别说是换个主持人了。"原本还愉悦的心情一下子跌到了谷底。

"至少我还没有变。"

"对。"她微笑，"只要哥还好好地陪着我，我就不会伤心了。"

此时顾町风的电话来了，苏伊歆接听后就听到了顾町风的声音："到家没？"

"我……"苏伊歆复杂地看了尘埃一眼，忽略他眼里一瞬而逝的伤悲，到一旁小声地说，"我已经到了。"她没有告诉顾町风刚刚在苏家发生的事情，苏伊歆不想要让顾町风担心。

"那……那个后妈你也见到了？"

"……嗯。"迟疑了很久，苏伊歆还是点了点头。

"见到后觉得如何？"

"町风我现在有点累，下次再说吧。"苏伊歆说，顾町风也没有起疑，只说让苏伊歆好好休息，挂了电话后苏伊歆叹了一口气。

"顾町风的电话。"尘埃正要去厨房倒水，目光往苏伊歆那儿扫了扫，不是疑问句而是肯定句。

苏伊歆重重地点了点头，然后努力打起精神说："哥，你饿了吗？我给你做饭吧。"

"你竟然会做饭了？"

面对尘埃诧异的口气，苏伊歆开始打抱不平："喂饱你还是绰绰有余的。"说完就进入了厨房，可是看见冰箱中满满都是泡面，没有其他主食的时候，苏伊歆就蹙眉了："你平时就吃这些？"

"一般都是在公司训练，不太回家吃饭。"

"算了，我今天就先将就着给你做一餐。"看见饭点已经到了，苏伊歆只好打开了几袋方便面做了一碗面，为了平衡营养，她还特意加了鸡蛋和青菜。

"来了。"苏伊歆笑呵呵地捧着面从厨房出来了，可能是因为太烫，一把碗放下，就吸气了一下，"好烫。"

尘埃看见她的手指红了一片，赶紧把她的手放在了他的耳朵上："这样会好一点。"

她的脸唰一下就红了，尤其是看见他内敛而沉浸的模样，苏伊歆不知道为何有些羞涩。"好……好可以吃饭了。"

坐下来后，尘埃看着面说："当年你连洗碗都不会，现在连饭都会做了。"

"在国外每天都是吃西餐，腻死了，不想自己饿死，肯定要学会自己做饭。"苏伊歆得意洋洋地说着，还用期待的表情望着尘埃吃面。"怎样？"等他吃了一口后，她问。

"还行。"他轻描淡写地说了一句。

"怎么可能？"苏伊歆对自己的厨艺是满意的，绝对不可能是还行的标准，不然那个挑嘴的顾町风早就埋怨死了。她抢过了尘埃的筷子大大地吃了几口，然后咂嘴："明明好吃啊。"

"你不吃我就吃了。"还没等尘埃回答，苏伊歆就狼吞虎咽起来，尘埃摇了摇头："看来是你饿了。"

苏伊歆傻笑。

"回国有什么安排吗，现在你已经离开苏家了，还是尽早为自己打算。"

"我已经给好几家公司发了简历，就看哪家比较有眼光可以找上我。"

"你还是和以前一样自大。"

"谢谢夸奖。"苏伊歆给了尘埃一个大大的笑脸，一下子就把碗里的面给吃掉了，满意地摸着肚子，"我吃饱了。"

就在这时尘埃逼近了苏伊歆，苏伊歆愣了愣，想要往后退，却没有想到尘埃慢慢靠近自己。

他是要做什么，苏伊歆的呼吸有些紊乱起来，只见他拿着餐巾纸擦去了她嘴角的汤汁。那轻柔的触感就如羽毛一般撩拨着苏伊歆的心。苏伊歆有些尴尬，看来是自己想多了。

因为苏伊歆搬来住，所以尘埃准备带着苏伊歆去超市采购。看见尘埃的银色宾利，苏伊歆惊喜地摸着车身："哥，看来你最近混得不错，竟然连宾利都开上了。"

"喜欢?"他顿了顿，"不如给你开?"

"真的?!"苏伊歆的眼睛亮了亮，可不久又黯了下去，"还是不要了吧，这毕竟是你自己赚钱买的，更何况我是个马路杀手，可别糟蹋了这么好的车。"当初还是在顾町风的恶补下，自己才考到了驾照，可是一上路就把考试学的都忘在了脑后，不是车子被划伤就是差点撞上车，每次都是顾町风亲自摆平，因此她就被禁止开车了。

不过也好，否则以她的能力绝对要出意外。

第二十二章
简单的幸福

"你变了，如果是以前你一定会吵着闹着要我送你。"

"再喜欢也要量力而行嘛，"苏伊歆蹙了蹙眉头，"我以前有这么任性吗?"

尘埃笑而不语，只是上了车，苏伊歆赶紧也上了车。他瞅了苏伊歆一眼："安全带。"

"哥开车我放心。"她没心没肺地给了他一个微笑。

"系上。"这一次尘埃变得严肃了，苏伊歆已经听出了他的警告，只能乖乖地系上了安全带。"这个太勒人了，不喜欢。"

尘埃一个瞪眼，苏伊歆就算有再多不满也只能咽到肚子里去。苏伊歆靠在椅子上，目光扫到一条熟悉的路，激动地对尘埃说："哥，你快看，那不是以前我们上学必经的凯旋路嘛，当年还很窄呢，没有想到现在变得这样宽敞了。"

尘埃的目光淡淡地一扫，眼前似乎浮现了以前一个女孩追在男孩身后的画面，再看看身旁好奇的苏伊歆，他的眼里满是淡淡的温柔。

五年，终于还是把她送回到他的身边。

进入超市后，苏伊歆就推了个车子出来，看见有不少的女生在偷看尘埃，就跟当年一样，他永远是最闪亮的。不一会儿，有不少女生已经认出他是尘埃，一个个兴奋地跑过去索要签名，尘埃马上就被包围了。

一想起当年他被簇拥的时候，自己还傻傻地在他的后援会里卖写真集，这一晃就是好几年。

差不多几分钟后，签名拍照的女生都散开了，尘埃才有空到了苏伊歆的身边。

"现在就有人找你签名了，等正式出道不就有狗仔尾随了吗？"

"那还太远。"

"我可不觉得。"苏伊歆摇了摇头，笑道，"到时候你红了，我就是星妹了，也跟着沾光。"

"先去买东西吧。"尘埃接过她的推车，苏伊歆赶紧跟上，穷追不舍："哥，你肯定能红，你之前只是拍了几本杂志就引起了不少的关注，等到 TIM 正式出道，一定可以引起强烈关注的。"

"牙刷、牙杯、毛巾。"尘埃根本就没有直接回答苏伊歆，而是把东西丢在了推车内。苏伊歆嘟囔了一声："哥，你就是太高冷了，等真的出道必须要亲民，亲民懂吗？"

"喜欢什么款式的？"尘埃指着牙杯问苏伊歆，苏伊歆无奈，拿下了架子上的粉色牙杯说："这个就好了。"

苏伊歆又拿了一些必需品放入了购物车，然后推着车去了食材区。"有一个人陪着自己购物真的是太好了。"尘埃望着她喜悦的模样，问：

"顾町风不陪你吗?"

"他都忙着玩游戏,哪有时间来陪我。"苏伊歆叹了一口气,很快就扬起了笑容,"幸好现在的他和我在一起。"

尘埃并不清楚为什么顾町风喜欢的是夏微陌,最后却和苏伊歆在一起,并且去了美国。他懂顾町风在苏伊歆的心中是多么重要,只希望苏伊歆可以不被伤害。

只是苏伊歆看起来依旧是那样开朗,可是她的笑容却不比以前了。让她和顾町风在一起真的是正确的吗?尘埃顿时迷茫了。

快要结账的时候,苏伊歆才想起来还有一个重要的东西没有买。"哥,你等等我。"

"怎么了?"尘埃的眉头蹙了起来,看着她火急火燎地跑上了电梯,她趴在电梯扶手上露出一个狡黠的目光:"哥,你一会儿就知道了。"

他就站在原处等着苏伊歆回来,没多久就看见她满头大汗地回来了,手里还拿着什么,细看才发现是卫生巾。

苏伊歆有些尴尬:"这个是每月必需品。"结果就看见尘埃白皙的脸上浮现了一丝红晕,就连耳根都红了,他咳嗽了一声,故意平静地"嗯"了一声,然后把苏伊歆手中的卫生巾扔进了车子内。

他是脸红了吧?苏伊歆眨了眨眼睛,顿时觉得有趣,刚刚的尴尬一扫而光,开始调侃尘埃:"哥,你是害羞了吗?没关系,就算提前给你上课好了,反正等哥交了女朋友后也要帮忙买的。"

结果他的脸色有些阴:"走吧。"苏伊歆感觉到他似乎有些不高兴,有些莫名其妙,可是看见他要结账了,赶紧追了上去。

"一共 325 元。"收银员说道。尘埃正准备刷卡的时候,苏伊歆赶紧夺下这张卡:"哥,这些东西都是我买的,应该我付钱。"霸占他的住所她已经不好意思了,怎么能让他买东西。

"你都叫我哥了，当然是我付。"他还是把卡给了收银员，苏伊歆说："那好吧，等我工作有钱了请你吃大餐。"

临走时，他还体贴地帮苏伊歆拎袋子，苏伊歆原本不愿意的，可是他一直坚持就只能让他拎着。

晚上的时候，苏伊歆说要露一手，尘埃却让她老实在沙发上待着。苏伊歆好奇地睁大了眼睛："原来你也会做饭啊。"

"这么惊讶？"他的手指按在牛肉上，娴熟地用刀把牛肉切得十分整齐，那一片片的肉片吹弹可破，刀法更是干净利落。苏伊歆唏嘘："好刀功。"

又笑道："哥，我出国的那几年你去新东方了吧？"

尘埃扫来一个犀利的目光："回去坐着。"苏伊歆不好意思地说："哥，我想要帮你。"

"那你帮我洗菜吧。"

"OK，没问题。"洗菜对于常常做饭的苏伊歆来说就是小菜一碟："你是什么时候学会做饭的？是我走之后吗？"

"我没有下过厨不代表我不会。"从他记事开始就和餐厨打交道。

"那你怎么一直不做饭给我吃？"苏伊歆嘟囔了一声，"小气。"虽然口上是这样说，但还是乖乖地给尘埃洗菜。

当苏伊歆看着满满一桌菜肴的时候，还是诧异了一下，她一直以为像尘埃那样完美的手应该是用来弹奏钢琴的，可是今天看见他亲自做出这么多色香味俱全的菜后，苏伊歆就彻彻底底佩服尘埃了。

"哥，你到底有什么是不会的？"世界上怎么会有这样优秀的男人，成绩优秀、长得帅就算了，还做一手好菜，能嫁给尘埃的人一定是世界上最幸福的女人。

"吃饭。"简单的两个字被苏伊歆嘟囔："一点儿都不风趣。"但还是乐滋滋地夹菜吃，当舌尖触碰到菜的时候，苏伊歆满意地说："嗯嗯嗯，不错。"那厨艺比入门级的她要好太多了，她只能算是小厨，他才是五星级酒店的掌厨。

饭后，尘埃擦拭桌子的时候，看向了在厨房内洗碗的苏伊歆，她围着一个小围裙，嘴里还哼着不成调的歌。

有那么一刻，尘埃真的想要时间可以停止在这一瞬间，没有悲伤，没有烦恼，他们可以共处在同一屋檐下，没有被尘世的喧闹所影响，就这么简单地生活下去。

就在一个只有他和她的世界里，幸福地活着。

从浴室出来的时候，尘埃还在看着笔记本，苏伊歆好奇地凑了过去："哥，你在做什么？"

"只是在背新歌的歌词。"尘埃扫了一眼苏伊歆湿湿的头发，眉头蹙紧了，"还是跟以前一样不喜欢吹干头。"

"嘿嘿。"苏伊歆吐了吐舌头，撒娇道，"我就是这么随性嘛。"尘埃随即拿了一块大大的毛巾帮苏伊歆擦拭头发，苏伊歆像一只淋雨的小狗一样甩着身上的水故意溅到尘埃的身上，然后咯咯咯地笑着，看见他绷着脸，就立刻安静了下来。

尘埃的动作很轻柔，就跟以前一样会用毛巾轻轻地擦拭着苏伊歆湿漉漉的头发，从头皮传来的舒服感让苏伊歆惬意："哥真好，不像顾町风都不会给我擦拭头发的。"

尘埃一直把她的头发擦干，然后用吹风机吹了吹，等头发干后，苏伊歆就趴到了笔记本前面。

"底纹？"苏伊歆轻声说出歌曲的名字，给了尘埃一个灿烂的笑容，"我喜欢！"

大概扫了扫后，苏伊歆问："那哥你会唱吗，有没有录样？"

尘埃打开了电脑上的一个文件："录样。"音乐给人一种悠扬而轻灵的感觉，可惜只有伴奏，没有人声。

苏伊歆看向了尘埃："哥，要不你来唱一首吧?"

"你真的要听?"

苏伊歆抛去了期待的目光，终于等来他唱响了这首歌的第一个音符："攀爬在小小时代的顶端，低温在燃烧，却望不见某些人的努力，就似底纹，再繁华再动人的勾线，始终还是被覆盖……"

他的歌声里有些浅浅的悲伤，空旷而空灵，苏伊歆只觉得有一抹淡淡的忧伤挥之不去。

唱着歌的尘埃就如那白色鸢尾，有着最恬静的颜色，却散发着最迷人的味道。

第
二
十
三
章

同
在
一
屋
檐

一曲过后，苏伊歆兴高采烈地鼓掌："哥，你唱得真好！"她说的是实话，虽然自己五音不全，但是绝对是可以分辨声音的好坏，尘埃这种低沉却辨识力强的声音正是乐坛所需要的。

"早点睡觉吧，今天你也累了。"他说。苏伊歆猛地点头："好的，我知道了。"

等苏伊歆进房间后，尘埃拨通了苏父的电话："她现在已经去睡觉了。"

"住在你那边我放心。"苏父叹了一口气，"都怪我太鲁莽了，应该多给她一点时间准备的。"

"我会好好劝她，让她早点回家的。"

尘埃给苏伊歆安排的房间是背阳的，比较干净清凉，苏伊歆躺倒在床上，有些无聊，像是小时候一样敲打着墙壁，"咚咚咚——"苏伊歆并不指望会有人回击，正准备睡觉的时候，墙壁那边竟然有了敲墙声。

不错，比以前有长进。

"滴滴滴——"熟悉的手机短信声音响了，苏伊歆打开一看发现是尘埃发来的："睡不着？"

苏伊歆想起当年他也是这样发短信给自己的，之前是叮嘱她早点睡觉。她回了一句："睡不着，哥也是吗？"

苏伊歆期待他的短信回复，可是好长时间都没有回，她有些郁闷，他是睡着了吗？她试着敲了敲墙壁，迎来的却不是隔壁的敲墙声，而是敲门声。

"……哥吗？"她不确定，害怕是有贼出没。

"是我。"尘埃的声音。苏伊歆赶紧去开门，结果看见尘埃拿着一杯牛奶。她疑惑了："哥有事吗？"

"喝一杯热牛奶会有助于睡眠。"尘埃把牛奶递了过去，苏伊歆呵呵地傻笑："谢谢哥了。"

"明天你没事就睡久点。"苏伊歆小鸡啄米一样点头，然后尘埃就把门关了。苏伊歆把手里的热牛奶一饮而尽，还舔了舔嘴，嗯，不错，是她喜欢的口味，明天问问哥是什么牌子的，再去买一点。

第二天苏伊歆是被电话吵醒的，接听后才知道是人事部通知她10点面试。她看了看时钟，已经8点了，赶紧看了看衣柜，选了一条黑色小黑裙，再配上一双圆头小高跟，稍稍化了个淡妆就出来了。

尘埃还在厨房里做早饭，看见苏伊歆出来，皱了皱眉头："我不是让你睡久点吗？还有，你穿成这样是要去哪里？"

"哥，我被通知面试了！"苏伊歆开心地圈住了尘埃的脖子，"等下你开车送我去。"

"只是面试，不是录取，别高兴得太早。"

"哼，哥你就知道扫我威风。"苏伊歆不满地嘟着嘴，尘埃脱下围裙，把早饭拿到了客厅的餐桌上，说："先吃饭吧。"

苏伊歆闻到香味肚子就饿了，赶紧乖乖在凳子上坐好，快速地吃着东西。尘埃看着她狼吞虎咽的样子，眉头皱了起来："慢点儿吃。"

"我……我是怕迟到。"她又塞了一个馒头进嘴里，然后逼迫自己吞了下去，幸好尘埃送上了水，不然她真的会咽住。

吃完早饭后，苏伊歆赶紧上了尘埃的车。尘埃问："今天要面试的是哪家公司？"

"红冉。"苏伊歆自豪地弯起了嘴角。

红冉大厦矗立在市中心，抬头望不到顶。装修豪华，小琉璃灯美丽地挂在高空，地上的瓷砖足够照出苏伊歆的脸蛋。

"没有想到这里就是红冉大厦。"苏伊歆知道红冉是出名的造星公司，从来都没有来过，更不知道自己会被它通知面试，当初只是因为红冉签约了尘埃，所以自己才会发送了简历。

"你应聘的是什么职位？"尘埃问还在张望四周的苏伊歆。

"行政助理。"

尘埃点了点头，然后对前台小姐说："她是来面试行政助理的。"前台小姐有些受宠若惊，没有想到尘埃会主动来和自己说话，连忙说："那麻烦这位小姐去二十楼面试。"

苏伊歆对尘埃说："你一会儿还要去排练，就别管我了。"

"那好好面试。"尽管尘埃对苏伊歆还是有些不放心，但是苏伊歆摆出一副我可以的表情，让尘埃放心地走。

尘埃注视着电梯内的苏伊歆，她对自己微笑，眼神中还带着几年前的那种真挚和执着。电梯的门关上后，他嘴角的淡笑慢慢浮出。

前台小姐一愣一愣的，这是她第一次看见尘埃笑，还是对一个女孩子，这个女生到底是什么来历？

到了二十楼，苏伊歆发现已经排起了长长的队伍，有些人在补妆，有些人在背诵面试材料，苏伊歆顿时有些紧张，开始担忧自己能不能从这些人中脱颖而出。

她努力回想着自己曾经背过的专业知识，想着怎样用特别的方式让人可以一眼就记住自己。时间一分一秒过去，一个又一个人垂头丧气地出来，眼看就快要到自己了，苏伊歆十分紧张。

就在这时，远处传来了急促的脚步声，接着就是女生们的尖叫声。她听到旁边有人惊喜地说道："哇，是尘埃啊！"原本还在准备台词的苏伊歆赶紧看了过来，果然是尘埃，他在众人期待的眼神中跑了过来，苏伊歆的心扑通扑通地跳了起来，直到他跑到自己的面前。

苏伊歆不知道为何竟然有些说不出话来，尤其是附近都传来那种羡慕、嫉妒的目光，她对视上尘埃的眼睛，用不解的眼神在询问他怎么了。

他摊开了手，一颗粉色的布丁在他的手心。他说："你每次紧张的时候吃一颗草莓布丁就会好很多。"

"没有想到你还记得这些小细节。"苏伊歆的眼前有些气雾，她颤颤地从他的手心拿过了那草莓布丁，然后笑，"我是谁啊，我是天不怕地不怕的苏伊歆，怎么可能会害怕这小小的面试，我一定会被录取的。"

"那最好。"他用手帮她把垂落的一丝发丝别到了耳后，"加油。"

"加油"两个字瞬间燃起了苏伊歆的斗志，她绝对不能辜负尘埃的期望，一定要面试成功！

第二十四章
超级小鲜肉

排舞室响着劲爆的音乐，五个风格迥异的男生井然有序地排着舞，他们都拥有出色的外表，高挑的身材，就连舞姿都是出色至极，不过这五个人中最优秀的还是带头的男人。

一头黑羽色的头发因为他利落的动作而甩动着，有些发丝微微遮住了他不羁的眼睛，那黑色的眸子紧紧地盯着前方镜子中的自己，那样执着、坚韧，即使汗水滑落，也不肯去擦拭。

他依旧坚持着跟着音乐舞动，每个动作都在牵动着大家的心。

在门口的苏伊歆有些目瞪口呆，她只知道尘埃唱歌非常好听，没有想到连舞也跳得这么好，而且跳舞时的他是这样闪耀，和平时冷漠的他完全不同，而是如野兽一般热情、狂傲。他就是王者，根本就不愿意屈服在命运之下，完成了一个又一个高难度的劲舞动作。

尤其是到最后一刻，尘埃和其他 TIM 的成员更是撕掉了自己身上的衣服，露出了自己结实的腹肌，简直就是视觉的完美冲击，苏伊歆感觉到有火在身体上燃烧。

女性同胞们都热烈地鼓着掌，TIM 的经纪人柯卫更是兴高采烈地走了过去："如果你们在首演上能有这样的表现，绝对是全场的焦点，前途无量啊。"

他拍了拍尘埃的肩膀："跳得不错。"

尘埃只是轻微地点了点头，目光扫到了苏伊歆，有些诧异。苏伊歆立刻走了过去，竖起了大拇指："很棒。"

"面试的结果如何?"

"如果我说面试没过呢?"苏伊歆故弄玄虚地笑道，尘埃却一语戳破："你过了?"

"为什么这样说?"苏伊歆有些好奇。

"如果没过你现在肯定是躲在某个角落哭，不可能有兴趣来看我排舞。"

"你还挺了解我的，请多多指教，我是红冉的行政助理苏伊歆。"苏伊歆当着尘埃的面伸出了手。

"幼稚。"尘埃轻轻地丢下两字，苏伊歆有些尴尬："给点面子嘛。"还故意去牵他的手握紧自己的手，才勉强让他和自己握手了。

"这位不会是你的女朋友吧?"一个长相有些邪邪的男生勾在了尘埃的身上，其他几个人也围了上来，埋怨尘埃："肯定是啦，不然你看见他对哪个女生这样好过?"

尘埃的脸瞬间就红了，他别过脸去，说："别乱说。"

邪邪的男生就调侃道："怎么不是了? 你看你都脸红了。"

苏伊歆知道大家误解自己是尘埃的女朋友，赶紧解释："对不起，我真的不是他的女朋友，我是他的妹妹。"

"妹妹啊。"几个人有些遗憾，邪邪的男生立刻勾住了苏伊歆的肩，对苏伊歆说："美女你觉得我怎样？"苏伊歆有些不知所措，幸好尘埃把她从男生那里解脱出来："别动手动脚，她已经有男朋友了。"

"真是护妹心切。"邪邪的男生叹了一口气，然后伸出了手，"你好，我叫爽朗。"

"爽朗？"貌似很少有人会取这么特别的名字。

"是不是很符合我个人气质？"爽朗哈哈大笑。一个长相更为俊秀的男生说："我叫林轩怡，"然后指着另外的黑头发的男生和长相可爱一点的黄头发男生说，"他们是陈瑾寒和落尧。"

"你们好，我叫苏伊歆，是尘埃的妹妹。"苏伊歆微微鞠躬，"希望你们能好好照顾我哥哥。"

"看来你哥还是很在意你这个妹妹的，如果下次尘埃欺负我，我就找你保护我。"爽朗说道。苏伊歆摇了摇头："恐怕我帮不了你了，因为他也老是欺负我。"

"这就是你的不对了，如果我有这么可爱的妹妹，疼还来不及。"林轩怡责怪尘埃，苏伊歆有些沾沾自喜："听到没，以后得好好疼我！"

尘埃瞥了眼苏伊歆："你给我少惹点麻烦，我再考虑考虑。"

"哼，我哪有给你惹麻烦？"苏伊歆有些不满。

……

黑色的劳斯莱斯停在了苏家的门口，张妈看见顾町风从车上下来，赶紧过去："原来是顾少，有什么事吗？"

"我来找伊歆。"他大步往苏家走去，张妈有些为难："可是小姐并不在家里。"

"那在哪里，出去了？"他顿了顿，说，"那我等她回来。"

张姨还没有说话，一个声音就响了起来："你不用等了，除非我离开，不然她是不会回来的。"

尘埃顺着声音看了过去，就见到不远处的夏微陌抱着一只灰色的折耳猫。她已经褪去了当年的青涩，换上的则是从骨子里露出来的清冷和妩媚。

"你怎么会在这里?"

夏微陌听出了他口中的那种淡淡惊喜，对上他那双痛心的眼睛，笑："为什么我不能在这里，这里可是我的家。"

"你的家?"顾町风有些云里雾里。

"夏小姐马上就要嫁给先生，所以也算是苏家的主人。"张妈解释道。顾町风不可思议地睁大了眼睛："你要嫁给苏德楷?!"

夏微陌轻抚着猫的毛，"对。"她对张妈说，"你先退下吧，我和他有些话要说。"张妈点头，走开了。

顾町风愤怒地说："你知道他比你大二十多岁，他可是你好朋友的父亲!"

"我当然知道!"夏微陌严肃地回道，她怀里的猫似乎受到了惊吓弓起了身子，恶狠狠地盯着顾町风。

"既然知道，你干吗还要和他结婚? 为了钱?"顾町风想不出第二个夏微陌堕落的理由，"如果你是为了钱的话，很简单，你嫁给我就好了?"

夏微陌抬起了头，高傲地睥睨着他："你娶我，那苏伊歆怎么办?"

他沉默了。

"呵呵，你连自己该怎么做都不知道，还要我和你走?"夏微陌的眼里带着不屑，"还是说你要苏伊歆做你的女朋友，我做你的情人?"

"为了你，我可以和苏伊歆分手!"顾町风考虑了很久，回答了她的问题，"我从来都没有喜欢过苏伊歆，和她在一起不过是为了报复你，现在我考虑得很明白，我爱的人是你，所以我不会和她在一起。"

"一个女人把最好的年华给了你，你却选择抛弃她？"夏微陌冷笑，"只是为了你口中所谓的爱情？"

"那是她选择的，我并没有强迫她。"顾町风拉住了夏微陌的手，"只要你和我在一起，我们就离开这里，到一个谁都不认识我们的地方好不好？"

相比顾町风的痴情，夏微陌眼底却是一片默淡："如果我要跟你，五年前就选择你了。"

"现在还来得及！"顾町风着急地说。

"来不及了，我从来没有喜欢过你，以后也不会和你在一起的！"

夏微陌的态度让顾町风大失所望，冷哼了几句："你宁愿嫁给一个大你二十多岁的男人也不愿意和我在一起？"

"是。"斩钉截铁的回答让顾町风暴躁起来："这绝对不是真的！"他去拉夏微陌的手："你肯定是受到苏德楷的威胁了，走，你和我离开这里，我会保护你的。"

他死死抓住夏微陌的手，让夏微陌觉得疼痛，她挣扎着："你给我放开，你疯了！"她怀里的猫吓得跳了下来。

顾町风红着眼："我后悔当初一走了之，夏微陌，再给我一个机会！"

"够了！"一个巴掌响亮地响起，顾町风松开了抓着的夏微陌的手，吃惊地望着喘着气的夏微陌。

"我并没有受到他的任何要挟，是心甘情愿嫁给他的，所以请你不要打搅我平静的生活，否则我会报警说你性骚扰。"她毫无感情地对顾町风说道。

"你绝对会后悔的。"顾町风愤怒地说道，然后上了车。夏微陌望着离开的车，眼底一片苍凉。

……

苏伊歆还在给尘埃做饭，就听到客厅电话响起，赶紧拿起了电话，是顾町风打来的。

"喂，町风有什么事？"

"你现在在哪里？"苏伊歆听到他怒气冲冲的口气，心里就涌起了一种不好的预感。

"……我在家里。"

"我再问你一遍，你在哪里？"

苏伊歆捏住了衣服，顾町风那生气的声音已经告诉自己他知道她在骗他。

"对不起，我住在我哥家。"

"地址。"

"沙华街 42 号 1203 室。"苏伊歆刚说完话，电话就挂了。

怎么办？他知道了。苏伊歆十分不安，他一定是在生气自己骗他了。

洗澡出来的尘埃看见了苏伊歆苍白的脸色，问："怎么了？"

"他知道我在骗他没有住在我家，现在正赶来呢。"看着苏伊歆忧心忡忡的样子，尘埃安慰道："有我在呢。"

只是简短的四个字就给了苏伊歆深深的安全感，原本的担忧少了很多。

该来的还是来了，听到门铃被重重地按响，苏伊歆的心就急急地跳了起来。尘埃开了门，苏伊歆就看见顾町风愤怒的眼睛，接着他就走了过来抓住了苏伊歆的手："我是你的男朋友，你为什么瞒着我？"

"我不是故意的。"苏伊歆低下了头，这是她第一次看见这样气愤的顾町风。

"离开苏家，去他家住，你就没有想过我的感受？"顾町风冷笑了几声，"你到底有没有把我当作男朋友？"

"你的态度好点。"尘埃的话让顾町风有些啼笑皆非："我是她的男朋友，对她好不好是我自己的事，你一个局外人有什么资格指手画脚？"

"我是他哥。"

"那我还是你哥呢！"顾町风死死地盯着尘埃的眸子，尘埃冷笑："你还知道你是我哥，你不是一直以此为耻吗？"

他们两个的性格都很刚烈，碰在一起就如针尖对麦芒，苏伊歆怕这场没有硝烟的战争会打响，赶紧拉开两人："好了，你们别吵了！"

她对顾町风说："我跟你走。"

尘埃想要说什么，可是看见苏伊歆望着顾町风的那执着的目光还是忍了回去。

苏伊歆去房间整理好了行李箱，尘埃已经抓住了她的行李箱的把手，苏伊歆还是选择跟顾町风走。

假如苏伊歆可以回头看一眼，一定可以看见尘埃那悲伤的眼神，或许她就不会毅然而然地离开。

……

一路上，谁都没有开口，直到顾町风把她的行李箱扔在一个房间后，才开口："以后你就住在这里。"

"你还在生我瞒着你住在我哥家的气吗？你们的关系不好，我是怕你们两个产生矛盾，所以才……"苏伊歆看着顾町风难看的脸色，小心翼翼地说道。

"够了！"顾町风立刻就打断了苏伊歆的话，"我更生气的是你没有告诉我夏微陌将要嫁给你爸!"

苏伊歆看着他痛心的表情，苦笑了一下："你终于知道了。"

"为什么瞒着我?"他冲她咆哮。

苏伊歆看着他布满血丝的眼睛，咬住了嘴唇："你始终是在意她。"

"不，我根本就不在意她。"顾町风愤怒地摔门而去，苏伊歆跌倒在地板上，这五年她就该想到的，在顾町风的心中一直有夏微陌，只是自己自欺欺人，以为这些伤痛始终会被时间所磨平的。

一切都是她的痴心妄想罢了。

当苏伊歆经过顾町风房间的时候，听见里面有酒瓶碎掉的声音，苏伊歆心里涌出一丝不好的预感，赶紧推开了顾町风的门。结果就见到地上满是酒瓶、啤酒罐以及被打破的啤酒瓶渣子，再看床边的顾町风还拿着一个酒瓶在猛喝，就算站得很远也能闻到那浓浓的酒味。

"不准喝了!"苏伊歆怒气冲冲地夺下了顾町风手里的啤酒瓶，顾町风抬起头看了苏伊歆一眼，叫嚷着："还给我!"

"你醉了，顾町风!"怕他压到那些碎片渣子，苏伊歆吃力地把他从地上抬了起来，却没有想到他一把把自己压在了床上。那重量让苏伊歆有些疼痛，正想要推开顾町风的时候，却发现他把自己缠得更紧了。

"顾町风——"她咬牙切齿，却没有想到他吻上了自己的白色脖颈，苏伊歆一下子就无法动弹了。她听见他的嘀喃声："夏微陌……夏微陌……"

苏伊歆的心一下子就冷了下去，顾町风根本就是把自己当作了夏微陌。自己的心有点痛，就像是当年看见顾町风亲吻夏微陌一般疼，再远的距离、再长的时间还是不能阻挡顾町风为夏微陌跳动的那颗心。

"顾町风，你是不是对我有些残忍!"苏伊歆痛心地把床头柜上的水浇到了顾町风的脸上，顾町风的眼睛眯了起来，有些难受地翻了一个身，然后在床上睡了过去。

苏伊歆握紧了拳头，直接夺门而去。

翻阅手机的通讯录，发现没有一个是值得自己谈心的，苏伊歆更不知道该去哪里，直到她看见了尘埃的电话，犹豫了很久还是拨通了尘埃的电话。

黑夜笼罩着 H 城，弯月冷漠地看着大地。当尘埃赶到的时候，只看见苏伊歆孤单地蹲在街头，她穿着一双拖鞋，一条单薄的白色裙子，十分的彷徨。

他不知道顾町风带走苏伊歆后，苏伊歆为什么会变成这个样子，但是他敢肯定一定是因为顾町风。有一种叫作疼痛的东西笼罩着他的心。

"伊歆。"他犹豫了很久，还是轻唤了她一声。

"陪我去吃麻辣烫吧。"她的情绪很低落，目光落在附近的一家麻辣烫店。

苏伊歆拼命地往碗里加着辣椒，尘埃抓住她要往碗里放辣椒的手："够了，太辣了。"

"我喜欢。"她一意孤行，拼命地往碗里放着辣椒。

尘埃清楚苏伊歆不是一个特别能吃辣的人，也不是一个因为想吃一碗麻辣烫而打他电话的人，所以肯定是顾町风对她做了什么让她伤心的事。

麻辣烫上来后，她顾不得烫直接拿起筷子就吃，结果眼睛被辣得流出了泪水。

"咳咳咳——"苏伊歆猛地咳嗽起来，尘埃早就备好了白开水给了苏伊歆，苏伊歆喝了后才稍稍好点儿，随后又开始低头猛吃，结果吃着吃着泪水就掉了下来。

"你哭了。"

"我才没有哭，只是因为太辣了。"苏伊歆擦了一下眼角的泪水，尘埃知道那只是她的借口罢了，因此把自己的麻辣烫和苏伊歆的麻辣烫给换了，说："我的还没吃，你的那碗太辣了，还是吃我的吧。"

苏伊歆却放下了筷子，低下了头："当全世界都伤害我、辜负我的时候，我相信有一个人是不会伤害我、背叛我的，那就是哥。"

他静静地倾听着她说话，看着她难受的模样，递给了她一张餐巾纸，问道："他对你做了什么？"

"或许是我错了，待在一个不爱自己的男人身边是永远没有结果的。"苏伊歆咬住了被咬白的嘴唇，忍住快要掉落的在眼圈打转的泪水，"去了美国后，我以为顾町风会忘记夏微陌，迟早会喜欢我的，没有想到这么多年过去，他的心里还是只有夏微陌。

"明明就是我先遇见顾町风的，我明明比夏微陌付出得多，为什么他就不肯看我一眼？假如爱情的世界也分先来后到，那该多好，这样我和顾町风就没有任何的烦恼，可以幸福地生活下去。

"或许我和他就不该回来，这样他的心就不会为夏微陌动摇，你知道吗？我看着他为夏微陌伤心的样子，我就觉得好难受，如果可以，我真的想要为他分担一点痛苦。"

"他现在只是没有明白谁是他身边最需要的人。"尘埃默默地陪在苏伊歆身边，苏伊歆却是苦笑着，继续吃起了麻辣烫，看着她就算是辣出了眼泪还逞强地吃着，他立刻抢走了她的麻辣烫吃了起来。

苏伊歆愣住了，看着尘埃忍着辣还在吃，深深地吸了一口气："你知道你在做什么吗！"

"既然你要吃我就陪你一起吃。"

"哥！"

"我只是想要你知道，你伤心的时候还有另外一个人伤心，所以答应我，别伤心了好不好？"他眼睛里带着深深的悲伤，让苏伊歆有些不好受。

"哥，谢谢你。"她紧紧抱住了尘埃。

……

苏伊歆还是回到了顾家，只是她和顾町风陷入了冷战中。下楼碰见的时候，苏伊歆故意装作没有看见顾町风的样子。

吃早饭的时候，顾盛铭让苏伊歆多吃一点，苏伊歆点了点头说了句"谢谢"。他叹了一口气："父女没有隔夜仇，你爸爸要娶夏微陌可能是唐突了点，可是一定有他的理由，我希望你可以多谅解他一下。"

提到这件事情，气氛一下子就冷了下去。顾町风更是放下了筷子，"我吃饱了。"苏伊歆握紧了手。

"你这孩子怎么回来后就怪怪的？"顾盛铭奇怪地看着顾町风起身要走，疑惑地问，"你现在要去哪里？"

"去公司。"

"这么早，伊歆刚好要上班，你送送你的女朋友。"

顾町风停下步，看向还在位置上的苏伊歆："快点。"

"不用你送。"苏伊歆拎着包就走出了客厅。顾盛铭立刻看出了不对，问："你和伊歆是不是闹别扭了？"

顾町风看了一眼苏伊歆，安抚顾盛铭的情绪："不是的，爸。"然后就追了上去。

苏伊歆走在林荫小道，炽热的阳光还是从树叶的缝隙中洒落下来，落在她冷漠的脸上。

"嘀嘀嘀——"后方响起了车子的车笛声，接着劳斯莱斯车就停在了苏伊歆的旁边，顾町风从车窗内探出头说："上车。"

"不上。"她还在生气中。

"上车。"本来脾气就暴躁的顾町风开始急起来，"如果你现在不上，以后就都别上了。"

"那就不上。"

"这是你说的！"顾町风气愤地直接关上了车窗，把车开走了。

"顾町风你个浑蛋！"看见顾町风真的走了，苏伊歆愤怒地跺着脚。他不知道那只是她的气话吗？为什么他就不肯哄哄自己？

因为这里离公司太远，苏伊歆只能挤公交去红冉大厦。

今天是她成为行政助理的第一天，一切都还很陌生，协助行政总监做事。行政总监丽萨是个三十出头的女人，要求十分苛刻，因此作为行政助理的苏伊歆可没少苦头吃。

在培训期间，丽萨根本就不会把主要工作交给苏伊歆，反而是让她做外卖小妹，接听电话，递送文件。

苏伊歆才坐下一会儿，刚想要打开丽萨布置的表格工作时，丽萨就外出回来，看了一眼苏伊歆："一会儿给我去买一杯星巴克的咖啡，不要太烫，温的就好。"

"可是……"苏伊歆看见还有很多文件没有处理，丽萨的脸色立刻就阴了下来："迅速。"

苏伊歆只能去附近的星巴克买咖啡，刚到电梯的时候就碰见了尘埃的经纪人柯卫。

"你好。"出于礼貌，苏伊歆还是和柯卫打了招呼。

"哦，你是尘埃的妹妹吧？"柯卫想了想认出了苏伊歆，苏伊歆点了点头，柯卫说，"最近让你哥多注意下饮食，明明知道今天有录音，昨天偏偏去吃辣，结果今天的嗓子状态不好，他那部分的录音就直接推迟了。"

苏伊歆的心被重重地一击，尘埃会吃辣都是因为她，尘埃真是笨，明明知道今天要录音，还跟着她一起去吃麻辣烫。

"对不起，我一定会监督他的饮食，让他的嗓子尽快好起来。"苏伊歆歉意地鞠了个躬，柯卫有些不好意思："我只是让他注意一下，这只是小问题，幸好只是录音，万一是在演播厅那就不好了。"

"嗯。"

回来后，苏伊歆迅速将买来的咖啡给了丽萨，正准备离开的时候，丽萨叫住了她："苏伊歆，你要去哪里？"

"我……"

"工作的时候不能外出，老实工作，否则我就记你一过。"

苏伊歆心里暗骂了一声丽萨老巫婆，可是不想丢掉这个工作，因此只能乖乖地坐回座位。她心里放心不下尘埃，因此就打开网络查找能治疗嗓子的方法。

尘埃打开房门的时候，就闻到一股浓重的雪梨香。他蹙了蹙眉头，家里并没有人在，怎么会有这个味道？

这时他看见一双女式的圆头皮鞋，这似乎是苏伊歆的鞋子。尘埃寻觅着香气到了厨房，就看见一个小巧的背影，尘埃再熟悉不过，那就是苏伊歆。

雪梨的香气是从砂锅里发出的，苏伊歆关掉了煤气灶后，就要去取砂锅，结果手被烫了，她疼得缩了回去。

"有没有怎么样？"尘埃赶紧上前，查看苏伊歆的手，见到她的手指红肿了，责怪地说，"你是笨蛋吗？直接用手去拿砂锅。"那声音似乎是比之前要沙哑了一些，她很心疼。

"哥……"苏伊歆没想到尘埃会这么快回来，还被他撞见这么窘迫的样子。她蹙着眉头，很内疚："都是因为我，所以你的嗓子才会不好，也不能录音了，我想将功补过，给你煮了冰糖雪梨。"

第二十六章
将功才抵过

一股暖流在尘埃的心间流淌着，看着她内疚的样子，态度也变得缓和起来："你去沙发上坐着。"然后去拿来了医疗箱，为苏伊歆上了药膏。

苏伊歆望着面前的尘埃小心地拿着自己的手，用那沾有药膏的棉签涂抹着她的手。冰冰凉凉的感觉让苏伊歆眯起了眼睛，然后尘埃用纱布小心地为她缠上了。

苏伊歆看了看他包扎的手指，咯咯咯地笑着："挺丑的。"

"我又不是专业的护士。"

"哈哈，我可不敢想象你做男护士是怎样的场面。"苏伊歆看见尘埃绷着的脸立刻停止了笑，"好啦，不跟你开玩笑了。"

"啊，我的冰糖雪梨！"苏伊歆赶紧起身要去厨房，却被尘埃拦住了："我去吧，免得你又被烫了！"

"我才没有这么娇贵，我可不是豌豆公主。"苏伊歆去厨房后特意用抹布包住砂锅倒出了一碗冰糖雪梨，然后给尘埃端去，"哥，趁热吃，我看网上都说它对付嗓子疼很有功效的。"

"你是怎么进我家的?"尘埃斜睨着苏伊歆明媚的笑脸，她眨了眨眼睛："我又没有把你给我的房门钥匙还给你，怎么? 怕我突然查岗，发现你瞒着我藏了一个女朋友?"

"苏伊歆！"

"好啦，我不说了。"苏伊歆吐了吐舌头，然后催着尘埃快点吃冰糖雪梨。尘埃喝了一口后蹙了蹙眉头："太甜了。"

"不行，必须全部喝完才有效。"

实在拧不过苏伊歆，尘埃只能把冰糖雪梨全部喝完了，苏伊歆非常满意："这样才乖。"

"还有你要记住必须用盐水漱口，再吃一些润喉糖和含片，这样可以在一定程度上减轻嗓子痛的症状，特别是对于炎症类引发的嗓子痛，盐水漱口具有杀菌作用，效果很不错。"苏伊歆再三叮嘱尘埃，"嗓子对于一个明星十分重要，这次因为我导致你嗓子受损，我已经很内疚了，所以你必须好好照顾你的嗓子。"

他能感受到苏伊歆的关心，说："今天你不用回去吗?"

"一会儿我要回去。"尽管她生顾町风的气，但是也不想他为自己担心。尘埃有些失落："那我送你回去。"

苏伊歆听着他略带沙哑的声音说："你还是早点休息，把嗓子养好比较好，楼下就有直达的公交车。"

"路上小心点。"不放心苏伊歆，尘埃还是把她送上了公交车。上了车后，苏伊歆对尘埃挥手，说："哥，你还是回去吧！"

车门关上了，苏伊歆看见尘埃还站在那边，赶紧朝他做了个回家的手势。他只是在黑夜中淡淡微笑，直到车子走了才离开。

坐在公交车上的苏伊歆接到了顾町风的电话，犹豫了一下，还是接听了。

"大嫂，麻烦你到蓝月酒吧一趟。"苏伊歆立刻就听出说话的人是顾町风的兄弟，听到顾町风喝醉的消息赶紧下了公交车，然后打的士去了蓝月酒吧。

一推开蓝月酒吧的门，喧嚣声就扑面而来，昏暗的灯光、劲爆的音乐以及在舞池内忘我跳舞的男女们。

面对这个陌生的地方，苏伊歆尽量低调，还是有人会缠上自己。一个流里流气的人勾上了苏伊歆的肩膀："小姐，今晚一个人？"

"走开。"苏伊歆嫌弃地拍掉了对方的手，却惹火了对方："老子是看你有几分姿色才跟你搭讪的，不要给脸不要命。"就在流氓要抱住苏伊歆的时候，一个人猛地推开了流氓："我看你才是不要命了，竟然连顾老大的女人都敢动！"

苏伊歆透过昏暗的灯光，一下子就认出对方就是之前经常跟在顾町风身边的黄毛，虽然头发已经染回了黑色，但是那整体的五官和语气还是和当年一样。

"黄毛？"苏伊歆惊奇地说道。

"大嫂，这么多年你还叫我的外号啊，现在我已经改邪归正了。"黄毛嘻嘻哈哈地说道，"你叫我正楷就好。"

"你现在在哪里工作？"

"在顾氏当个都市小白领，大嫂，你快去看看老大吧，无论我怎么劝，他都在喝酒。"

苏伊歆紧张地说："快带我过去！"跟着黄毛，苏伊歆看见了趴在台子上喝得烂醉如泥的顾町风，手里还拿着一瓶酒要往嘴里灌。

"别喝了！"又像昨天那样拼命喝酒。苏伊歆赶紧从他的手里夺下了酒瓶，他眯着眼睛醉醺醺地想要夺回酒瓶："还给我！"

"你有什么不满就朝着我发泄，为什么要这样折腾自己的身子！"苏伊歆愤怒地朝他吼道，"不就是因为一个女人吗！你的眼里就只能看见夏微陌，就不能看见我吗？"

"我和你在一起这么久，你对我就没有动心过吗？"她望着顾町风狼狈的模样，顾町风却苦笑着推开了苏伊歆："滚，你给我滚！"他对服务生说："再给我一瓶酒！"

"好，你要喝酒是吧，我陪你喝！"等服务生上酒后，苏伊歆就夺过酒瓶往嘴里灌。酒的辛辣感快要冲破器官的承受量，苏伊歆忍着还是把酒喝完了，然后对服务生说："再来一瓶！"

顾町风有些愣，看着面前的女人一瓶又一瓶地喝酒，神智稍稍清醒了一点。顾町风夺下苏伊歆的酒瓶，却没有想到苏伊歆一把推开了他："你要喝酒我就陪你喝，喝到你不想再喝！"

"咕噜噜——"她直接拿着酒瓶喝了下去。黄毛有些傻眼了，顾町风疯狂地要去夺下："你疯了吗？这可是白酒！"

此刻的苏伊歆已经听不到顾町风在说什么了，她的世界已经开始倒转，她只知道头好疼好疼，就快要爆炸了。

"疼……"胃里翻涌着一股辛酸，她干咳着想吐却吐不出来，反而眼眶通红，流出了泪水。

顾町风彻底酒醒了，看着苏伊歆难受得蹲了下去，立刻慌了："伊歆，伊歆，你怎么了？"

"好……难受。"胃好疼好疼，苏伊歆只觉得胃像是快要裂开了一样，眼前的东西都变得模糊起来，眼皮也不听使唤快要合上了。

"别吓我，别吓我。"顾町风轻轻地拍了拍苏伊歆的脸，可惜苏伊歆已经没有知觉了，眼前一黑，合上了眼睛。

在她昏迷前，她听到了顾町风撕心裂肺的喊叫，她好想睁开眼睛看一看他，可是全身的器官都不听使唤，她缓缓地闭上了眼睛。

H城大剧院的TIM的粉丝见面会挤满了人，她们手里拿着手牌和荧光棒等着TIM的首秀。

后台工作人员焦急地准备着，最紧张的还是TIM的经纪人柯卫。

他兴奋地在化妆间走来走去，对正在化妆的TIM团员说："今天是重要的一天，是粉丝认识你们的日子，也关乎TIM的发展，你们一定要好好准备。"

"那是当然的，我们准备这么久不就是为了这一天嘛。"爽朗兴奋地说道，"我仿佛已经听到那些粉丝疯狂的呐喊声，那种感觉，一个字，爽。"

"所以你们必须好好准备，只许成功，不许失败。"柯卫严肃地说道，然后对尘埃说，"你是TIM的队长，好好照顾队友。"

"我会的。"尘埃看向了镜子中的自己。

见面会即将开始，尘埃正要去换上衣服的时候，手机响了起来。

是苏父打来的。

第二十七章
相爱难相守

　　电话里传来苏父的声音："尘埃你快来，伊歆喝酒喝到胃出血，被送到医院紧急抢救呢。"

　　"哪家医院?"尘埃捏紧了手机，苏父赶紧把详细的地址告诉了尘埃。

　　尘埃正要往化妆室门口跑出去的时候，柯卫拦住了他："你现在想要去哪里?"

　　"伊歆被送到医院了，我必须去。"

　　"不行，今天是见面会，对 TIM 是重要的一天，队长走了，这个见面会还有什么意义?"

　　"对啊，你可以一会儿再去医院，见面会马上就开始了。"爽朗拦在了尘埃的前面。

　　"让开。"尘埃一把推开了爽朗，爽朗握紧了拳头："你到底有没有集体荣誉感?"

林轩怡也帮忙劝:"我们为了这个见面会付出了这么多,你这么一走了之,我们怎么收拾残局?"

尘埃握紧了拳头。

"如果今天你走出这个大门,你就要负责见面会的所有损失,公司也会重新制定你的发展计划。"柯卫严肃地说道。

……

医院的走廊满是昏暗的灯光,顾町风抱着头痛苦地坐在椅子上,黄毛不吭一声地等在急诊室外。

苏父和夏微陌赶到了,苏父愤怒地说:"这到底是怎么一回事?"顾町风内疚而痛苦:"都是因为我借酒消愁,结果她陪我一起喝,结果喝到胃出血。"

"胃出血!"苏父差点倒下,幸好夏微陌扶着他,她严肃地看着顾町风说,"你到底是怎样照顾她的!"

"我……我就不该同意她和你在一起的。"苏父伤感地叹了一口气,当初苏伊歆恳求他同意她和顾町风出国的时候,他就是犹豫的。

一个女孩在国外谁都不认识,他怎么都不放心,但是伊歆执意要走,他只能同意,结果顾町风三天两头让苏伊歆伤心就算了,现在还把她送到了医院。

"我再也不会让这样的意外出现了。"顾町风跪倒在地上,"这一次我是真的错了,你打我骂我都可以。"

"你起来吧,我打你骂你,我那宝贝女儿倒是会心疼。"

顾町风却执拗地跪着。

"伯父,她怎样了?"远处传来一个熟悉的声音,所有人都看向了气喘吁吁赶来的尘埃,他跑得满头大汗,身上的衣服早就被汗水打湿了。

"听说是胃出血，具体怎样还不清楚。"苏父叹了一口气。

"怎么会是胃出血？"尘埃的目光扫到了地上跪着的顾町风，如从地狱中走出的撒旦一样，他全身都燃烧着可怖的火焰："是不是你做的？"

"是。"

"浑蛋！"尘埃一把揪住了顾町风的衣领，"她是真心喜欢你的，你就这么对待她！"

"尘埃！"夏微陌和苏父异口同声，黄毛怕两个人会闹出什么事情来，赶紧分开两人："现在苏伊歆的病情才是重点，你们在这里争执也起不到什么作用。"

尘埃喘着粗气，此刻他的手机又响了，是经纪人的电话，他烦躁地关了机。

"顾町风，你和我过来一下。"他恶狠狠地对顾町风说。

"可是……"黄毛怕他们两个人再起争执。

"我不会动他。"尘埃补充了一句，顾町风看了一眼众人，跟着尘埃到了男厕所。

厕所的镜子映出他们冷漠的身影，尘埃那冰冷的目光更是如冰锥一样狠狠地扎在了顾町风的身上。

"既然当了她的男朋友，为什么要三番五次让她伤心？"

"这次是意外。"

"意外？"尘埃只觉得好笑，"只是小小的意外就让她胃出血？你是不是等她死了也说是意外？"

"我不是这个意思。"顾町风瞪着面前如豹子一般发怒的男人。

"那是什么意思？我已经看见她多次因为你而哭泣，为什么得到她却不知道好好珍惜？"他握紧了拳头。

"尘埃你是喜欢伊歆的吧。"不是疑问句，而是肯定句，突如其来的问题让尘埃有些招架不住。顾町风看着尘埃不自然的神情，冷笑："被我说中了？"

"是。"看见尘埃承认了，顾町风嗤笑："没有想到你这么快就承认了，可惜我还是赢了，她喜欢的人是我，不是你。"

"那又怎样，只要她能幸福，和不和我在一起都不重要。"尘埃冷漠地望着面前挑衅的男人。

"我可达不到你这样的境界，苏伊歆对于你很重要，可是对于我，"顾町风嘴角划过一丝恶狠的笑容，"对于我来说却是一只可以随便捏死的蚂蚁。"

"你个人渣！"尘埃一个拳头击打在顾町风的脸上，顾町风的笑僵住了，嘴角有了一丝血迹。顾町风用拇指擦去血迹："你继续打，你打我一拳，我就报复在苏伊歆的身上。"

"你恨的人明明是我，怒气冲着我来，别去殃及无辜。"尘埃看着狂妄的顾町风，愤怒地说。

"尘埃，你只是个私生子，为什么所有人都喜欢你？爸爸是这样，夏微陌也是这样，就连苏伊歆也依赖你，呵呵，有你在，我感觉什么都不是。"顾町风握紧了拳头，"你知道我今天为什么会去喝酒？而苏伊歆也来陪我喝？"

尘埃沉默。

"哈哈哈，那是因为我看见爸让律师写的那份遗嘱，你竟然可以拿到五分之三的家产，甚至可以接管顾氏集团，而我呢？只分到了几幢别墅和一些基金股票，你说这公平吗？"顾町风狠狠地踹向了墙壁，在他见到遗嘱的那刻，他真的想要撕掉它。

可是就算是撕了，也无法改变什么。所以他借酒消愁，却没有想到苏伊歆会跑过来和他一起喝，甚至喝到了胃出血。

"我不会要顾家的一分钱，我自己可以自食其力，你要的话我可以全部给你。"尘埃根本就没有想到顾盛铭会做出这样的决定来，看着顾町风痛苦的样子，突然觉得他很可怜。

"谁会相信你！"顾町风根本就不相信。

"我可以让律师拟份合约，到时候你就知道是不是真的。"尘埃顿了顿，"不过要我在合约上签字可以，我有一个要求。"

"说。"

"不准再伤害苏伊歆，还有，和她结婚。"尘埃一想起她为顾町风痛哭流涕的样子，心就隐隐作痛，现在的他能做的只有这些。

能和顾町风结婚，或许就是苏伊歆的心愿吧。

顾町风犹豫了一下，最终同意了。

尘埃严肃地说："我希望你可以说话算话。"

……

昏睡中，苏伊歆看见一个美丽的女人站在自己的面前，女人的眼神十分温柔，那五官虽然有些模糊看不太清楚，但是苏伊歆一眼就可以认出那是她的妈妈。

"妈。"她轻轻地呼唤了女人一声，"我想你。"

"孩子，过来。"妈妈向她招招手，苏伊歆兴高采烈地跑了过去。

"妈妈！"她搂紧了妈妈，"别再离开我了，好吗？"

"你不属于这里，妈妈已经离开了，你还有爸爸。"

"可是爸爸已经要和别的女人结婚了，妈妈你会怪他吗？"

"不会，每个人都有追求幸福的权利。"

"可是……"

"伊儿，在没有妈妈陪伴你的日子里要学会坚强，无论遇到什么困难，我们要做的不是哭泣，而是学会怎么解决困难。"妈妈的手抚摸着苏伊歆的头发，那种被母爱包围的感觉让苏伊歆十分贪婪。

"可是我真的好累好累，我不想要离开妈妈。"

"傻孩子，人总是要学会长大的，妈妈在天堂也想要看到你独当一面的样子。"

"嗯，那你可以不离开我吗？"她哀求着，妈妈却笑了："傻孩子，我们已经是两个世界的人了，你迟早要回到你自己的世界去。"

"可是……"

"回自己的世界去吧，妈妈已经派了一个天使去你的世界保护你了。"

"他是谁？"苏伊歆疑惑地问道。

"他是……"妈妈还没有说完，她的身子就慢慢地透明，直到消失。

"妈——"她尖叫着从睡梦中醒了过来，瞬间就吵醒了趴在床边的人。

"你醒了？"对方惊奇地说道，苏伊歆看清了他的脸，顿时失望，为什么不是他？

她淡淡地点了点头。顾町风把她拥入了怀里："你被送进医院的时候，我着急得都快疯了，你是笨蛋吗？明明不会喝酒还要硬喝。"

"我哥呢？"她转了个话题，顾町风的脸色立刻就僵了。

"可能在家里吧，怎么了？"

"没。"哥没来吗？苏伊歆有些失望。

顾町风问："醒来有没有想吃什么？"

"没什么胃口。"她说。

　　"那我去叫医生，帮你检查下有没有什么问题。"顾町风出去了，苏伊歆看向了床头柜上的手机。

　　把手机开机后，柯卫和爽朗打来的十几个电话记录显示在手机上。

　　顾町风带着医生进来的时候，病房内毫无一人。顾町风着急地拨打苏伊歆的电话，却无人接听。

　　……

第
二
十
八
章

就
是
大
笨
蛋

门铃响了起来，尘埃打开了门，结果被人狠狠地打了一巴掌。

"尘埃你才是真正的大笨蛋！"苏伊歆穿着病号服，脸色苍白如雪，脸上满是痛心和不忍。尘埃摸了摸红肿的脸颊，看着光着脚的苏伊歆，眉头蹙起来："你是光脚来的？先进来！"

"不，我一定要骂醒你这个笨蛋！"苏伊歆愤怒地说道，"如果不是你经纪人告诉我你擅作主张离开见面会，可能我到现在还被蒙在鼓里。"

"你都知道了。"尘埃只是没有想到苏伊歆会知道得这么快。

"哥，我知道你是担心我，但是你不能这样自毁前程，你知不知道你可能要面对高昂的解约费，甚至要被雪藏！"苏伊歆根本不知道今天是他的粉丝见面会，而他却因为自己抛下了那些苦苦等待他多时的粉丝，对不起那些为此付出的工作人员。

"你跑出医院，顾町风知道吗？我送你回医院。"尘埃把棉拖鞋放在她的跟前，把她的脚放入了拖鞋内。再次站起来的时候，就看见眼眶内都是泪水的苏伊歆，他有些吃惊了："你怎么哭了？"

"这根本就不值得，不值得！"苏伊歆哭着捶打着他的胸膛，"哥，你救我两次，差点丢失了性命，这一次你是要我内疚死是不是？"

"把我从绝望的边缘带回来的人是你，所以在我心里，你是点燃我继续生活的第一希望，我不愿意看见任何人伤害你，我说过会保护你，那我就会好好地保护你。每一次看见你受伤，我好恨自己没有保护好你。"尘埃激动地说。

苏伊歆愣在那里："那样代价是不是太大了？"

"他们花了太多的钱和精力包装我，因此公司不可能把我雪藏，今天我的离开最多被上司训斥。"尘埃轻抚摸着她的头发，"你说我是笨蛋，你不是一个笨蛋吗？为了顾町风竟然喝出了胃出血。"

苏伊歆低下了头："对不起。"

"不能因为年轻而肆意妄为，这一次我也很生气。"才刚刚醒来就到他家，还是光着脚，看来平时太疼她了。

"那我现在就回去。"苏伊歆怕他生气，转身要走。

"我送你回去。"苏伊歆没有拒绝，坐上了尘埃的车去了医院。

刚到医院，就遇上了寻找苏伊歆的顾町风。

"苏伊歆！"顾町风赶紧跑了过去，紧张地说，"你刚刚去哪了？"看见苏伊歆身边的尘埃，怒气冲冲地说："是不是你带走了她？"

苏伊歆赶紧说："你误会他了，是我自己去找他的。"

顾町风的怒气再稍减，他把苏伊歆拥入了怀里，说："你刚刚醒来身体这么虚弱，怎么可以随便乱跑？"

苏伊歆看顾町风担心的样子，回了句："对不起。"

"我们回去吧。"就在顾町风要带着苏伊歆回去的时候,尘埃在后面说了一句话:"记得兑现你的诺言。"

"什么诺言?"苏伊歆想要回头,顾町风却拦着她:"没什么,是你听错了。"可是他的目光却暗了下去。

因为胃出血需要静养,院方让苏伊歆再留院查看一下,因此苏伊歆不能上班,只能向红冉请了假。

这段时间顾町风对自己非常好,算是有求必应,苏伊歆想可能是因为他太内疚了,所以想要将功补过。

就在顾町风给自己削苹果的时候,门外出现了一个不速之客。

"你们现在还挺恩爱的嘛。"

两个人的目光齐刷刷地看了过去,就见到长发飘飘的夏微陌站在门外。顾町风一下子就变了,苏伊歆看出了异样,吸了一口气:"你来做什么?"

"我马上就要嫁给你爸了,至少跟你这个女儿好好联络联络一下感情。"

"我看应该没有这么简单。"苏伊歆不欢迎夏微陌。夏微陌倒是不在意苏伊歆的排斥,望了顾町风一眼:"我想要和她聊一些事情,麻烦你出去一下。"

"你不是想吃车厘子吗?我现在就给你出去买。"顾町风故意扫了夏微陌一眼,然后微笑着对苏伊歆说。苏伊歆说了声好后,顾町风就出去了。

病房内就剩下了她们两个人,气氛一下子变得凝重起来。

苏伊歆看向了窗外的那盆小绿珊瑚,说:"说出你今天来的目的吧。"

"苏伊歆你现在可真是众人捧月啊,谁都心疼你,真是让我好嫉炉。"夏微陌坐在了苏伊歆的床边。

"你也不差啊，可以把我爸迷得神魂颠倒，非你不娶。"苏伊歆回击道，引得夏微陌哈哈大笑："你还是和以前一样伶牙俐齿，假如我们还能像以前一样那该多好。"

"我们谁都回不去了。"时间是个奇妙的东西，有时候你想要它走得快点，有时候你又奢望它可以走得慢一点。尤其是走过青春的那段日子，你会无比怀念过去的种种，那些曾经渺茫到可以忽视的东西一下子就成了自己最重视怀念的东西。

"的确，你变了，我也变了。"夏微陌冷笑了一声，"你没么？嫁给你爸自然是有我的原因。"

"除了钱，我实在想不出第二个你要嫁给我爸的理由。"苏伊歆握紧了拳头，"世界上的有钱人有这么多，你为什么一定要嫁给我爸？更何况你爱的人明明就是我哥，为什么要虚伪地做我的后妈？"

"爱？爱在世界上值钱吗？这只是虚无缥缈的东西，如果你经历过我所经历的事情，你就不会这么轻松地说出这番话！"

"我知道你一定会有说不出的苦衷，你告诉我好不好？"苏伊歆握住了夏微陌的手，却发现她的手特别冰冷，只见夏微陌的眉锋一转，随即就甩开了苏伊歆的手："苏伊歆，这个世界上我最恨的人就是你。"

苏伊歆迷惑了："我们曾经不是很要好吗？"

"你也知道我爱尘埃，可是你知道尘埃最爱的人是谁？"

苏伊歆沉默了。

"是你！你是真的不知道，还是假的不知道，你不会还以为尘埃对你的只是兄妹之情吧！只是单纯的兄妹之情，他会为了你差点丢了自己的性命？"

她曾经想过尘埃是喜欢自己的，只是一直不肯定，现在从夏微陌的口中说出来，似乎有一种复杂的情绪在心里蔓延着。

苏伊歆说不出那种感觉，只觉得有些无措，有些心慌，更不知道怎么面对夏微陌，还有哥……

“你知道五年前得知你要出国，他执着地要去找你，结果被我们拦下了。你离开的那天正是大地震缅怀日，也是他母亲为了救他而被压在废墟下的日子，可是在那天你竟然走了！你知不知道尘埃一直把你看得很重要，你走了，他整个人都空了，他以为自己也被抛弃了。”夏微陌想起那段充满阴霾的日子，双眼变得空洞起来，她的神情面带痛苦和悲伤，任谁看了都会怜惜。

“对不起，我根本就不知道发生了这些事情。”苏伊歆低垂下头，她完全可以想象得出尘埃那绝望而空洞的眼神，她更无法想象他是怎样面对那个晦暗的日子，而自己竟然在那天一走了之。

“对不起有用吗？你走了，他就把自己关进了房间，开始厌食，甚至患上了抑郁症。那段时间我十分的痛苦，我好想要让你回来，可是一想到他是这样的喜欢你，假如你回来了，我就没有任何希望了，所以我就跟着他痛苦。”夏微陌努力昂着头，不让眼泪掉下来。

“他骨瘦如柴，眼里没有任何希望，我带着他去看心理医生，他们告诉我他的求生欲望很小。那时候我恨死了你，真的很恨，但是我又感谢你，也是因为你的照片唤起了他继续活着的希望，他告诉我他要等你。”

“等……我？”苏伊歆很痛苦，夏微陌说的每一个字眼都如针一样狠狠地扎入了她的心。

“是，他选择等你，一年，两年，三年，他就这样等过去了，他的心里满满都是你，怎么可能有我插足的地方。有一天他醒悟了，既然找不到你，那么就让他站在足够耀眼的地方让你可以看见他。”夏微陌痛心地闭上了眼睛，说，"因此他选择成为明星，就是为了站在你可以看见的地方。"

苏伊歆眼里空荡荡的："为了我成为明星……"

"尘埃为你付出的远比你想象的要多，当然你需要他的时候，他总是第一个就到达你的身边，可是当他需要你的时候，你在哪里？哦，你是在异国他乡享受着美国的优待，和顾町风谈情说爱，你始终没有想过尘埃的感觉！"

"不是的。"苏伊歆抱住了头。

"怎么？不想继续听下去，我偏偏要说。"夏微陌睥睨着苏伊歆那狼狈的样子，"我就看不惯你那副无所谓的样子，凭什么所有人都对你好？苏伊歆，我告诉你，你和顾町风能在一起，还都是靠我，我真是后悔当初为什么要帮你。"

"什么意思？"苏伊歆有些懵了，不明白夏微陌的话是什么意思。

"以后你自然会知道。"她轻蔑地扫了苏伊歆一眼，"你好不好奇为什么我现在会要嫁给你爸？呵呵，如果我说只是为了报复你，你相不相信?!"

"不！"苏伊歆一把推开逼近自己的夏微陌，门外听到苏伊歆的叫声的顾町风立刻闯了进来。

"你对她做了什么？"顾町风看着床上失魂落魄的苏伊歆，愤怒地盯着夏微陌。

"怎么？你心疼了？"夏微陌冷笑，然后逼近顾町风，用只有两个人可以听清楚的声音说："你爱的人难道不是我吗？"

那阴险的笑容引得顾町风一阵反感，他推开了夏微陌，夏微陌有些意外顾町风的举动："你……"

"希望你别再刺激伊歆了，麻烦你出去。"顾町风指着门口，夏微陌不甘心地看着床上的苏伊歆，气愤地离开了。

顾町风来到了苏伊歆的身边，看着她掉落泪水的模样，不知道为什么他的心竟然有些微痛，刚想要擦去她脸上的泪水的时候，她就紧张地抓着他的胳膊："町风，你让我去见我哥好不好？"

"为什么？"顾町风的眉头瞬间皱了起来，明明有他在，为什么她还要想着尘埃！

"对，我根本就没有脸去见他。"苏伊歆缩成了一团，脸色十分苍白。顾町风知道夏微陌一定对苏伊歆说了什么，所以她才会变成现在这个样子，顾町风有些后悔刚刚让夏微陌和苏伊歆单独说话了。

安慰了苏伊歆很长时间，苏伊歆才平静下来，愿意乖乖地躺在床上。等她睡着后，顾町风走出了病房去往了尘埃家。

那是两个外表极为出色的男人，一个邪魅，一个高冷，只是互视的眼神都是带着对对方的敌视。

尘埃的手拿出一份文件："这是承诺书，你可以看看。"

顾町风接过后，看了看，满意地勾起了嘴角："你比我想象的还要爱苏伊歆。"

"不过我不希望有人窥欲我的女人。"顾町风眯紧了眼睛，满是威胁。

"只要你签下这份合约，我会自动远离她。"

听了尘埃的话，顾町风笑了，"最好这样。"然后拿起笔签了字。

"好好照顾苏伊歆，她真的很在意你。"尘埃以为自己可以守护苏伊歆一辈子，可是经历过这次胃出血事件后，尘埃明白，对于苏伊歆来说，最重要的那个人是顾町风，而不是自己。

她的身边有顾町风在就足够了，以前是，现在是，以后也是。

"如果你伤害了她，我绝对不会放过你。"尘埃恶狠狠地说道，顾町风只是冷笑："我放过你，你就该庆幸，你根本就没有资格来要挟我。"

"呵呵，是吗？"尘埃极为不屑。顾町风靠在沙发上，说："那我就看看到底谁会更强。"没有了顾家，尘埃不过是三流的小明星，没权没势的穷光蛋一个，顾町风根本就不把他放在眼里。

拿了合同，顾町风直接走人。

对于他来说，最在乎的还是这份合约。

尘埃还是太愚笨了，就算他不签合约，他也会和苏伊歆结婚，毕竟苏伊歆背后带来的商业利益是巨大的，顾町风也不会傻到放弃这么一条大鱼。

"今天我们除了请来歌手楷冉，还请来了新人团体组合 TIM 来到我们节目，欢迎!"主持人兴奋地说完后，幕门就开了，走出 TIM 组合。

他们清一色的白色西装，再加上那出挑的外表，瞬间就引起了女生们的尖叫。就算是隔着荧幕，苏伊歆也可以听见那尖叫声有多响。

走在最前面的是尘埃，他站在那里，只是一个眼神就足够让人无法转移视线，更何况他面对镜头时那双深沉的眸子，一下子就吸引住了苏伊歆的目光。

尘埃虽然因为化妆变得更加帅气，但是也比以前要削瘦了很多，肯定是因为太忙所以没有好好按时吃饭。

TIM 才出道短短一个月就迅速地得到广大观众的喜爱，纷纷支持 TIM，一时间各大报纸、论坛甚至电视节目上都有他们的身影。广告代言和影视机会更是接踵而来，苏伊歆关注 TIM 的贴吧后知道尘埃将出演《单身时代》的男二号，是国内一线明星徐微儿的导演处女作，因此得到了外界的大量关注，所以这部戏一定会大红，顺势会推红尘埃。

这都在苏伊歆的意料之中，拥有脱俗的外表和出色的能力，这样的人一定会成为前途无量的大明星。

只是他的走红，也让他们之间的距离越来越远。

之前她还能在红冉见到尘埃，现在因为他的通告多，她能碰见尘埃的机会越来越少。有时候真的见到了，她也故意躲开。

夏微陌的话还回响在她的脑海里，她根本没做好思想准备面对尘埃。光从夏微陌的语言中她就能听出那段日子是多么的难熬，更别说她想到那些痛苦的画面。

夏微陌说得对，她就是太任性了，只是考虑自己的感受，所以才会不告而别，而且整整五年都没有联系他。现在却当作什么事情都没有发生地回来，她真的无法想象他每次微笑时都是忍着怎样的伤痛。

就在苏伊歆盯着尘埃看的时候，电视被人用遥控器关掉了。

"为什么关掉？"苏伊歆不解地望着顾町风，"打开电视。"

"一直闷在房间里不好。"顾町风扫了一眼她房间内摆放的关于尘埃的各类写真集以及海报，脸色变得很复杂。

自从 TIM 出道后，虽然尘埃和苏伊歆不再见面了，可是伊歆明明是想着尘埃的。

"我们出去走走吧。"顾町风说道。

苏伊歆想了想是在房间待得太久了，就听从顾町风的话，和他出门了。

人民广场上，地上有鸽子，它们都在啄食着路人给的稻谷。苏伊歆拿出一点面包屑，放在了手心里，没多久就有几只鸽子靠近了苏伊歆，吃起她手心的面包。

"姐姐，这花给你。"一个红衣小女孩捧着一大把的玫瑰花走了过来，苏伊歆接过，问："这是谁让你给我的?"

"那个大哥哥——"小女孩指着苏伊歆身后的顾町风。

苏伊歆回头，看见顾町风单膝跪地，手中不知何时出现了一个装有戒指的盒子。

"你这是?"苏伊歆睁大了眼睛，有些诧异出现在自己眼前的景象。

"苏伊歆嫁给我。"他大声疾呼着。

苏伊歆曾经幻想过无数遍这样的场景，有一天顾町风可以向自己求婚，甚至那五年的留学生活中她都希望这一切都可以成为事实，可是今天真实地发生在眼前，苏伊歆竟然变得犹豫了。

她根本就不知道自己该怎样做，甚至没有像自己预想中的那样高兴。顾町风有些奇怪地望着苏伊歆发呆的脸，在想象中苏伊歆应该很开心地就答应自己的求婚，而不是像现在一样没有反应，他甚至感觉她有些不开心。

他勉强地露出一丝笑容："可以接受吗，我这样有点累。"

"可以……再给我一点时间吗?"苏伊歆有些摇摆不定，曾经多次出现在自己梦中的场景在现实上演，她却不知道该如何做。

"想好给我答复。"顾町风的眉头一皱，从地上站了起来。苏伊歆已经感觉到他有些不高兴了，刚想要说话的时候，顾町风就把戒指盒子塞入了她的手里："这枚戒指是为你买的，无论你最后接不接受我的求婚，它都属于你。"

苏伊歆接着那个盒子，能感觉到那戒指的重量，她的心变得更加沉重。

自己真的要接受顾町风的求婚吗？这真的是她想要的生活吗？

……

"苏伊歆，把这份文件交到财务室。"丽萨把文件往她的桌上一丢，作为新人的她只能听上司的话把文件送去。

电梯的门打开，苏伊歆刚出去，就看见了电梯门外的尘埃。

两双眼睛对视上，苏伊歆感觉到有一种奇怪的东西在自己的心中滋生。

尘埃……

习惯性在电视上见到他，这一刻看见他，她竟然有些不适应，尤其是夏微陌告诉自己尘埃是喜欢她的。

"哥……"她轻轻地一声呼唤。

"工作还习惯吗?"

"还好。"她握紧了手，有些手汗，慌乱地要走，"我还要去送文件，一会儿再说。"就在苏伊歆要和尘埃擦肩而过的时候，苏伊歆听见他轻轻地说："我和微陌在一起了。"

就如一个晴天霹雳，苏伊歆立刻动弹不了，她回过身尴尬地说道："哥，你在说什么?"

"我要和微陌结婚。"

苏伊歆注视着他的眼睛，没有一丝欺骗，苏伊歆听到夏微陌的名字情绪就变得激动起来："为什么? 她不是要和我爸结婚吗? 怎么会和你在一起? 今天不是愚人节，别跟我开这么大的玩笑好不好!"

"我说的是真的。"尘埃淡淡地一笑，"你不愿意她和苏伯父在一起，能有这样的一个结果不是对谁都好吗?"

"哥，为什么是她?"为什么会是爸要娶的女人，苏伊歆的脑海一下子响起了夏微陌所说的话，难道他是……

"如果你是因为我所以才和她在一起的话，我不会感谢你，我反而会恨你，我不想要你牺牲自己的幸福。"手中的文件被她紧紧地捏住。

气氛一下子就变冷，他默默地注视着苏伊歆那副生气的脸："不是。"

"真的?!"苏伊歆质疑，"那你如何和我爸交代?"他要向她爸坦白说他爱上了夏微陌?这样戏剧化的情节怎么出现在她的生活中，还是发生在她最在意的三个人身上。

"她和你爸分手了。"

苏伊歆很吃惊。

"可是你真的爱她吗?"苏伊歆倔强地昂着头凝视着他那双淡漠的眼睛，多想他可以告诉自己这只是一个谎言，可是他非常镇定地回答："不爱她我为什么要娶她?"

苏伊歆笑了，对，不爱她为什么要娶她呢?自己心中还保留着他对自己还有一点感觉的想法，孰知只是自己的痴心妄想。

自己已经有了顾町风，为什么还要有这样过分的想法?自己应该是喜欢顾町风的，怎么可以为哥动摇，不对，自己应该一直喜欢顾町风的。

"公司……同意你这个时候结婚吗?"现在是他事业发展期，在TIM还没有稳定的时候，他就要去结婚吗?苏伊歆有些不明白他的想法。

"我已经和柯卫协商过，他……妥协了。"虽然柯卫因为他要结婚大发雷霆过，但上面沟通过后和在尘埃的保证下，只要他同意和夏微陌捆绑营销给公司带来利益，就对尘埃结婚没有意见。

最后一丝希望被斩断，苏伊歆的眼神有些空洞。她绽开一个苍白的笑容："那你结婚那天一定要请我去参加婚礼哦，不过我绝对不当伴娘，因为……"苏伊歆吸了一口气，忍住即将涌上的哭意，装出一副幸福的模样，"因为我也要结婚了。"

"是吗？"尘埃知道会有这么一天，可是没有想到会这么早。

"光和你聊天都忘记工作了。"苏伊歆扬了扬手里的文件，灿烂地微笑，"下次有空再聊，拜拜。"

"有空回去看看伯父，他很想你。"背后传来了尘埃的声音，苏伊歆颤抖了一下，快速走了。

她走到了走廊尽头，只是她不是去往财务室，而是去了女厕所。

进去的那刻她就开始哭泣，她没有想到尘埃会和夏微陌结婚，还是这样的迅速。她有些不能接受这样的安排。

看着眼泪不停地往下落，苏伊歆才明白真正心痛的感觉。

原来自己喜欢的人不是顾盯风，而是一直陪在自己身边的尘埃。可惜时间已经不能回去，他们也不再是从前的他们，他有了他想要娶的女人，那个女人却不是她。

一段感情好比珍珠项链，无论看起来多么光鲜亮丽，只要稍有不慎珠子就会散落，感情也就断了。

是她没有握紧感情的那一段，所以才会让该爱的那个人先上车离开。

再次回到苏家已经是傍晚，原本以为已经陌生的房子对于她来说却是那样的熟悉，每一处的花草树木虽然和离开时的有些分别，可是和自己印象中的一样。

她走进房子内的时候，张妈兴奋得要出声的时候，苏伊歆把食指抵在嘴间让她不要出声。

父亲依旧坐在沙发处看着电视，不知道为什么他的身子感觉没有以前硬朗了，头发已经多了几缕白丝，何时戴上了老花眼镜，她都不知道。

她一直以为父亲是个爱美的人，他常常嫌弃戴眼镜难看，如今也不能不服老。

是她一直任性，是父亲一直在忍让自己，想起之前做的一些偏激的举动，她的眼角有些泪光。

如果不是尘埃让自己回来看看，她可能没有想过要回家。

"爸。"她轻轻地喊道，迎来了苏父惊喜的目光："伊歆，你回来了。"

所有的委屈都像是水龙头一样打开，苏伊歆一下子就紧紧地抱住了他："爸，之前是我太过任性了，从此以后我会好好孝顺你的。"

"傻孩子，怎么会突然这样说呢？"苏父有些诧异苏伊歆的改变，他一直以为她不会原谅自己，没有想到今天会突然出现在自己的面前，还说出这么让人感动的话。

"爸，为什么不告诉我你已经和夏微陌分开了？"苏伊歆咬紧了嘴唇。

"你已经知道了？"苏父诧异。

"我想知道为什么。"之前他不是执意要娶夏微陌吗，为什么会和夏微陌分手？这是苏伊歆非常不理解的。

"理由有这么重要吗？"苏父叹了一口气，"我知道微陌和我在一起不是因为爱我，只是为了报答我才会这样。"

第三十章
后悔难触及

　　"报答?"苏伊歆诧异,难道不是夏微陌所说的报复吗?怎么会是报答?苏伊歆有些听不明白了。

　　苏父陷入了回忆之中。"你出国的那几年微陌家出现了麻烦,她的父亲出了事故结果导致工程不能进行,欠下了一屁股债,她和她母亲为了躲债,每天过得胆战心惊,她更是为了还账,每天要打三份工。"

　　"怎么会?"苏伊歆觉得全身都麻木了,她从夏微陌身上根本就看不出原来发生了这么多的事。

　　"我实在看不下去就帮她还了债,还让她重新回到大学学习,毕业后她就来到我的公司实习,我们也互相了解。"苏父叹了一口气,"你可知道,微陌长得和你妈妈年轻时候很像,有时候我都会把她当作是你妈妈,所以我才会第一次见到她的时候这样惊讶。"

　　"像妈妈?"苏伊歆诧异,妈妈离开的时候她还很小,几乎已经忘记妈妈长什么样子，可是从苏父怀念的模样来看，夏微陌八成真的很像妈妈。

苏父打开了钱包，从里面拿出一张泛黄的照片来。苏伊歆看见上面有个清秀的女人，在一片茉莉花田内浅浅微笑，那五官和神韵的确和夏微陌很相像。

"难怪我第一次见到她就有好感。"原来是因为她长得像妈妈。

"慢慢地，我对微陌有了依赖，可是心里也有一个声音在提醒着我不能这样做，就在我要和她保持距离的时候，微陌选择和我在一起。我知道世俗都不会同意我们在一起，可是每当看见她的那张脸我就会失去理智，我就会认为你妈妈还活在这个世上。"

"爸。"看着父亲悲伤的模样，苏伊歆知道自己冤枉他了。

"在你回来后，我在反思自己该不该和微陌继续下去，这种想法一直在我的脑海里盘旋着，直到我看见你为此痛苦，甚至搬离了家，我才知道对于我来说你才是最重要的人。"苏父缓缓地抚摸着苏伊歆的头发。

苏伊歆望着手里那张妈妈的照片，泪水不争气地流了下来，懊悔地说："是我太过固执了。"

"是我错了，你能原谅爸之前荒唐的决定吗？"

苏伊歆重重地点了点头，苏父很是欣慰："那搬回家住好吗？这里毕竟是你的家，一个女孩子住在外面总是不安全的。"

"好。"她扑进了父亲的怀里，也暗自发誓不会再那样任性了。

当苏伊歆提出要搬回家的决定后，顾町风没有什么意见。他在苏伊歆要离开时问："那个事你想好了吗？"

苏伊歆看着他炽热的目光，瞬间就明白他口里的事情指的就是求婚。

"是我逼得太紧了吗？"他看着她长时间的沉默，苦笑了一下，随后叹了一口气，"我先回去了。"

"我只是想要问你一句，你真的不爱夏微陌了吗？"她看见他的身子变得僵硬了，他勉强挤出笑容，说："怎么会这样说？"

"没什么。"苏伊歆暗骂为什么会问这样的问题，转身跑回了家。

顾町风的眸子变得深沉至极。

……

打开短信，发件人是顾町风。

"对不起，今天公司有点事情，不能陪你回去看老师了。"

苏伊歆已经习以为常，虽然已是男女朋友关系，可是他陪着她的时间少之又少，以前还黏着他要他陪自己逛街，结果他埋怨自己任性，现在她已经习惯没有顾町风陪伴的时光，哪怕这一次她不能陪自己回学校见老师。

今天是教师节，虽然自己在大二的时候就出国了，可是这里依旧承载着自己太多的美好回忆。互相整蛊玩乐的同学，曾经和自己有些小斗嘴的老师，曾经偷偷在课桌下看漫画书和玩手机的青春，都曾经发生在那个校园内。

最重要的是那里曾拥有过她、尘埃、夏微陌、顾町风的故事。

她去见了那些老师，有她喜欢的，也有她以前讨厌的。

班主任还跟以前一样和蔼可亲，常常会跟同学们讲述课外的一些有趣的事情，苏伊歆还记得自己和夏微陌最喜欢上她的课，因为只要班主任讲些故事，时间就会变得特别快。

自己最讨厌的老师莫过于数学老师吧，不仅仅因为他上自己最讨厌的数学课，更重要的是自己偷偷看手机总是被他发现。有一次数学老师还要没收了自己的手机，如果不是被哥救下，或许已经被请家长了。

一想到尘埃，苏伊歆的心竟然有些隐隐作痛。

"当时你坐在尘埃的后面，总是开小差什么的，每次都是你哥帮你，别以为我没有听到他给你报答案，其实每一次我都是睁一只眼闭一只眼的。"数学老师笑呵呵地说道。

"他今天是不是因为工作忙没有来，昨天我还在电视上看见他呢，不过他和中学时一样挺受小女生喜欢的。记得那时候每天都有别班的小女生来看他，可是他总是酷酷的不理别的人，除了你。如果不是知道你们是兄妹，我一定会认为他喜欢你。"班主任开着玩笑，可是苏伊歆的心情却变得复杂起来。

的确，在中学时期，他唯一搭理的人就只有她了。

谁都能看出他对她是不一样的，唯有断了一根筋的她没有感觉到尘埃对自己的喜欢。

"伊歆，你的脸色不好，是不是不舒服？"数学老师担心地说道。苏伊歆摇了摇头："没。"

和老师们聊了会儿后，她回到了原来的班级里。

教室比以前要破旧了点，桌子似乎还是以前的那一批，苏伊歆能从部分课桌上看见日期。

她坐在了自己以前坐的那个位置，恍惚能见到作为课代表的尘埃在分发作业，她则是在旁边捣乱的模样，假如时间能过得慢一点多好。

她突然看见了前面的那张桌子抽屉里写着的一个名字，虽然油性笔的印迹有些模糊，但是依旧可以看清楚。

苏伊歆。

这个字迹她并不陌生，甚至在中学时期为了作弊模仿过尘埃的笔迹，所以这个名字是他写的。

苏伊歆非常意外，她的手抚摸着那三个字，很久，很久，久到她以为时间就要停止的时候，门外传来了脚步声，还是朝着这个教室走来的声音。

"尘埃，你还记得我们坐过的位置吗？"苏伊歆听到了夏微陌兴奋的声音，果不其然，苏伊歆看见了她以及她身边的尘埃。

一眼万年，苏伊歆从没有想过自己可以看尘埃这么久。

夏微陌嘴角的笑容僵硬了，她根本就没有想到苏伊歆也会在这里。"你在这儿？"她看到尘埃也在注视着苏伊歆，赶紧笑着挽住了他的胳膊，"好巧啊。"

苏伊歆的眼睛紧紧地盯着夏微陌抓住尘埃的胳膊的手，有些酸酸的东西在心里发酵。看着他们这样亲密，自己就是一个弹球，刚想要靠近他们就被反弹回去，怎么也接近不了他们。

第三十一章
原来我爱你

"你应该知道我们要结婚了吧?"这番话是夏微陌故意说给苏伊歆听的,苏伊歆自然听得出她口气中的炫耀。

"时间不早了,我先走了。"苏伊歆只想离开这个地方,突然觉得这里的空气让她压抑、窒息,只想逃离,不然她就会被狠狠地勒紧,喘不过气来。

"那不送了。"夏微陌冷冷地扫了一眼苏伊歆。

苏伊歆和尘埃擦身而过,她感觉到有一个炽热的目光落在自己的身上,多希望他可以抓住自己,可是却没有。

心里空了一大片。

直到她要走出教室门的时候,她才听到身后的他小声地提醒:"路上小心点。"

酸涩的滋味在心中蔓延,已经有泪水从眼眶流了出来,她选择仓皇而逃。只想快点儿离开这个让她伤心的地方。

跑着跑着，她就跌倒在地上，她哭着爬起来，看着膝盖上红红的一片，暗骂自己是傻瓜。

整整笨了六年才知道有个人喜欢自己这么久。

傻到现在才发现喜欢的人是谁。

……

决定好和顾町风分手的苏伊歆拨打了顾町风的电话，可是对方却关机了，苏伊歆又拨打了他公司的电话，秘书却告诉苏伊歆，顾町风并不在公司。

那会是在家吗？苏伊歆到了顾家后才知道顾町风跟随顾盛铭去参加一个生日派对，于是她决定在家里等他。

半个小时候后，她接到了丽萨的电话。

丽萨不愧是个女魔头，连下班的时间也不放过她，让她迅速接收一个计划报表。

没有电脑的她只能去顾町风的房间，用他的电脑接收丽萨的文件，并拷贝到了自己的 U 盘里。

"小姐，少爷回来了。"有保姆上楼通知苏伊歆，她点了点头，正准备起身的时候，不小心碰倒了桌子上的一沓文件，她赶紧蹲下去捡，结果无意间瞥到了尘埃的名字。

苏伊歆一时好奇便看了下去，结果发现这是一张承诺书，里面的内容更是她这辈子最不想见到的内容。

"你什么时候来的?"顾町风刚进到房间，就看见苏伊歆拿着一份文件在看，眉头还紧锁着，他的心里顿时有了一种不好的预感。

果然，她看向自己的眼神一下子变得陌生，甚至带着一丝怨恨。

苏伊歆没有想到自己的感情竟然是用一纸承诺买来的，还是尘埃花了这么大的代价为自己谋得的。

"我知道你不爱我，但是我没有想到你会卑鄙到和尘埃做这样的交易。"苏伊歆痛彻心扉地说道，她已经感觉空气有些稀薄，她真的无法想象一个愿意陪在自己身边的人竟然是为了遗产。

更没有想到尘埃为了自己可以放弃这么多，她早就应该想到的！

"伊歆，你听我解释——"顾町风知道事情败露，看着她伤心又愤怒的模样，想要解释却被拍开了手。

"真的够了，你是不是又要用其他的谎言欺骗我？顾町风，你根本不爱我，以前愿意和我在一起也不是出于真心吧，如今向我求婚也是为了拿到这些钱！"苏伊歆狠狠地把承诺书摔在了他的脸上，"既然如此，那你就和你的那些钱生活吧！"

"苏伊歆——"顾町风知道这一次苏伊歆是真的生气，他不由得觉得心痛，想要挽回，苏伊歆却跑下了楼。

"再给我一次机会，我错了，你原谅我好不好？"女生始终没有男生跑得快，没多久苏伊歆就被顾町风追上了，他一把抱住了苏伊歆，"我知道你现在很生气，但是给我个机会，我会好好跟你解释的好不好？"

"不用了，我只相信面前的事实，无论你说什么，我都不会回心转意的，因为我的心根本就不在你的身上了。"苏伊歆斩钉截铁地回答，死死地把他抱着自己的手给拿开了。

"什么意思？"顾町风失魂落魄，根本就不明白苏伊歆的意思。

"以前我是爱你，我也等着有一天你会真正爱上我，可是现在呢？你给了我什么样的答案？你是为了钱和我在一起的，这个答案多可笑啊，一段没有爱情的感情是走不长的，现在的你不爱我，我也不爱你了，我觉得这五年的感情是时候结束了。"

苏伊歆以为说出这番话自己会很痛苦，却没想到是意外的洒脱。看着有些呆住的顾町风，补充了一句：

"现在我看着你就觉得恶心。"

"你的意思就是说你不再爱我了？"他苦涩地一笑，心有些痛，"还是说你发觉自己爱的人是他了？"

"是。"她明白他口中的他是谁。

苏伊歆不想要听他说任何话，直接离开，她不想再看见虚伪的他。

现在只有一个念头提醒着自己，要快速找到尘埃。

她拨打了尘埃的电话，却一直处于没人接听的状态，于是她通过柯卫知道尘埃和其他成员正在为一家时尚杂志拍摄写真。

苏伊歆赶到杂志社，可是在拍摄点却没有见到尘埃，只有一些摆弄仪器的工作人员。

"尘埃呢？"她着急地抓住一个工作人员问。

工作人员疑惑地说："主编说因为室外的风景比较好，所以去附近的公园搭景采光了。"

"好，谢谢。"苏伊歆激动地说，然后跑到电梯口。因为电梯迟迟不来，苏伊歆有些失去耐心，好不容易电梯下来了，结果里面挤满了人。无奈，苏伊歆只能跑楼梯，结果因为太着急，一个不慎就跌倒在地上。

苏伊歆感觉到膝盖已经摔伤流血了，可是她根本就来不及理会伤口，一瘸一拐地去找尘埃。

老远就看见 TIM 在摄影师的指导下摆出有型的姿势，苏伊歆忍着痛慢慢靠近，还好已经赶上了。

她看着帅气的尘埃，嘴角微微咧开，早已忘记了膝盖上的痛。尘埃看见了她，也看见了她膝盖流血不止的伤口，眉头一下子就蹙了起来。

摄影师说："尘埃别分心。"尘埃说了一声"抱歉"才调整好状态。

拍摄结束后，尘埃朝着苏伊歆走了过来： "你的脚怎么受伤了，嗯?"

苏伊歆哪里有时间理会伤口，直接给了尘埃一巴掌，这一巴掌让所有人都惊呆了，柯卫着急地赶来："你怎么打你哥啊?"对于艺人来说，最重要的就是他们的脸，现在尘埃脸被打得红红的，等会儿怎么拍照?

"他又不是我亲哥!"苏伊歆怒吼道，TIM 的成员有些不明白苏伊歆的举动，她不是一向很爱缠着尘埃吗? 怎么今天这样反常?

爽朗说："是不是你哥欺负你了? 告诉我，我帮你出头。"

苏伊歆的眼里只有尘埃一人，她倔强地咬住嘴唇，隐忍着哭意："你知道你自己做错了什么吗?"

"做错了什么?"他答。

她最看不惯他那一副无所谓的样子："我的幸福我自己会抓住，不用你来帮我! 尘埃!"

尘埃低下了头。

"你凭什么要签下那张合约，为什么?! 我不是货品，不需要你们进行交易!"

尘埃以为那张合约会成为一个秘密，没有想到会这么快就被发现了。

"你是不是觉得这样很伟大，我的幸福需要你来牵线?"苏伊歆深深地吸了一口气。

柯卫感觉气氛变得凝重起来，赶紧来劝："我们先坐下来休息休息。"

"我们先去包扎伤口。"就在尘埃要扶着她走的时候，苏伊歆用尽全身力量说："我不要你当我的哥哥！"

全场一下子都安静下来，所有人都诧异地望着她，如果是以前的苏伊歆一定会脸红心跳，可是现在她已经完全豁出去了："尘埃，我喜欢你！"

像是有龙卷风扫过般，尘埃心里掀起惊涛骇浪，看着面前喘粗气的女孩，眸子滑过一丝异样："你知道你在说什么吗？"

"在你还没有告诉我你要结婚之前，我就没打算和顾町风结婚。"苏伊歆紧紧咬住了嘴唇，"在我喝酒喝到胃出血醒来的那刻，我想见到的人竟然不是顾町风而是你！或许我从很早以前就喜欢上你了，只是我一直没有发现罢了，一直都是我在自欺欺人。"

尘埃的眸子再也没有忧伤的影子，反而有那么一丝窃喜，但很快又黯淡下来："现在说这些又有什么用？已经来不及了。"

"你还爱我不是吗？不然你就不会和顾町风签合约了，更不会为了阻止我爸和夏微陌结婚，选择娶她！"尘埃的种种行为都在告诉苏伊歆，他的心中是有她的。

第三十二章
男友是明星

　　看着他沉默了，苏伊歆笑道："你这是默认还喜欢我，对吗？你根本就无法拒绝我。"在众人诧异的目光下，苏伊歆踮起了脚尖直接吻住了尘埃的嘴，她感觉到他冰冷的唇瓣慢慢变得有温度。

　　尘埃看着面前吻着她的少女，睫毛长长地垂着，明明不可以可是却还是不忍心推开她，加深了这个吻。

　　苏伊歆感觉到他从被动变得主动，小心地回应着，心里满满都是满足。

　　爽朗吹了口哨："哟，不错!"她的脸变得通红。

　　一吻过罢，她狠狠地抱住了尘埃，把头压在他的胸膛。实在是太丢脸了，这也是她最主动的一次。

　　也是这个吻成了爽朗他们调侃自己的借口。

　　虽然她和尘埃冰释前嫌，但是他们之间的主要问题还是存在，那就是夏微陌。

她永远忘不了夏微陌知道真相后，把水狠狠倒在尘埃脸上的那嫉恨的模样。

夏微陌说："尘埃，这是你欠我的，我绝对会把一切都讨回来。"然后就拿着包走人了。

苏伊歆看着水从尘埃的头发一直往下流，赶紧用餐巾纸擦干了他脸上的水，懊悔地说："都是因为我。"

"是我对不起她。"或许从一开始他就不该蒙蔽自己的心从而伤害了夏微陌。

"可是……"苏伊歆还是耿耿于怀，她知道夏微陌绝对不会善罢甘休的，就怕她会做出过激的举动伤害尘埃。

"现在你陪在我身边就好了。"尘埃拥紧了苏伊歆，苏伊歆感觉到她的心扑通扑通的跳动，觉得世界都变得美好，小心地点了点头。

心里再多的不安也被填平了。

晚上，苏伊歆哼着歌回了家，还在看报的苏父奇怪地问："怎么？一副兴高采烈的样子。"

记得早上出去的时候还一副蔫蔫的样子，怎么才过了一天就变了。

"我和顾町风分手了。"苏伊歆坐在苏父的边上，凝重地说道。

苏父很意外："你不是很喜欢他吗？"

"别跟我提他，现在的我才知道他是多么的阴险狡诈。"于是苏伊歆把自己发现那份承诺书的经过都和苏父说了一遍，苏父叹了一口气："我从一开始就不支持你和顾町风在一起。"

"现在我醒悟了，或许我从来都没有爱过他，只是因为小时候对兄长的依赖罢了。"那种依赖只是喜欢罢了，而她一直把它当作是爱。

"只有走过了弯路，才能慢慢摸索到正确的路。"苏父很庆幸苏伊歆可以发觉自己的心。

"我已经知道自己真心爱的人是谁了。"

"是尘埃吧。"

苏伊歆诧异："你怎么会知道的？"

"你是我的女儿，我会不了解你吗？刚认识时你就黏着他，那时候我就发现你对他的态度和对别人不一样，只是你太笨一直认为自己喜欢的人是顾町风罢了。"

"那你为什么不告诉我？"

"感情的事情又怎是做家长的可以左右的，更何况那个时候你为了顾町风要死要活的，一副认定他的样子。"苏父的话让苏伊歆想起那段青春岁月是太过任性了，不好意思起来。

"之前是我惹了麻烦。"

"其实我从一开始就认为你会和尘埃在一起。"

"为什么?!"

"你和顾町风的脾气都太暴躁，难免不合，只有和尘埃在一起的时候，你的脾气才有所收敛，他也懂得如何包容你，不仅如此，你还在意他。他虽然冰冰冷冷的，但是我知道那孩子一直都很在意你。"苏父嘴角带着一丝笑意，"你知道吗，在我第一次见到尘埃的时候，我就说收养他有个要求，就是要做我未来的女婿。"

"然后呢？"苏伊歆完全不知道这些事情。

"他根本不同意我这样做，认为我不该牺牲你的幸福，所以再三推辞，直到他发现顾盛铭是他的亲生父亲后，一怒之下同意当我的义子，不过那孩子并不愿意我把你的幸福这样草率决定，所以我告诉他你能自己选择幸福，他才没有这样耿耿于怀。"

"万一他之前同意娶我呢，你真的愿意拿我的终身幸福开玩笑吗？"

苏伊歆虽然有些窃喜，但是心里还是有些小生气。

"如果不是清楚他的脾性，我会这样说吗？当时只是为了测验他是否为了苏家的钱来的，没有想到五年后他会选择和你在一起。"

苏伊歆很满意苏父的这个回答。

"世界上最幸福的事情就是你明白要爱的人是谁，而对方也在等你，伊歆，你比别人幸运得多，有多少人因为误会擦肩而过，又有多少人蹉跎一生还不清楚自己爱的人到底是谁。"

"爸爸，我一定会让自己幸福起来的。"苏伊歆认真地说道，就像父亲说的，自己的确是幸运的，她庆幸尘埃始终在等她。

尽管这份爱情迟到了整整五年，可是对于现在的他们来说，还不算迟。

……

苏伊歆告白的消息传遍了整幢红冉，更让人诧异的是尘埃竟然还选择和苏伊歆在一起。

虽然工作还是像之前那样忙碌，可总还是有些改变，例如门外那些慕名而来想要一窥尘埃女朋友脸蛋的人们。

"快看，就是她，她就是尘埃的女朋友！"总有人惊奇地指着苏伊歆。苏伊歆用文件挡了挡脸，今天已经是第五批来看她真容的人，这些人是不是太空闲了，竟然有时间来八卦。

"我看也不怎么样，尘埃这样完美的人怎么会看上她？"有女的不满地说道，还向苏伊歆补了一刀，"胸也挺小的，身材还不如那些和尘埃传绯闻的女明星，尘埃怎么会看上她？"

苏伊歆偷偷地看了过去，心里暗想，对方身材也不咋的，不仅比她矮，脸又大，有什么资格说自己身材差啊。她是比不上那些绯闻女友，但是身材也算匀称啊。

"你是不知道她其实是尘埃的妹妹。"

"那不是……"

"没有血缘关系的，尘埃只是他们家收养的罢了。"

"这样的话我就理解了，八成是为了报恩才会和苏伊歆在一起的。"

苏伊歆只感觉怒火中烧，这些诽谤真是够了，今天听得耳朵都快痛了，赶紧拍案而起："你们说够没？"

结果那些围观的大眼瞪小眼赶紧散开了。

"苏伊歆！"这个熟悉的声音不就是丽萨的吗？苏伊歆苦笑，肯定又要折腾自己了，在众人的同情中，苏伊歆走进了丽萨的办公室。

"总监，有什么事吗？"苏伊歆努力露出一个微笑，其实心里早就不耐烦了。

"你真的和尘埃在一起了？"原本还严肃的总监一下子就好奇地围了过来。

苏伊歆真的想要撞墙了，苏伊歆完全没有想到"两耳不沾八卦事"的丽萨也会这样八卦，只能点了点头。

"听说你一吻就征服了人家男神，没有想到你这样文静也能这么彪悍！"

"……"怎么一夜之间大家都知道了，"总监有话直说吧。"

"恋爱可以谈，只要不影响工作就好了，还有……"丽萨讪笑，"你能传授下经验，告诉我怎么搞定爽朗吗？我已经喜欢他好久了，你都能征服那个冰山男，让我搞定爽朗应该没问题吧？"

如果你此刻看见苏伊歆，一定能发现她的脸已经跟乌鸦一样黑。

费了好大的力气才摆脱了总监的魔掌，刚想要坐下和文件做斗争的时候，苏伊歆就听见众人的倒吸声。

回头看后有些傻眼。

尘埃虽然仍旧是一头黑发，但几缕头发已经被挑染成了深紫色，让他冰冷的脸庞多了一份妖冶。纪梵希的名牌白色长衫让他看起来非常的有型。

"尘埃!"她惊奇地说道。

第
三
十
三
章

偷
拍
起
风
波

　　尘埃有些腼腆地揉了揉头发："配合新歌染的，不好看吗？"

　　"不是。"简直就是太帅了。不过后一句苏伊歆没有说，她拉住了尘埃的手："你怎么来了？"目光一斜，就看见好多人都盯着这里，苏伊歆一瞪眼，他们才继续做自己的事情。

　　"来看自己的女朋友不是天经地义的吗？一起去吃饭吧！"

　　苏伊歆的脸一下子就绯红了，正想要答应的时候，丽萨出来了："她还没有把手里的事情干完，恐怕不能和你去吃饭了。"

　　"没关系，我在这里等她。"尘埃把旁边的摇椅移了过来，坐在了苏伊歆的身边。

　　丽萨扫了一眼红着脸偷窥尘埃的女同事们，咳嗽了一下："不过我怕你在这里，我的下属们都无法安心工作了。"苏伊歆暗骂了丽萨，委屈地嘟着嘴，好不容易有空闲的时间和尘埃在一起，结果还被她硬生生地破坏了。

"那我出去等可以吧？"尘埃不想要苏伊歆为难，正要出去的时候，丽萨抓住了尘埃的手："你进来一下，我有话和你说。"

尘埃奇怪地蹙了蹙眉，跟着丽萨进了办公室。

原本还在工作的同事们赶紧围在了办公室外，恨不得看见百叶窗里面的情景，可惜只能趴在门边听。

"隔音太好了，只有微弱的声音。"同事 A 苦恼地说。

"就是，不过她会和尘埃说些什么呢？"同事 B 好奇地说道，苏伊歆也很好奇，但是看着一帮人把门外堵得水泄不通，有些汗颜："你们这样偷听不太好吧。"

同事 C 嘘了一声，让苏伊歆小声一点，苏伊歆猛地点头。其实她也好奇尘埃和丽萨在说什么，不过以丽萨的脾气没有这么好对付，会不会欺负她家尘埃？

就在这时门被打开了，围在门口的几名同事摔了个狗吃屎。

丽萨脸色阴得无法用言语表示，"你们是不是太闲了，要不要我再安排一些工作给你们？"一帮人迅速地回到了自己的位置，苏伊歆看见尘埃冲自己微笑，还伸出了手："好了，现在我们可以走了。"

丽萨笑得合不拢嘴："是啊，你们快去，千万不要饿到了。"

"啊？"苏伊歆的下巴都要跌了，刚刚丽萨还死活不同意的样子，现在怎么就……

"愣着做什么，走了。"尘埃霸道地拉走了还在发呆的苏伊歆，留下一帮羡慕嫉妒恨的人。

到了附近的餐厅后，苏伊歆才问："你刚刚是用什么办法说服她让我出来的？"

"她喜欢爽朗，我答应她把她介绍给爽朗，就这么简单。"

"你这样是不是太出卖队友了？"

"我只是说介绍，没说撮合他们，最后什么结果是他们的事。"尘埃耸了耸肩，苏伊歆哈哈大笑："没有想到你也挺狡猾的。"

尘埃把菜单递给了苏伊歆："想吃什么？"苏伊歆看了下，说："一杯柳橙汁好了。"

"还有呢？"

"没有了。"苏伊歆说，"我得减肥，你不知道那些女人都说我胖，只有我变得瘦了才可以配得上你。"

尘埃叫来侍者："一份五分熟的煎牛小排，给她一份七分熟的黑胡椒牛排和法式玉米浓汤，再一份草莓蛋糕以及一份芝士曲奇。"

"这么多啊？"苏伊歆吃惊地说道，这是想要把她喂成猪吗？

"我喜欢的人是我眼中的你，又不是别人眼中的你，你没有必要因为别人的看法而故意变成那个样子。"

"这么一说我还真的有点感动。"苏伊歆笑道，"这样的话我就不减肥了。"

"这样才乖。"他摸了摸苏伊歆的头。

"咔嚓。"苏伊歆感觉到有闪光灯在亮，赶紧看了过去，在暗处有个记者正拿着照相机在拍。苏伊歆赶紧跑了上去夺下了记者的相机，记者愤怒地说："你快还给我。"

"不行。"苏伊歆斩钉截铁地说道，"你是哪家报社的，怎么能偷拍？"万一把刚刚的照片给发到网上，一定会给尘埃带来麻烦的。

尘埃的脸色一下子就凝重起来："我记得你，你是钱江报社的。"接过苏伊歆给的相机，发现里面都是他和苏伊歆亲昵的照片。

"他是明星，让我们记者拍不是天经地义的吗？"记者猖狂地说道，"没有我们记者，哪有今天的他？"

"可是这是我们的私生活，记者就不该来打扰。"吃饭的心情都被打扰了，尘埃删除了相机里面的照片后把照相机还给了记者，"我不想无事生非，但是忍耐是有限的，如果我再发现你偷拍我，我会让保安把你请出餐厅。"

记者看了看附近看过来的人们，也不想要把事情闹大，抱着相机就跑了。

"柯卫说过现在是关键时期，如果公开我们之间的关系，对你的发展一定有影响的，没有想到狗仔无处不在。"苏伊歆有些生气。

"公开了也没有关系，我不想委屈你。"当柯卫要他们隐瞒情侣关系的时候，尘埃是不赞同的，可是苏伊歆却执意帮着柯卫劝着他。

"我不委屈啊，只要你陪在我的身边就好了。"苏伊歆笑着说。

"等我的事业稳定了些，我们就公开好吗？"

"嗯。"苏伊歆重重地点了点头。

……

星光熠熠，TIM 的五个男生就是舞台上最闪亮的存在。舞台底下坐满了人。每个人手里都拿着荧光棒，嘴里还呐喊着尘埃的名字。

苏伊歆穿着白色衬衫坐在了一众粉丝中，和大家一起喊着粉丝的口号。

苏伊歆一下子就记起了五年前，她也跟着尘埃的粉丝团这样疯狂过。

"TIM 我心闪耀，爱你永远！"撕心裂肺的呐喊声，再加上各种尖叫声，让苏伊歆知道 TIM 的人气有多旺。

"啊——出来了！"苏伊歆身边的两个女生尖叫着，然后便看见TIM 站在升降台上缓缓地从底下升到了台上，气氛一下子就热烈到了极点。

他们五个大男孩穿着闪闪发亮的露臂装，露出结实的手臂，再加上他们气势迥异却完美出色的外表瞬间点燃了全场。

"好帅好帅！"苏伊歆听着附近传来的激动的声音，耳朵都要聋了，可是苏伊歆看见最前面冷酷坚毅的尘埃后，嘴角勾勒出最美的弧度。

尘埃还在人群中寻找苏伊歆的影子，扫了一圈，终于在中间的位置看见了苏伊歆，脸庞的冷漠少了很多，换上的是深深的温柔。

他拿起了话筒，缓缓地说："欢迎大家来到 TIM 的见面会，也是因为有了你们，所以才有了今天的 TIM，今天我不仅仅感谢大家能来支持我们，更想谢谢我人生中最重要的人能来看我。"

粉丝们面面相觑，苏伊歆身旁的两个女生窃窃私语起来。

"尘埃这是什么意思，他说的生命中最重要的人是谁？不会是女朋友吧？"

"八成是啊，如果不是谈恋爱，哪会改变这么多，之前完全是个冷酷型男，现在变得爱笑很多，八成就是她女朋友的原因。"

"这样的话，我好羡慕她呢，能有这么帅的一个明星男友，如果是我一定会开心死的。"

苏伊歆听着，嘴角微微上扬，说"帅不帅，是不是明星无所谓，只要两个人互相喜欢就好了。"

"你又不是他的女友，怎么清楚她的想法？"女生奇怪地问道。

苏伊歆暗笑不语，目光盯着台上的尘埃，看着他一次次巧妙地躲过主持人埋伏着的语言陷阱，见他还时不时附送几句经典语言逗乐粉丝们，苏伊歆就觉得很充实。

……

第
三
十
四
章

苦
苦
相
纠
缠

　　因为尘埃还有一个通告要上，苏伊歆就先回去了，却没有想到在门外碰见了靠在劳斯莱斯车旁惆怅地吸着烟的顾町风，才短短一周没有见面，他就比之前要沧桑很多，以前光洁的下巴已经长出青色的胡碴。

　　苏伊歆根本就不想再见到他，直接绕过他要往家里走。

　　"你就这么不想要见我？"他说。她颤抖了一下，继续往前走，顾町风走了上去挡在了苏伊歆的面前，"你是不是把我拉入黑名单了，为什么我打不通你的电话？"

　　"我们既然没有关系了，何必要联系？更何况我的男朋友不希望我和前男友再有任何联系。"

　　"男朋友？难道你和尘埃在一起了？"顾町风难以置信。

　　"是又怎样？麻烦让开。"苏伊歆冷冷地说道，"我不想再看见你这张恶心的脸。"

"我现在才明白对我来说，真正重要的人是你，伊歆，别生我的气好不好？回到我的身边，我会好好对你的。"他哀伤地望着她，刚想要伸出手触碰苏伊歆的脸时，被苏伊歆无情地打掉了。"顾町风，你还要演戏到什么时候？你只是觉得你的玩具成了别人的专有物后，你受到了打击，所以你想重新要回来罢了，你从来没有爱过我，你爱的人永远都是你自己。"

"不……不是的，我真的爱你。"

"别提爱这个字眼，你这种人不配说。"苏伊歆不想看见顾町风在自己的面前晃悠，只想离开。

"别走！"他一把抱住了苏伊歆。

"顾町风！你到底想要干吗？你已经耍了我整整五年了，还想要继续玩下去？或者你是为了那笔遗产来的，除非我和你在一起，不然你就无法得到那笔钱？"

"不是，我是真心想要和你在一起。"

苏伊歆根本就不想听见他的花言巧语，吸了一口气："我数到三，你还不放开我就不客气了。"

"三——二—— 一！"苏伊歆一个回身，狠狠地用脚踢向了顾町风的下身，看着他痛苦地倒在地上，苏伊歆得意地说："如果你再来纠缠我，那么我不单单是踢你，而是报警了，你也不想上明天报纸的头条吧。"

离开顾町风的时候，她就决定活得漂亮了。

在她还爱着顾町风的时候，他是无价之宝；在她不爱他的时候，他便什么都不是。

晚上，苏伊歆准备拉窗帘的时候，竟然发现顾町风的那辆劳斯莱斯还在，没有想到他还真有毅力。苏伊歆二话不说就把窗帘给拉上了。

第二天早上起来的时候，苏伊歆特意去看了一眼窗户，楼下已经没人了。苏伊歆有些不屑，果然是做戏给她看的。

苏伊歆以为顾町风对自己的纠缠会就这样结束，没有想到顾町风继续出现在她的面前。

在苏伊歆工作的时候，就有送花小妹上门："您好，哪位是苏伊歆苏小姐？"

"我是。"苏伊歆从焦头烂额的工作中抬起了头。

"您好，顾先生让我把花送给您，请您签收。"

苏伊歆看着那一捧火红的玫瑰，眼里满是不屑："那麻烦你给我送回去。"

"可是我们无法和顾先生交代啊。"送花小妹有些为难，苏伊歆想这也是她的职责，就签字了。

看着那捧玫瑰花就觉得碍眼，正准备扔掉的时候，同事小丽赶紧接过："你不要就给我啊，这么好看的花，扔掉多可惜。"

"那就送你了。"

苏伊歆继续回位置工作，没多久就有电话打进，苏伊歆接起电话："你好，这里是行政部门。"

"是我。"这个声音苏伊歆再熟悉不过，她咬牙切齿道："顾町风，你怎么会知道我的工作的电话？"

"如果我连这个都不知道怎么成为顾氏集团的总经理？"

"我还要工作，别再打来了。"苏伊歆狠狠地挂掉了电话。

没多久，电话又响了。苏伊歆一阵火大："你到底想要怎么样？"

"我记得你现在还是实习期，就这么嚣张跋扈地挂掉客户的电话，似乎要扣分，如果我闹到你们行政总监那儿去……"

"说说正题吧。"苏伊歆隐忍着。

"下午陪我吃饭。"

"不可能，那你还是向总监投诉吧。"说完，苏伊歆就挂了电话，然后把电话拿到同事玲玲那儿去，"一会儿有个帅哥会打来电话，一定要好好把握机会哦。"

　　玲玲是行政部门出了名的结婚狂，剩女中的战斗机，巴不得自己嫁出去，无奈长得太胖，又因为她强悍的性格，男人对她退避不及，像顾町风这种人就该由她来对付。

　　玲玲十分开心地接受了这份礼物，玲玲听到电话响后接起来，兴奋地说了一大串后，苏伊歆就再也没有听到有电话响起。

　　因为尘埃在外地参加活动，苏伊歆以为他不能回来了，却没有想到出了门就看见他坐在一辆白色的保时捷跑车中。

　　"你不是去外地了吗？"

　　"提早乘坐飞机回来了，怎么，不愿意见到我？"他摘下了茶色的眼镜，苏伊歆笑："当然不是。"

　　她的目光更是对上了他后座摆满的玫瑰花，诧异地说："你是想要开花店吗？买了这么多的玫瑰花。"

　　"听说顾町风今天送你了一捧玫瑰花。"

　　"难道你在吃醋？"苏伊歆心里一阵窃喜，看见他白皙的脸庞浮现一丝晕红，回答说："才没有。"

　　"你什么时候也学会口是心非了？"苏伊歆笑道，"不过你快说，是不是在我的身边安插了眼线，不然你怎么知道今天顾町风给我送花了。"

　　"丽萨算吗？"

　　"她？算了，我可惹不起。"苏伊歆坐上了车，"不过以后再吃醋也不准买这么多花，太浪费钱了，假如今天是情人节就好了。"

　　"情人节？"

　　"对，情人节的话我就可以把这些花都卖给别人，这样我就赚翻了。"苏伊歆咯咯地笑着。

　　尘埃有些啼笑皆非："你就这么见钱眼开？"

"那是，我可是爱财如命的金牛座。"苏伊歌看着尘埃开车的路线问，"你现在是要回家？"

"回去犒劳下家里的那群吃货。"

"什么意思？"

尘埃故作神秘地说道："你一会儿就知道了。"

到家后，苏伊歌迫不及待地要见尘埃口中的吃货，结果刚进门，就有人放彩花。"欢迎新人出场！"彩花落在了苏伊歌和尘埃的身上，苏伊歌有些哭笑不得，听到他们还哼着结婚交响曲，脸一红："做什么呢？我们还没结婚呢。"

"这都是早晚的事情嘛。"爽朗说道。

"嫂子好。"落尧笑着说，苏伊歌的脸瞬间如西红柿一样红，忙说："别乱说了。"

"看来嫂子是脸红了。"

"你们还想不想要吃火锅？"尘埃环抱着胸斜睨着各位，爽朗笑了起来："你看，还没有过门就开始帮着老婆欺负我们了。"

柯卫叹了一口气："人家毕竟是一对，不帮她，难道帮我们啊？"

"食材买好了吗？"尘埃直接转了一个话题，柯卫说："早就让司机送来了，已经放在冰箱里了。"

"那我去洗菜。"尘埃说，苏伊歌跟着，"我帮你。"

"哟，夫唱妇随。"有人起哄，苏伊歌瞪了对方一眼。尘埃按着要从沙发上起来的苏伊歌："你还是好好在这里休息吧，你刚刚下班也累。"

"尘埃真是个好男人，学会心疼女朋友了。"爽朗冲她眨了眨眼睛。

"用得着你说？"苏伊歌瞅了他一眼。

"我好歹是个大明星，你对我就这个态度？"爽朗挑眉，苏伊歆捧着脸颊："我又不是你的脑残粉。"

"好了，我知道你的眼里只有尘埃。"

"你们两个不要贫嘴了。"柯卫劝道，两人才不再说话。

尘埃洗好了菜后放在盘子里端了上来，一帮人就开动了。

"祝贺我们的写真专辑大卖！"柯卫端起了杯子。

"干杯！"众人干杯。

"嫂子，必须把这杯给干掉，不然就不给我面子。"看着苏伊歆还喝着橙汁，爽朗故意倒了满满一杯酒给苏伊歆，却被尘埃给拦下了："我喝吧，我怕她喝醉了发酒疯。"

"其实是心疼吧？"林轩怡一眼就看出了尘埃的心思，苏伊歆的心里甜甜的，想要夺下尘埃手中的酒杯："还是我喝。"

"你酒量不好，还是我喝。"他宠溺地望着苏伊歆。

"你们也别争了，直接交杯酒好了。"爽朗又倒了满满一杯酒给了尘埃，大家赞同："对，交杯酒！"

"锅都热了。"骑虎难下，尘埃直接转移话题，把贡丸放入了火锅内，大家"切"了一声。

陈瑾寒叹了一口气："又不是让你亲她，连个交杯酒都害羞，以后结婚怎么办。"

"不是还有我吗？"苏伊歆直率地说道。

"也对。"结果一帮人笑得极其暧昧，苏伊歆受到尘埃的微微一瞪才知道说错话了。

"我还记得上次你在大庭广众之下强吻尘埃的壮举呦。"爽朗调侃道，苏伊歆立刻就想起了当时的画面，脸红红的："那只是意外。"

"那什么时候多让这些意外发生？"

"我说不过你，我走不行吗？"说完苏伊歆就要起身，就被尘埃阻拦了："他们只是开玩笑，不用理会他们。"然后把羊肉夹在了苏伊歆的碗里，"你最爱吃的就是羊肉了。"

落尧朝着苏伊歆挤眉弄眼，苏伊歆故意忽视，吃着羊肉心里美滋滋的。

一帮人吃饱喝足后就围着电脑玩游戏了，尘埃看天色不早就送苏伊歆回去。

开车到了苏家后，尘埃才发现座位上的苏伊歆已经睡着了，发出均匀的呼吸。她就如一个襁褓中的婴儿一般安静，嘴角还挂着一丝恬静的微笑，尘埃把她散乱在脸颊的发丝别到了耳后。

目光落在了她殷红的嘴唇上，心中萌动着什么，缓缓地低下了头吻上了她的唇。

苏伊歆感觉唇被封住了，甜甜的软软的感觉，不由得有些迷恋这种感觉。见她动了一下，尘埃就脸红心跳，像是个做错事情的孩子离开了她。

当苏伊歆醒来的时候，看见了身边的尘埃，不好意思地说道："好像我睡着了。"

他的脸一直对着玻璃外，她听到他"嗯"了一声。

"那我走了？"苏伊歆试探地问了一下。

"好。"就在苏伊歆要走的时候，尘埃拉住了她的手，说，"明天我要飞往北京去拍戏。"

"那部《单身时代》？"

"嗯。"他把他的手放在她的脸上，"我不在的日子别忘记吃饭，不准熬夜，更不准减肥，我就喜欢你肉肉的样子，有事打我的电话。"似乎觉得不妥，补充道，"没事……也给我打电话。"

　　苏伊歆突然觉得这样的尘埃非常可爱，偷偷地啄了尘埃的脸颊一口："好了，我知道了。"

　　……

第
三
十
六
章

诡
异
的
换
角

尘埃正式进组了，听柯卫说，得拍一段时间。幸好一直有电话联系，大家对自己也挺照顾，苏伊歆也不觉得寂寞。

顾町风来找过苏伊歆几次，结果都被张妈给赶了出去，没有想到他不厌其烦又来家里找她，不过这一次是苏父出面了。

"町风，你回去吧。"

"伯父，我想要和她说几句话，说完我就走。"

"你们的事情伊歆已经说了，既然彼此都不合适，为什么不选择放手，让彼此都轻松一点？"

"我现在才明白她对我的重要性，只要她回心转意，我一定不会辜负她的。"顾町风还在挣扎着。

"你觉得她和你在一起比较开心还是和尘埃在一起比较开心？"

顾町风沉默了。

"既然如此，为什么不放手成全他们？有时候真正的爱情不是得到而是放手，两个人幸福好过三个人受伤。"

顾町风陷入了沉思之中。

"如果你在她还爱着你的时候好好珍惜，你今天就不必来这里，孩子，回去想想吧。"苏父叹了一口气走回了家里。

……

苏伊歆在逛超市的时候，看见一个熟悉的身影。

黑色的长发，高挑的身材，等她转过来后，苏伊歆确定她就是夏微陌。只是她还挽着一个秃了顶的中年男人在挑东西，有说有笑的，那亲昵的姿势绝对不是普通朋友的关系。

苏伊歆大步走了上去："夏微陌。"

夏微陌的笑意慢慢地褪去，苏伊歆感觉到中年男人色眯眯地望着自己。他说："这位小姐是？"

"大学同学，我和她叙叙旧，你先去买东西吧，一会儿我来找你。"夏微陌笑着对中年男人说，对方走后，苏伊歆问："这个男人是谁？"

"关你什么事。"夏微陌冷冷地说道。

"是我们对不起你，可是你不能这样堕落啊。"苏伊歆无法理解夏微陌竟然这样堕落，找了一个老男人。

"堕落？你指的是我找了一个比我大了二十岁的有妇之夫当小三吗？"

"你不觉得这样很让人不齿吗？"

"让人不齿的人是你吧？你不是爱着顾町风吗？怎么见异思迁和尘埃在一起，让他抛弃了我？你这种三心二意的人凭什么来指责我？"

"我是没有资格指责你，但是你要想想你的母亲，她愿意见到你变成现在这个样子吗？"

"如果我告诉你我最恨的人是我的母亲呢？如果不是她偷情被我爸撞见，我爸就不会出车祸，我也不会变成现在这副样子！苏伊歆，你现在什么都有，我却是什么都没有，你心里一定非常开心吧？"

苏伊歆根本就不知道原来夏微陌曾经经历了这么惨痛的事，想要说什么，却见到夏微陌露出恶狠的眼神："不过你也开心不了多久了，很快我就会把一切都讨回来，狠狠的！"

苏伊歆恍惚地看着夏微陌离开，心里越来越不安，她总觉得夏微陌会做出一些伤害他们的事情来。

……

五天后。

苏伊歆无意上了论坛，竟然看见"《单身时代》男二换爽朗，原定尘埃惨遭出局"的帖子，竟然在热搜榜。

苏伊歆赶紧点了进去，才知道尘埃进组一周已经拍摄了定装照以及五组戏，现在竟然被换角让同是 TIM 的成员爽朗上，尘埃的粉丝艾草和爽朗的粉丝冰棒掐架起来，闹得不可开交。

苏伊歆关掉了网页，忧心忡忡起来，怎么会无故被换角呢？

她赶紧拨打了尘埃的电话，等到接通后，苏伊歆就激动地问："怎么一回事，为什么都公布了饰演名单，你还会被换角？"

"你都知道了？"他的语气很平静，仿佛当事人不是他一样，"可能是我和原定的角色不太符合吧。"

"我看过剧本，明明就是为你量身定制的角色，怎么可能不符合，更何况换爽朗扮演这个角色你不觉得很奇怪吗？我觉得是有人故意挑拨你和爽朗的关系，让你们的粉丝产生矛盾。"苏伊歆分析道。

"是你想多了。"尘埃说，"明天我就回来了，到时候陪你。"

"好吧。"既然尘埃都这样说了，苏伊歆想只是巧合吧，虽然心里还是有些不满，却还是要压下。

当天晚上苏伊歆翻来覆去，怎么也睡不着，脑海里突然浮现出夏微陌说的话。

心想，这可能不是巧合，是一场预谋，是故意针对尘埃的阴谋。

和尘埃有仇的也就只有夏微陌了，如果是以前的夏微陌，苏伊歆可能不相信她有这个能力做到，但是她现在傍上了大款，那就未必没有这个可能了。

如果是夏微陌做的，那么一切就太糟了！

第二天，苏伊歆是被窗外的喧闹声给吵醒的，不仅有人们的喧哗，还有车笛声。

苏伊歆拉开了窗帘，就发现有刺眼的闪光灯，原本睡眼惺忪的她一下子就清醒了。她看见楼下有无数的记者，赶紧把窗帘给拉上了。

"怎么会有这么多的记者！"苏伊歆一下子就慌了，突然手机响了，看见是尘埃的电话，苏伊歆一下子就有了安全感，赶紧接听了电话，"尘埃，这到底是怎么一回事？楼下怎么会有这么多的记者？"

"伊歆你听我说，这几天都不要出门，乖乖地待在自己的房间里，也不要上网、看电视，我会很快把这件事情处理好的。"苏伊歆能听出他刻意压着心慌，保持稳定的语气和自己说话。

苏伊歆那些不好的预感一一被验证，一定是发生了什么！

虽然尘埃让自己不要去上网，苏伊歆还是上了网，她必须要知道发生了什么。

一进入网页就发现自己和尘埃的名字竟然高高地挂在首页，新闻的标题竟然是"TIM队长尘埃出轨苏氏富家女苏伊歆，抛弃旧爱夏微陌和新欢同居爱窝"！

文章的内容基本都是虚假的，故意夸大尘埃和夏微陌的感情，塑造夏微陌被抛弃的可怜形象和尘埃的负心汉形象。

网页还配了几张图，其中有两张是夏微陌挽着尘埃逛超市的照片，其他的都是那天尘埃带自己回去吃火锅在停车场的照片。有这样一组劲爆的对比足够引起网友对尘埃生气的指责，不仅尘埃的微博下满是"渣男"刷屏，还有各种不堪入目的人身攻击语言。

此时苏伊歆的 QQ 上的头像闪动了，点开一看竟然是夏微陌发来的视频通话。

苏伊歆咬着嘴唇点开视频，对面就出现了夏微陌那张得意的嘴脸："对于我送你们的这份礼物，你们满意不满意？"

"你这明明就是颠倒黑白。"

"是我颠倒黑白吗？这似乎有些好笑，当时他可是我的男朋友，是你作为第三者硬生生地把他从我的身边抢走。"夏微陌的脸狰狞得可怕，隔着电脑屏幕，苏伊歆都觉得夏微陌会残忍地从电脑里伸出一只手狠狠地掐住她的脖子。

"尘埃当初会和你在一起都是因为我，他根本就不爱你。"苏伊歆紧紧地握住拳头。

"那你为什么就不能把他让给我？你可知道当初我可是把你爱的顾町风让给你了，你为什么还要回来和我抢？！"

"什么意思？"

夏微陌瞪圆了眼睛，恶狠狠地说道："你以为五年前顾町风是自愿和你在一起的吗？我告诉你都是因为我看你可怜才请求顾町风和你在一起，所以他才会和你去美国的，如果没有我，你什么都没有！"

苏伊歆一直以来的疑问终于有了答案，她终于明白顾町风在五年前为什么会转变那么大了。"你认为我会感谢吗？爱情不是施舍的，不尊重爱情的人也不配得到爱情。"

　　"我以为你会来求我的，没有想到还是和以前一样倔强，不过我看见你们这么惨，心里可是得到了安慰，不过我想没多久你们一定会来找我的。"

　　接着苏伊歆就关掉了视频。

　　她绝对不能坐以待毙，让夏微陌对尘埃的抹黑继续下去。就在她要下楼的时候，原本还在看报的苏父放下了报纸："你要去哪里？"

　　"我要去找尘埃。"苏伊歆倔强地说道。

　　"外面这么多的记者，你怎么出去？难道你还嫌现在的局面不够乱吗？"苏父严肃地说。

　　"可我看不下去媒体人没有查清楚真相就对尘埃肆意抹黑。"苏伊歆倔强地说道。

　　"可是你现在出去不就是越描越黑了吗？那些记者都是为了头条而来，添油加醋的比比皆是！"

　　"可是他现在一定很无助，他需要我！"

　　苏父沉默了很久才说："你真的要见尘埃？"

　　"是。"她肯定地说。

　　"那好吧，我就帮你吧。"得到父亲的回答后，苏伊歆喜出望外："谢谢爸，不过你怎么让我出去？"

　　一直守候在门外多时的记者看见苏父出来了，赶紧围了上去。

　　"苏先生，你可知道尘埃为了您的女儿抛弃了女朋友？"

　　"你们会同意她们结婚吗，麻烦说一下。"

　　就在这时后门开出一辆车，引起了一些记者的注意。"有车出来了，上面是不是有苏伊歆？"

　　"快追！"原本还守着苏父的记者们一下子就拿着照相机追着车子去了，可是人哪有车子跑得快，有几个记者要上车去追时，张妈拦着说："现在我们家老爷做访问呢，分什么心！"

苏伊歆看见没有车子追上来，松了一口气，对司机说："开快点。"司机点了点头，苏伊歆赶紧拨打尘埃的电话，可是一直不通。

第三十七章

媒体的力量

"怎么一直没人接呢?"苏伊歆有些烦躁。

再拨打柯卫的电话,正在通话中。

苏伊歆感觉事情已经闹大了,赶紧给他们发了短信,可是迟迟没有人回。到了红冉大厦门口,才发现门口被堵得水泄不通,司机说:"小姐,根本就开不进去。"

"那就只能硬闯了。"苏伊歆瞥见汽车后座上的照相机后,急中生智。

五分钟后,一个戴着鸭舌帽的女生从车上走了下来,帽檐很低,基本上遮住了她的半张脸。她的手里拿着一个照相机缓缓地朝着围堵在红冉大门口的记者们走去。"麻烦让一下!"她硬是要往里面挤,立刻就引起某些人的暗骂:"你是哪家报社的?不懂得先来后到啊,这里每个人都是为了得到头条,别挤了啊。"

"就是，我都快热死了，等了好几个小时连个主角都没出来，等会儿回去怎么交差！"

苏伊歆稍稍掩了掩帽子，故意粗着声音说："对不起哦。"可是还是在拼命往里面挤，就差一点点就可以进去了……

就快要挤到前面的时候，一个大汉推了苏伊歆一把："刚刚说你呢，怎么还在挤！"苏伊歆一个重心不稳就跌倒在地上，她的帽子就掉了下来……

红冉大厦会议室。

柯卫气愤地说："怎么会突然发生这种事情，一定是对手公司看TIM风头太盛，为了打压而使出的阴招。"

"我辜负了夏微陌的确是事实。"尘埃缓缓地说道。

"可是你们那也算是和平分手，结果被媒体添油加醋说成这样，就连我都躺枪了，抓住换角的事挑拨你我呢。"爽朗耸了耸肩，气愤地说，"我好好在家里写歌，竟被通知顶替你出演《单身时代》，我怀疑这就是一家公司所为，就是为了挑拨我们的关系。"

"我会不知道吗，尘埃的演技和外表都是极其出色的，竟用演技低劣的借口换人根本就是自欺欺人。昨天还是换角风波，今天的头条就是尘埃出轨了，不知道对方又用多少的水军来黑我们呢。"柯卫气愤地说道。

"这个事情必须有个解决，不然我们TIM的巡演也会受到影响的。"林轩怡担忧地蹙起了眉头。

"我们得紧急召开发布会，解决这件事。"柯卫说。

"现在外面这么多的记者，不澄清一定会闹得不可开交的。"爽朗看向了窗外，惊奇地发现了被记者包围的苏伊歆，"你们快看，那是不是苏伊歆？"尘埃看清了脸后，眉头蹙得很紧。

"尘埃！你要去哪里！"柯卫看着尘埃飞快跑出去的身影，着急地叫道。

苏伊歆的脸暴露在镜头之下，她听见有人惊奇地叫道："苏……苏伊歆，她就是苏伊歆！"一时间所有的镜头都对准了她。

记者们更是把话筒放在了她的嘴边："苏小姐，你真的是介入尘埃和夏小姐感情的第三者吗？"

"对，请问事情的真相真的是这样吗，还是说有别的原因呢？苏小姐，你别走啊！"

"苏小姐……"

苏伊歆慌乱地从地上爬了起来，看着那些记者不停地纠缠着自己，不安如潮水一般覆盖了自己。"走……走开！"她努力推开涌上来的人，可是他们却锲而不舍地发问。

"就回答一个问题就好了，苏小姐……"

"我什么都不知道。"苏伊歆只想赶快离开这个地方。

就在苏伊歆的世界变得天昏地暗的时候，无措的她被一个身影紧紧地抱住了。她战栗的心似乎找到了寄托，抬起头就看见了尘埃那张俊美的脸庞，她吃惊："……尘埃？"

记者们见尘埃也出现了，一个个兴高采烈的，"尘埃，麻烦你和我们说说事情的真相。"

尘埃面无表情："你们的问题我会在接下来的记者招待会上一一回答，请大家不要再纠缠无辜的人。"可是记者们哪会善罢甘休，一个个打破砂锅问到底。

尘埃吃力地想要扒开那些人。

这时，柯卫和 TIM 的其他成员出现了，柯卫严肃地对准镜头："我是尘埃的经纪人，有什么事找我好了。"

尘埃说了句谢谢，爽朗小声提醒道："还不快走！"苏伊歆抛去了感激的目光，在尘埃的保护下跑入了红冉大厦。

进了休息室后，苏伊歆才恢复了平静。尘埃责怪地问："你怎么会在这里？"

"我担心你。"苏伊歆像个做错事情的孩子坐在沙发上。

"我说过事情我会摆平的。"

"可是……"

"一会儿我让人把你送回家。"

"我不走，我要陪着你。"苏伊歆紧紧地抱住了尘埃，"每次我有事的时候你都陪着我，现在你有事了，我不能放任不管。"

"而且我已经知道是谁故意针对你了。"苏伊歆顿了下，"是夏微陌，她是因为我才报复你，所以这件事情我必须和你一起面对。"

"我已经猜到了。"尘埃叹了一口气，"听我的话回去，伯父一定有办法可以保护你。"

"对，现在记者盯着 TIM 这么紧，不如等事情平静一段时间我们再来找你。"此时柯卫和 TIM 其他成员已经上来了，柯卫看着苏伊歆的样子有些难受。

苏伊歆望了尘埃一眼，对柯卫说："你们是要开记者招待会是吧，我要参加。"

"不行。"尘埃很决然地拒绝了，"现在事情闹得这么大，如果你参加记者招待会一定深受非议。"

"那我今天就不走了。"苏伊歆昂着头，倔强地说，"两个人顶着总比一个人顶着好，更何况这次我是主角，也有说出事情真相的权利。"

柯卫看苏伊歆这样倔强，对尘埃说："不如让她参加吧，多了她也更有说服力。"

沉默很久，尘埃最终还是扛不住苏伊歆倔强的性子答应了。

之后尘埃就让人送苏伊歆回苏家，并且打电话让苏父管着苏伊歆让她在记者招待会之前不要出来。

一夜之间，一直深受好评的尘埃被标上了各种反面标签。

凌晨，尘埃被爆出苏家养子的身份，引起网友的广泛关注，苏伊歆和尘埃的兄妹关系公之于众，媒体更是借此博取关注，大做文章，掀起了新的议论浪潮。

今夜，苏伊歆无眠，晚上也是被噩梦给惊醒。

她持续关注着微博和网站，可是尘埃出轨事件依旧是头条，话题榜议论人数更是从 12 万人变成了 100 多万人，人数持续增多。

苏伊歆尝试发帖为尘埃说话，却被网友们抨击为红冉的水军。

之后，她尝试联系苏家熟悉的公关，扔下一大堆钱后，话题榜被其他的话题占据，苏伊歆以为事情应该能被压下，可是下午又出现爆炸性新闻，尘埃竟然是顾氏集团顾总裁的私生子，再掀争论。

苏伊歆死死地按着桌子，什么时候磕出血都不知道。她担心的是尘埃现在怎么样，可是尘埃和柯卫他们的电话已经联系不上了，而网上各类的爆料还在继续。

直到开记者招待会那天，苏伊歆才正式见到尘埃，只是他的脸上带着疲累，那用粉底都盖不住的黑眼圈让苏伊歆有些心疼，一见到尘埃，她的泪水就落了下来："尘埃……"

"怎么哭了？"尘埃心疼地帮她擦去泪水，"一会儿记者会你别出声，我来说就好了。"

苏伊歆点了点头，擦干眼泪，不过心里却暗想：尘埃挡在她的面前顶过困难无数次，这一次就换她来为尘埃挡下那些困难。

记者会上，她和尘埃、柯卫坐在台上，台下都是记者，他们已经准备好仪器准备拍摄了。

"之前有不属实事件严重损害红冉艺人的形象，所以我们就此召开招待会澄清。"柯卫严肃地说道。

某日报记者指着苏伊歆说："这位想必就是苏伊歆苏小姐了，我想问一下，作为当事人，你是否是尘埃名义上的妹妹？"苏伊歆根本没有想到第一个话题就是针对自己的，顿时有些搭不上话来，尘埃已经拿着话筒说："我是苏家的养子，但是我和她没有血缘关系。"

"就算是没有血缘关系，可你们在法律上依旧是兄妹关系，你们怎么看待网友讽刺你们乱伦的问题？"尘埃沉默了。

"这个问题我们不回答。"柯卫赶紧说道，"下一个问题。"

"我想问下苏小姐是什么时候和尘埃在一起的，是否承认是以第三者身份介入他们的感情的？"

苏伊歆不知道自己该怎么不回答，她向尘埃告白的时候，他们的确没有分手，可是她承认的话，一定会让大家误会，从而让人更讨厌尘埃的。

"都是因为她！"不知道从哪里冒出来一个拎着篮子的女生，她生气地看着苏伊歆，"都是你毁了尘埃，打死你个小三！"接着她就把烂柿子往苏伊歆身上扔，就在快要砸中苏伊歆的时候，尘埃挡在了苏伊歆的前面。

"砰——"柿子重重地打在了尘埃的身上，女生顿时傻了眼，旁边的保安把女生给带走了。

女生嘶吼着，挣扎着。柯卫对着话筒说："今天出现了意外，招待会延迟。"

苏伊歆和尘埃在保镖们的保护下退场到了休息室。

苏伊歆帮尘埃擦干了他身上的柿子汁，垂着头说："对不起。"

"我不怪你。"

苏伊歃多想尘埃可以骂骂自己，那么自己的心里会好受很多。

因为上级领导针对尘埃的问题召开会议，所以苏伊歃先被送回了家。苏父看见苏伊歃无精打采的样子问："怎么了？"

"爸，当初我就不该回来。"苏伊歃咬住了嘴唇，"我的回来打破了以往的宁静，接二连三有事情发生。"

"塞翁失马焉知非福？虽然舆论都在攻击尘埃，可是事情总有水落石出的一天，时间总会给我们一个公道的答案。"

"可是……"

"我和顾伯伯已经在商量对策了，现在你要做的就是好好休息，你看你，最近为了尘埃的事都瘦了这么多。"苏父心疼地说道，"尘埃已经够心烦了，如果你病倒了那不是给尘埃添乱吗？"

苏伊歃点了点头。

夜晚，尘埃站在窗前，陷入深深的沉思之中。

柯卫欣喜地从门外出来："事情有转折的余地了。"尘埃回头疑惑地问道："怎么了？"

"我们一直忘记了一个核心人物，那就是夏微陌，她明明是这次事件的主角之一，为什么网上对她的争议那么少？甚至连介绍也是轻描淡写的？答案只有一个，那就是主谋就是她！"柯卫兴奋地说道，"经过调查，我发现她和不少男人有染，最近更是被房地产大亨梁荣包养，也正是她让梁荣把你换掉的，只要把她的黑历史发布出去，我们就能转危为安了。"

"这是她的资料。"柯卫把文件递给了尘埃，尘埃端详了会儿眉头蹙得很紧，尤其是看见她和多名男人左拥右抱的模样，眼睛里带着一丝浅浅的忧伤。

就在柯卫还沉浸在兴奋中的时候，尘埃竟然把文件给撕了，柯卫目瞪口呆："你在干吗！"

"她只是个女孩子，如果这些被曝光，她以后很难嫁人。"

"那你怎么办？就这样被她陷害，对于这种蛇蝎女人，就得这样！"

"我已经有了更好的方法。"尘埃默默地说道。

柯卫问："什么方法。"

"明天你就知道了。"

……

第二天。

尘埃对着各家卫视的话筒说："对不起，在这段日子因为我带给了粉丝和家人不少的困扰，在此我想要说一些话。"

"苏伊歆是我的现任，夏微陌的确是我的前女友，我希望大家不要再攻击我的女友，一切责任在我，她根本就不清楚我有女朋友才和我在一起。她们两个人都是因为我的花心所以才会受伤，如果大家要骂就骂我，不要去伤害无辜的人。"尘埃冲着镜头鞠了个躬。

柯卫已经傻了，愣了好几秒才反应过来："尘埃你疯了吗?"他根本就是拿自己的前程在开玩笑！

尘埃只是淡淡一笑："这就是真相。"

电视前的苏伊歆紧紧地握着拳头，她嘶吼着："才不是这样的，为什么要自欺欺人！"苏父也没有想到尘埃会这样说，特别错愕，但是他更关心自己受伤的女儿，苏伊歆两眼放空："不，我要去解释，真相不是这样的！"她疯狂地跑了出去。

后台。

"你疯了吗？你别忘了你还是红冉的艺人，你不仅会被踢出 TIM，还会被雪藏，你这是拿自己的前程在开玩笑！"柯卫紧紧地抓住了尘埃的肩膀，愤怒地说道。

"这是我欠夏微陌的，我愿意。"尘埃说。

柯卫气得颤抖起来："可是你不看看她是怎样对你的，你就愿意让大家都骂你吗?"

"如果这样对谁都好，为何不可?"

柯卫对着要走的尘埃的背影说："你如果现在就走，我就再也不管你了!"

尘埃的后背颤抖了下，没有回头，而是继续往前走。

……

苏伊歆气喘吁吁地冲进了中学的教室，果然看见桌子上坐着一个熟悉的背影。

"尘埃——"她用尽全身的力气大叫。

他回过头来。

"我可是找你找了好久。"苏伊歆又急又气。

"那你是怎样找到这个地方的?"

苏伊歆扬了扬手机："别忘记了在记者会结束之后我就绑定了你的手机，我已经受够了找不到你的日子。"

尘埃淡笑："你生我的气吗?"

"当然!"苏伊歆坐在了尘埃身前的椅子上，和尘埃对视，"为什么要把这一切全部承担下来?"

"始终是我对不起她。"尘埃垂下了眼帘，"如果一切曝光，她就毁了，她经历过太多，我不想毁了她的一生。"

苏伊歆知道他口中的"她"是谁，责怪地说："那你就牺牲自己的形象? 你就亲手毁了自己的未来?"

"舆论终究会被时间给冲淡的，而我可以不当明星。"尘埃缓缓地说道，"现在我是个穷光蛋了，一无所有，如果你要离开那……"还没等尘埃说完，苏伊歆就吻住了他。

尘埃错愕地望着吻着自己的少女，一吻过罢，他看见苏伊歆上扬着微笑："任性的苏伊歆早就在五年前和顾町风走了，现在站在你面前的是永远爱着尘埃的苏伊歆。"

"你已经被我盖章了，这辈子我不准你再逃掉！"她小心地警告，尘埃的嘴角化开一丝消磨不了的温柔。

阳光跳到桌子内侧，小心亲吻着青春的印痕——在五年前，尘埃偷偷用油性笔写下的"苏伊歆"三个字的时候，苏伊歆就刻在了他的心上。

因为负面消息太多，尘埃最终退出 TIM，被红冉雪藏。虽然有不少网友大喊大快人心，可是不少铁粉还是哭红了眼。

在 TIM 巡回演唱会上，爽朗、林轩怡、陈瑾寒、落尧手拉着手说："TIM 永远是五个人！"

半年后。

"执着的泪痕/只怪当时太笨拙/看不透悲伤/如果再一次重生/我将微笑/洗去误解/把你揽入怀里/深爱永远/相爱执着/白首不相离/却让你再次落泪/晨霭之下/白露未干/幸好最终还是把你追回……"

音像店门口，一个女生好奇地问她的男朋友："这首歌好好听，叫什么名字？"

"是尘埃为她女朋友写的《晨霭》。"男朋友回答。

"他的女朋友是不是就是那个著名作家苏伊歆啊，我看过她写的自传小说，里面讲述了她和尘埃的故事，超级感人！"

"那你知道半年前尘埃离开 TIM，惨遭封杀呢，当时都说他劈腿，事情闹得还挺大的！原来都是因为误会，尘埃才会和夏微陌在一起，他和苏伊歆的爱情故事真是感人，当初真是错怪他了。"

"不过现在不是苦尽甘来了吗？如果我有个哥哥一样的爱人就好了。"女生嘟囔了一声。

男生拥住了女生："笨蛋，有我不够还这么贪心吗？"女生吐了吐舌头，亲上了男生："我只要你，我才不要像他们一样错过这么久才在一起。"

……

苏伊歆是被香味给逼醒的。起床后看见在厨房为自己做早餐的尘埃，淡淡微笑，从背后抱住了他："什么时候回 H 城的？"

"今天早上刚刚到的。"尘埃转过头微笑。

"你好累哦。"苏伊歆敲了敲尘埃的肩膀，"不过接下去你可能会更累了，我担任了谍战剧《黎明战》的编剧，想要邀请我们的大明星尘埃来参加节目。"

"有什么好处吗？"尘埃故意问。

苏伊歆啄了尘埃一口："这样行不行？"

"似乎还不错。"

苏伊歆很惬意地笑了。

生活真的是个奇妙的东西，当年尘埃还活在大家的指责之中，不甘心的苏伊歆选择把他们的故事给写成了一本书叫《错过的五年》，故意忽略顾町风和夏微陌卑鄙的行为，就只是写她与尘埃之间简简单单的故事就吸引了大批读者。

可是随着时间的推移，因为书的火爆，开始有一些网友关注夏微陌，爆料出夏微陌游转多个男人的事情，掀起了一阵喧哗。

不少人开始纷纷力挺尘埃，原本还不赞同苏伊歆和尘埃在一起的人们纷纷支持他们。尘埃又回到了舞台上，并且影视歌全面发展，一时间风头不减半年前的 TIM，甚至更胜一筹，成了内地知名小生。

一首《晨霭》火爆全球，他那亮丽的外形和迷人的歌喉成了娱乐圈的宠儿。

尘埃还入围年度最佳男演员奖，苏伊歆看见通知书的时候兴奋极了。

"有这么高兴吗？"尘埃坐在沙发上看着《黎明战》的剧本，苏伊歆拿着苹果一咬："当然，你从小什么都强，没有想到演戏也比别人强。"

"那是你太笨。"尘埃扫了她一眼。

苏伊歆气得直接扑到了尘埃的身上，说："你说是谁太笨？"

"压在我身上的。"

苏伊歆不满地咬了尘埃脖子一口，看见上面出现一排牙印后，笑呵呵地说："看你还说不说我。"

"你是在我身上种草莓吗？"他斜睨了她一眼，风情万种。

苏伊歆的脸一下子就红了，赶紧从他的身上起来，嗔道："下流。"

"刚刚下流的人貌似是你吧？"他拉开衣服，故意指了指脖子上的牙印。

"尘埃！"

"害羞了？"

"我才没有。"苏伊歆背过身去。

"如果明天这个牙印还没有消的话，我怕人家会想歪。"尘埃补充了一句，"毕竟明天还要参加颁奖礼。"

"对哦。"苏伊歆怕别人会多想，赶紧用袖子去擦，"印子应该会淡一点。"

"不用了，就算是你对我的专属印章吧。"尘埃直接搂住了苏伊歆，"这样就可以减少别人的窥觑了。"

"自恋。"但是苏伊歆心里却是美滋滋的，"我现在去给你挑明天穿的衣服。"起身，踩着拖鞋就屁颠颠地跑向了尘埃的衣橱间。

尘埃的衣橱间很大，里面部分是品牌赞助，还有一些是尘埃自己的。一件件衣服整齐地挂在衣架上，鞋子和饰品也整齐地分类放着，每次苏伊歆走进尘埃的衣橱间就感觉走进了品牌时尚秀。

当然苏伊歆也十分享受给尘埃挑衣服的乐趣。

"都说穿西装的男人是最帅的，尘埃穿这件粉色的怎么样?"苏伊歆从衣架上拿下一件粉色的西装给尘埃看，尘埃却十分的不满："不好。"这件是品牌赞助的，是一次拍摄广告的时候，赞助商给的，尘埃本来不打算收下，可是苏伊歆执意说"可爱"，并偷偷"遣送"回他的衣橱。

之后他就一次都没有穿过了，如果要他穿这件粉色的西装去颁奖礼不知有多别扭，可是苏伊歆却很爱这件粉色西装，还捏了捏尘埃的衣角："自从把它带回家后，我就再也没有看到你穿这件了，我觉得这件很适合你。"

"不行。"他已经摆明了态度。

"为什么?"苏伊歆不满地嘟着嘴，"你长得帅穿什么样的都好看。"

"那你明天和我出席也得穿粉色。"

苏伊歆的脸一下子就阴了。尘埃上扬起嘴角："既然不行那就别逼我穿。"苏伊歆不喜欢粉色系列的东西，嫌太少女心，可是她却喜欢看尘埃穿粉色，所以尘埃认定苏伊歆不会穿粉色衣服。

"我穿你就穿？"

"你穿我就穿。"

"好，一言为定。"苏伊歆露出雪白的牙齿，看着尘埃的脸都变阴了。

"你是不是没想到我会这么爽快地答应？"

"……"

"凡事都是要做出牺牲的，女生穿粉色天经地义的，但是男生穿粉色……"她偷看尘埃的脸色变得越来越暗，十分爽。

"不过，你是想要和我穿情侣装吧？你可以明说啊，不用拐弯抹角的。"苏伊歆踮起脚，捏了捏尘埃的脸，看着他无奈的模样，咯咯地笑着。

"你想太多。"

苏伊歆却不在意："没关系，反正你要和我穿情侣装。"

"……"尘埃很无奈。

"我回去要准备准备明天的衣服，统一的粉色，不准忘记。"苏伊歆临走之前警告尘埃，尘埃有些哭笑不得："我知道了。"

第二天，颁奖礼上。

红毯上会聚了各类顶尖的明星，女星们争奇斗艳，穿着一件比一件华丽的礼服，而男星们穿着整齐，挽着女明星走过红毯。

周围围着不少的观众兴高采烈地看着自己喜欢的明星一一出场，记者们更是不停地拍着照，怕错过一幕。

TIM 作为颁奖礼的开幕歌手出场了，他们穿着统一的银色西装带着经纪人柯卫从红毯上走过，每走一步，粉丝们的尖叫声就高一倍。

如今的 TIM 相比出道前的青涩，变得更加有男人味，就连一向走可爱风的落尧也扎着银色蝴蝶结，笑得彬彬有礼。

全场最热烈的尖叫声是尘埃带着苏伊歆出场的那刻。

尘埃竟然穿着一身粉色的西装，高级剪裁制作的西装把他颀长的身材衬托得极为好看。他似乎并不是很满意身上的衣服，脸一直绷着，倒是挽着他胳膊的苏伊歆笑得十分灿烂，露出可爱的小虎牙，此时的苏伊歆穿着一件粉色蕾丝小短裙，拎着一个银色的小钻石包。

苏伊歆看着粉丝们兴奋的样子，朝着她们挥手，再看旁边臭着脸的尘埃，苏伊歆只觉得一阵好笑："乖，你忍一忍，一会儿姐姐给你糖吃。"

"苏伊歆，"他小声地咬牙切齿，"下不为例。"

"当然，一次就够了。"可以整到尘埃，苏伊歆心里很爽。

走完红毯后，他们就在签名板上签下了自己的名字。看着尘埃龙飞凤舞的字体，苏伊歆嘟囔了一声："怎么你写的字也这么好看？"早知道自己就回去练字了。

她认真地在尘埃的名字旁边写下了自己的名字。"苏—伊—歆，搞定。"苏伊歆把笔给了司仪，然后对尘埃说："我回去一定好好练字，争取写得和你一样漂亮工整。"

尘埃白皙的脸上立刻浮现不自然的酡红，他敷衍地嗯了一声，苏伊歆却笑得合不拢嘴，原来尘埃这样腼腆。

进入会场后，苏伊歆叮嘱尘埃："进去记得帮我抢位置，我一定要坐在你的身边。"尘埃有些无奈："笨蛋，每个位置上都有名字的。"

"我不管，反正我要坐在你身边。"苏伊歆吐了吐舌头，就去上厕所了。

就要进入会场的时候，碰见了柯卫和 TIM。

"老大。"爽朗爆笑起来，"老早就看见你这一身粉色了，真是夺目，什么时候你也喜欢这么嫩的颜色了？"

"是你家那位要你这样穿的吧？"柯卫看了尘埃一眼。尘埃无奈地苦笑道："知我者，柯卫也。"

爽朗调侃道："还没有结婚你就是二十四孝男友，结婚后你不就是妻奴了吗？"落尧露出小虎牙说："那也比我们五个单身汉好。"

"别把我给算进去，我可是有要追求的人了。"柯卫嫌弃地看了落尧一眼。

"是谁？"尘埃很好奇是谁有这样大的魅力可以征服柯卫。

TIM 面面相觑，笑得很贼，柯卫的脸有些红："是丽萨。"

"行政总监丽萨？"尘埃十分诧异，落尧解释道："其实丽萨原本是倒追爽哥的，没有想到却俘获了某人的芳心。"还瞧了瞧柯卫，若有所指。

"丽萨？"苏伊歆刚到就听到熟悉的名字，"那个大魔头？"

众人："……"

柯卫扫了一眼迷茫的苏伊歆，咳嗽了一声："没说什么，我们只是在说蔬菜沙拉比较好吃。"

"扑哧——"大家都笑了。

苏伊歆有些莫名其妙，总感觉他们瞒了自己什么。

颁奖礼开始了，各位明星都开始就位。

两位主持人在台上寒暄着，惹得众人大笑连连。苏伊歆看着尘埃，小声地问："万一这次你没获奖怎么办？"

"那下次再努力。"尘埃瞥了苏伊歆一眼。

"我觉得评审的眼光一定是雪亮的，我家尘埃一定会得奖的。"苏伊歆靠在了尘埃的肩头，笑呵呵地说道。

"对我就这么有信心?"

"那是当然。"

尘埃看着微笑的苏伊歆，眼里满是宠溺。

主持人微笑可掬地说:"恭喜许真获得人气男演员奖。"接着许真拢了拢西装，面带微笑上台了，台下一片掌声。

"许真啊，我超级喜欢他的，好帅!"尘埃看见苏伊歆的眼睛一下子就变得雪亮，眉头微挑:"真的?"

"比起你还差这么一点点。"苏伊歆小心翼翼地比了一点点，才看见尘埃的面色缓和了很多。她松了一口气，她家的醋缸只要一生气就一发不可收拾。

主持人颁奖过后，说:"现在要颁发的是最具实力男演员奖，入围的人有——"后方的屏幕立刻播放了视频，苏伊歆紧张起来:"一定要获奖。"

尘埃瞧着苏伊歆这紧张兮兮的模样有些哭笑不得。

视频放了几个男明星以及他们的作品片段，直到最后苏伊歆才看见了尘埃的视频名段，激动地拉住了尘埃的袖子:"到你了到你了!"尘埃反手把她的手握在了手中。

"最具实力男演员奖得主是——"主持人拖长了声音，苏伊歆紧张得连眼睛都不敢眨一下。

"尘埃!"主持人声音一落下，一束光就照在了尘埃的位置上，看着被光包围的尘埃，苏伊歆十分欣喜:"我就说你会获奖的。"

尘埃却没有说什么，只是朝着苏伊歆伸出了手。苏伊歆有些疑惑:"嗯?"

"一起。"

苏伊歔握紧了尘埃的手走上了台。

两个主持人有些意外，不过多年的主持经验让他们随机应变："尘埃把她的女朋友都请上台了，看来传说不假，他们果然恩爱得如强力胶一样，一分钟都不愿意分开。"

台下立刻响起了叫喊声，苏伊歔更是看见 TIM 的一帮家伙朝着自己挤眉弄眼，苏伊歔骄傲地抬着头。

男主持人笑了："萧娇，我似乎闻到了一股酸味，记得以前你最喜欢的人就是尘埃。"

女主持人叹了一口气："可惜人家名草有主，不知伤了多少少女的心，大家说是不是!"台下立即响起了一片女声："是!"

苏伊歔埋怨地望了尘埃一眼："看你拈花惹草。"

"魅力太大不是我的错。"尘埃小声说。

"好了，言归正传，现在让礼仪小姐为尘埃颁奖。"男主持人说道，接着就有礼仪小姐拿来了奖杯。

那是用水晶制作的奖杯，苏伊歔可以看见底座上写着"最具实力男演员尘埃"九个大字，一个为尘埃订做的奖杯。

尘埃接过奖杯发言道："今天很高兴能获得这个奖，不过在这里我还是想要俗套地感谢一个人，如果不是因为她，也不可能有今天的尘埃。那个人就是我的女朋友——苏伊歔，所以这个奖杯应该是我们两个人的。"

掌声连绵不断，那一刻她笑得极为温暖，和尘埃一起托着奖杯。

此时奖杯已经成为一根红线，紧紧地把她和尘埃牵在一起。

……

元旦。

"爸（伯父），元旦快乐。"顾盛铭打开门就看见微笑的尘埃和苏伊歆，他们穿着一身红不说，还戴着情侣围巾，手牵手地出现在顾盛铭的面前。

"你啊，还叫我伯父，什么时候可以听见你叫我爸?"顾盛铭装出责怪的口吻，苏伊歆的脸立刻就红了，尘埃说："我倒是很想把她娶回家，可是我们苏大小姐却一直忙着工作，不肯这么快结婚。"

"你再乱说。"什么时候变得这么贫嘴了，苏伊歆狠狠地瞪了尘埃一眼。

"不准再欺负她，知道了吗?"顾盛铭严肃地说道。

"知道了。"

顾盛铭把他们迎了进去，叫顾町风："町风啊，尘埃和伊歆来了。"

原本还在桌子上看笔记本电脑的顾町风身子僵了一下，看着苏伊歆和尘埃亲密无间的模样，心如刀绞，敷衍地"嗯"了一下。

苏伊歆好久没有见到顾町风，有些尴尬，挑了一个离顾町风有些远的位置坐了下来，尘埃也看出了苏伊歆的不自在，坐在苏伊歆的身边握住了苏伊歆的手，给予安慰。

顾町风收起了笔记本，淡淡地说："我一会儿还有一个会议，先上楼了。"

"你这孩子，好不容易一家人聚在一起，就不能放下工作好好聚聚吗？"顾盛铭有些生气，尘埃帮忙解释："年前公司都比较忙，他也是为了公司着想。"

顾町风冷冷地扫了尘埃一眼，似乎在说不用他为自己讲话，然后就上楼了。

"不用管他，我已经让人准备了一桌饭菜，还做了伊歆爱吃的糖醋鱼。"顾盛铭笑道，苏伊歆原本低落的心情有所好转："顾伯父还是这样了解我。"

晚饭之后，因为尘埃喝了一点酒，顾盛铭想让人开车送他们回去，尘埃却说："这里离苏家也近，我们走回去吧。"

"好，路上小心点。"

"好的。"

刚出顾家，苏伊歆就开始撒娇："我累了，你背我。"

"刚吃完饭就要我背，不怕胖死？"他挑眉戏谑地看着被他气红脸的苏伊歆。苏伊歆愤愤地说："你之前还不嫌弃我胖，这么快就忘记了？"

"什么时候说的？"他故意装蒜。

苏伊歆气得一跳，圈住了尘埃的背："现在！我这头小胖猪就要压死你。"尘埃无可奈何，只能背着苏伊歆走，苏伊歆乐滋滋地靠在他耳边说："你还记得这是第几次背我吗？"

"第三次。"

"嗯，不错。"苏伊歆很满意他的回答，"以后你必须每天背我。"

"以你的体重我迟早撑不住。"

"说什么呢？"苏伊歆微怒，结果就听见他爽朗的笑声："傻瓜。"

"我才不是傻瓜呢，就算我是傻瓜，你爱上一个傻瓜才是最大的傻瓜。"

"是，我是傻瓜。"

苏伊歆试探性地问了一句："尘埃，你还会介意顾町风吗？毕竟我曾经和他在一起过。"

"那你现在爱他吗？"尘埃问。

"不爱。"

"那不就行了，"苏伊歆听见他说，"既然我不能成为你第一个爱的男人，那么我就成为你爱的最后一个男人。"

他的话如一片羽毛扫过心间，暖暖的，她又像是吃了蜂蜜一样甜甜的。

"那我是你的初恋吗？"

尘埃毫不犹豫地回答："是。"

"那你是什么时候喜欢我的？"他一直对自己都是冷冷的，苏伊歆非常诧异他会喜欢上自己。

"你还是下来走吧。"明显在逃避问题，苏伊歆有些不满。

"是第一次见面？还是我受伤背我回家？啊，好了，我不问了，别把我放下来！"

"尘埃，你个浑蛋，等等我！"

夜晚，一对情侣追逐打闹着，留下一片欢声笑语。

……

《黎明战》拍摄现场。

"我已经在这里埋了炸药，如果你有危险我就和他们同归于尽。"尘埃抚摸着一名满眼泪水的少女的脸，痴情地说道。

"不行，日军杀人不眨眼，要走就一起走！"少女死死地揪着尘埃的衣服。

"卡，不错。"导演说道，助手赶紧打板。

"休息五分钟，下一场爆破戏准备。"导演冲着道具组说道，原本还在哭泣的少女已经停住眼泪到一边去补妆。

苏伊歆走了过去，笑道："大明星，今天演技大爆发了。"

"还有两场戏就杀青了，回去后我们去吃你喜欢的草莓布丁。"他抚摸着她的头发，苏伊歆听到草莓布丁，双眼变得雪亮："我要两个！"

"好，回去就给你买两个。"

与此同时，道具组正在着急地准备着，一个五岁的小演员吃着棒棒糖到处转着，看见桌子上一个黑色的遥控器，便好奇地拿了起来。

道具助理看见男孩在把玩着遥控器，睁大了眼睛："别按！"可是小男孩的手指已经按上了遥控器的开关按钮……

"嘣——"剧烈的爆炸声中，苏伊歆看见尘埃的面色变得惊慌起来，瞬间他就把自己狠狠地推开了……

火光，腾空而起，仿佛冲破天幕，伴随着猩红色的火焰妖艳绽放着。苏伊歆重重地倒在地上，感觉到血与泥土混合的难受气味在鼻尖萦绕着，鲜血淋漓，皮肉也因为爆炸而伤痕累累，汩汩流着鲜血。

睁大着眼睛看着尘埃被炸飞在离自己三米远的地方，他的身上还带着火光……

"尘埃——"她撕心裂肺地喊叫着，看着他在地上扑腾着，那痛苦的呻吟慢慢变得无力，直到瘫倒在地上一动也不动……

导演和工作人员们惊慌地围了过来，现场一时间炸开了锅，有打电话叫救护车的，有训斥谩骂的……但是她只想听见尘埃的声音，哪怕他叫一声也好，她也不愿意他一动不动地躺在那里！

"尘……尘埃……"她虚弱地往尘埃受伤倒下的位置挪着，顾不得身上像是被撕了一层皮一般的疼痛，拼命地向前爬。就在她要抓到尘埃的手的那一刻，她看见护士们把他抬上了躺架。

你一定要坚持住，不准残忍地离开我！

……

"今天上午十点二十分，《黎明战》剧组因操作不当，导致爆破戏提前，著名作家苏伊歆和人气偶像尘埃受伤被送入医院。据知情人爆料苏伊歆只属轻伤，已转入普通病房，可尘埃还在手术中，情况不容乐观，本台会持续跟进报道……"

夏微陌手里的遥控器掉了下来。她瞪大了眼睛，"怎么会这样？"

"亲爱的怎么了？"一个大腹便便的男人抱住了夏微陌，夏微陌一把推开了男人："滚，你给我滚！"

男人立马火大："你别一副清高的样子！"

"滚——"夏微陌丢过去一个枕头。

"老子算是白花钱在你身上了，以后你是死是活都不关我的事了！"男人愤怒地说道，穿上衣服就走了。

夏微陌趴在被子上哭了起来。

半年前她是报复苏伊歆和尘埃成功了，可看着大家谩骂尘埃，她却一点儿也高兴不起来。

她才清楚自己对尘埃的恨只是因为她太爱尘埃了。当红冉要雪藏尘埃时，她非常惊讶，正想要站出时，尘埃竟然扛下了一切，就是为了不伤害她。

夏微陌开始反思自己的错误，可因为害怕被人揭露自己不堪的私生活，她选择了沉默。

人在做天在看，没多久她被人揭露了丑闻，夏微陌就像过街老鼠一样人人喊打，于是她总是躲在家里不出门。

她以为她已经不爱尘埃了，没有想到他一出事，她还是那么心疼。

……

病房内充斥着一个女生的尖叫声："不要碰我！"两个护士为难地说："苏小姐，麻烦你配合我们，你现在伤势很严重，必须赶快包扎。"

"伊歆别动，听话。"苏父忍住酸楚劝着苏伊歆，苏伊歆双眼空洞："我要见尘埃，他都是为了救我才会受这么重的伤，我要去见他！"她挣脱父亲的束缚，从床上跳了下去，光着脚往外面跑去。

"伊歆——"后方传来父亲的喊叫，苏伊歆也不应，她扑到前台，着急地问："尘埃在哪里？尘埃在哪里！"顾町风和顾盛铭来了，看见满身血污的苏伊歆，吓了一跳。

脸满是灰，头发散乱，一副失魂落魄的样子，衣服已经变得破破烂烂的，可以看见一些伤口还流淌着鲜血。

"你怎么变成这个样子了？"顾町风冲了上去，担心地问着。

苏伊歆脸色苍白，"不用你管。"

此时，苏父和护士们也赶到了："苏小姐，请回去包扎伤口。"

"我只是想要知道尘埃的伤势，知道后我马上就回去好不好？"苏伊歆恳求着，护士也很为难。

"让她去见尘埃吧。"苏父叹了一口气。

他清楚女儿的性格，如果不让她见尘埃，她一定不会去包扎伤口。

苏伊歆到达病房后，看见尘埃躺在病床上，脸色苍白，脸被白色的绷带给缠绕起来，看不到绷带下面的伤口是怎样的，可是苏伊歆能感觉到他是痛苦的，不然他的眉头是不会紧紧皱着的。

　　想起在爆炸那刻，尘埃迅速推开自己的场景，苏伊歆潸然泪下。

　　"病患送来的时候，脸部和身上将近40％的地方被烧伤，因为他现在的皮肤比较脆弱，我们只敢上一些药膏，再打一些镇痛剂缓解他的伤痛。"医生缓缓地说道。

　　顾盛铭难以置信，他紧紧地握住了医生的手："医生你一定要治好我的儿子，他还这么年轻，又是一个明星，绝对不能这么毁了。"

　　"伤口真正愈合还需要半年左右，但是烧伤的部位很难恢复到烧伤之前，就算是用现在高超的植皮手术也只是让他看起来和常人差不多，近看还是能看出伤疤的。"听到这个答案，所有人都沉默了。

　　"不，这不是真的，这不是真的!"苏伊歆瘫倒在地上，毁容对于一个演员来说是多么致命的伤害。

　　"伊歆，"顾町风扶起痛苦的苏伊歆，"我们去包扎伤口。"苏伊歆哭着摇着头，执意不走："不行，我要陪着尘埃，我要等他醒来!"

　　"你在这里也帮不了什么忙，反而会影响尘埃休息，听爸爸的话，我们先回病房好不好?"苏父哄着苏伊歆，苏伊歆看着昏厥的尘埃，想要说什么，还是没说出口，在父亲和顾町风的帮助下回到了自己的病房。

　　当房间里只剩下尘埃时，尘埃缓缓地睁开了眼睛，眼角落下一滴透明的泪水。

　　顾町风看着被护士涂着药水却一点儿表情都没有的苏伊歆，她就像个没有灵魂的木偶一样冷冷地注视着一切。

　　"这一切都是意外，别把所有的错都揽在自己的身上。"顾町风缓缓地说道，苏伊歆却冷笑："都是因为我，所以才会让他变成现在这个样子的。"如果不是他推开自己，尘埃就不会受这么重的伤。

"我会安排最好的医生给尘埃做治疗，尽量恢复成以前的样子。"顾町风说。

"你别安慰我了，医生说过就算是修复也能看出有伤疤的。"苏伊歆忍住在心中翻涌的酸楚。

顾町风看着苏伊歆伤心欲绝的模样，自己的心很痛，安慰的话到嘴边又停住了。

突然，他感觉自己和苏伊歆的距离很远很远，远到无论他怎么跑都抓不住她离去的身影。或许在她不爱他的那刻，她和他就不再有可能了。

全城的热闻都是关于尘埃的，当粉丝们听到尘埃毁容的新闻后哭得肝肠寸断，记者们更是蜂拥而至，却被苏家和顾家派出的保镖给拦在门外。

尘埃醒来后看见苏伊歆通红的眼睛后，说："你是不是又偷偷哭了？"

"没有。"苏伊歆哽咽。

尘埃叹了一口气，把苏伊歆拥入怀里："苏伊歆，没有人告诉你，你很不会说谎吗？"苏伊歆的泪水又流了下来："对不起，都是因为我，你才会毁容。"

"那只是一场意外，你不必把所有的过错都揽下来。"

"可是……"苏伊歆欲言又止。

"你是不是想说，我这个样子无法继续站在舞台上？成不成为明星对于我来说无所谓，真正重要的人是你。"

……

第四十章
最后一起爱

今年的雪姗姗来迟。

雪漫不经心地下着，像是她见过的细碎的花瓣。那花瓣般的雪花在空中飞舞着，不带留恋地滑过她的头发，然后慢慢地落在湿润的大地上。

那雪花触手即融，化成一滩悲凉躺在她的手掌。雪越下越大，世界立刻沉浸在一片银装素裹之中，亦如她早已冰凉的心。

院内玩雪的人们受不了寒冷已经散去，唯有她还站在原地，任由雪沾满她瘦弱的身躯。冰冷，她似乎感觉不到了，如果可以，她宁愿把自己掩埋在一片银白中，再也不去面对那些喧哗往事。随着时间的流逝，她的发丝已经沾满了雪花，给女孩增添一抹淡淡的美。

苏伊歆的唇瓣已经有些涩颤，微舔在唇上融化的雪花。

味道是微酸的。

还微微有些苦涩，化不开。

烧伤的后遗症是痛苦的，尘埃每天都得忍受新皮长出来的痛苦，可是苏伊歆却不能为他分担那份痛苦。

他的脸已经发红，有时候会奇痒无比，医生叮嘱苏伊歆不能让尘埃去抓，所以苏伊歆每次看见他隐忍着痛苦的模样，心就会很疼很疼。

苏父为了不让尘埃去抓，竟然让人用手铐把他的手拷在床头。苏伊歆心疼地说道："爸，一定要这样吗？"

苏父叹了一口气，尘埃就会用眼神安慰苏伊歆：他没事。

假如当初没有救自己，尘埃根本就不用承受这样的煎熬！

屋外。

苏伊歆的眼睛盛满了悲伤，就在她还为尘埃的伤耿耿于怀的时候，一个巨大的力量把她推在了地上。她诧异地对上那双愤怒的眼睛，那是个穿着狐皮大衣的女人，清秀的脸庞写满了愤怒。

夏微陌？

苏伊歆吃惊她会出现在这里！半年前夏微陌的事情被媒体曝光后，苏伊歆就再也没有见到夏微陌了，苏伊歆以为夏微陌已经离开了 H 城，没有想到她又出现了。

接着她就听见夏微陌暴躁的声音："苏伊歆，你算什么东西，凭什么值得尘埃为你这样？你有了顾町风还不够，还来纠缠尘埃做什么？"

夏微陌很生气，其实在尘埃出事的时候她就想要来找尘埃，可是因为狗仔太多，她根本就见不到尘埃。后来她又通过媒体知道尘埃因为救苏伊歆毁容的事情，十分气愤，如今终于有机会让自己好好找苏伊歆算这笔账了！

苏伊歆一愣。是，一直是她的自私，让四个人都陷入了痛苦中。

如果尘埃没有遇见她，或许彼此都会拥有自己的幸福。尘埃也绝不会变成现在这个样子，一切的因都是源于她，为何果却由尘埃承担？

苏伊歆像是被抽离了灵魂一般，"是，一切都是我的错。"

她的认错并没有得到对方的宽恕，夏微陌反而变本加厉，狠狠地打了苏伊歆一巴掌。

"啪——"响亮的巴掌如烟花一般炸开在苏伊歆的脸上，没多久她的脸就变得红肿不堪。苏伊歆有那个能力还手，可此刻连抬手的力气都没有了。她吃力地微抬着眼皮，想要把那一点点银白的雪看得更为清晰和透亮，假如此刻可以变成雪，没心没肺地揉入这个世界多好……

雪，不用被那些烦恼而困扰。

最重要的是没人会因为它而受伤。

尘埃本是这个世界最洒脱的存在，或许没有人注意到它，但它能用最好的方式保护自己。

而不是像现在，用最卑微的姿态等待那一朵本不会开花的爱情绽放。它本是漂浮于宇宙间的岩石颗粒，本能经过磨炼绽放最美的星光，却因为她，尘埃只能是一颗普通的沙粒，一颗渺小得不能再渺小的石子。

"为什么不还手？"夏微陌冲苏伊歆怒吼着，硬是拎着她的衣服，把苏伊歆从地上拉了起来，"我认识的苏伊歆什么时候变得这样懦弱了？"

"为什么我不能懦弱，就一定要强装坚强？"夏微陌的眸光微微异样，此刻她面前的苏伊歆倔强得如一只受伤的小兽，因为疼痛，眼里带着泪光，却故意忍住不哭出来。

"你为什么要从国外回来？本来尘埃好好的，可自从你出现后，他的视线就没有从你身上离开过，现在还被你害得这么惨！他的前途都被你毁了！"夏微陌气得咬牙，扬起手正要打下时——

"不要！"后方传来一个虚弱的声音，夏微陌的神色变了，颤颤地放下了手。苏伊歆从缝隙中看到一个穿着蓝色病服的男人吃力地走了过来，黑玉色的发丝不羁地贴在他的脸颊，脸色如单薄的纸张一样苍白。别人看不清他的五官，因为他的脸都被厚厚的纱布缠绕着，可是露在外面那双眼睛却包含着迸发的力量，没有一丝卑微，一眼就能看出他的不屈不挠。

因此每一个遇见他的人都会觉得那纱布下的脸是多么的倾人，可也会叹息看不见他的真面目。

"尘埃……"苏伊歆瑟瑟地叫着他的名字。

"尘埃，你怎么从病房里出来了？"夏微陌正要去扶尘埃时，他却轻轻地越过她。

"嘭——"她似乎听到什么东西碎掉的声音，眼睁睁地望着尘埃走到瘫坐在地上的苏伊歆面前。

苏伊歆眨了眨眼睛，竟然发现睫毛上染着雪，结果看见他淡淡一笑，用手指温柔地撷去了她睫毛上的雪花。"坐在这里不冷吗？"他向她伸出了手。

如星星般闪亮的眸子满是耐心和鼓励，就如当年他忍受她的任性，默默付出不求回报。她以为他不会再理自己了，以为她毁了他的未来后，他就会像个陌生人一样对她不闻不问。

原来，这一切都是她以为。

望着那瘦弱无力的手，苏伊歆一下子不知道该做什么。不明白是刚刚的雪湿了睫毛，还是她真的想要流泪了，她的眼眶有些湿润。

颤颤巍巍地握上了那双手，从地上起来，然后握住，紧紧地不放开……

他宠溺地为她拍掉身上的雪："看你沾了这么多雪。"

"这值得吗？"夏微陌愤怒地叫嚷着。

"世上没有绝对的值不值得，只有爱不爱。"他褪下了温柔，用冷漠的目光望着夏微陌。

夏微陌踉跄了几步，泪水像脱了线的珠子，一颗颗地从眼里落了下来："是，是我自作多情，你就继续袒护她吧，她就是火，迟早会把你燃烧殆尽的！"

"微陌……"苏伊歆弱弱地叫了夏微陌一声，却引来她嫉恨的眼神。

雪地上落下了一连串的脚印，那是离去的夏微陌留下的，每一步都是那样绝望，她的身影单薄得好像下一秒就会倒下。

"只要有我在，没人能欺负你。"尘埃用手试着去温暖她的手指，细揉呵气，还笑着把她的手放在他的耳边。

"你不恨我吗？"她的眼神迷茫，喃喃地抛出这么一句。如果她是他，一定会恨死自己。

他的身子变得僵硬了。

世界变得很静，很静，静到可以听到雪落下的声音。

雪很大很大，快要把世界淹没。

把两人努力维持的温情给淹没，那漫长的沉默把她眼里仅存的一丝希望也给淹没了，燃烧不起光亮，死在一片沉寂之中。

就在她低垂下脸时，他吻上她的唇角，珍藏一世的温柔，就为了这一刻把所有的温柔施展殆尽。

"咚咚咚——"她听见心跳加快的声音。

"为什么要恨你？有些事情注定了就会来临，无论怎样我都逃不掉，就像你，看似是劫，却是我尘埃这生最大的幸运。"他顿了顿，

"我是尘埃，你是树，只有树才能抵挡尘埃，不是吗？"他的拥抱，快把她揉进了他的世界。

一个温暖而只有她能踏入的世界。

那一瞬，雪花的亲吻竟变得温暖。

在他们看不见的角落，顾盯风默默地站在那里，雪吻上他落寞的脸颊，化成冰冷的泪水。

有些爱情再近的距离都看不清，有些爱情没有刻苦的追逐也可长久，前者是苏伊歆和顾盯风，后者则是苏伊歆和尘埃。

……

纱布被拆下了，虽然已经做好了心理准备，可是看见尘埃的脸，她依旧会觉得内疚、心慌。

虽然还能看出以前的俊朗，可是半张脸被烧伤，一条条疤痕就如蜈蚣一样爬在尘埃的脸上，十分触目惊心，烫伤的部分已经黑化，早就看不出原色。

看见镜子中的自己，尘埃只是淡淡地说了一句："你走吧。"

"我不走。"苏伊歆紧紧地握住了尘埃的手，她根本就不在乎尘埃的样子。

"我都变成现在这副样子了，我自己看着都觉得害怕，难道你不怕吗？"他冷笑，苏伊歆能看见他眼角强忍着的泪水。

"我不怕，我爱的人是你，为什么要在乎你变成什么样子？"苏伊歆紧紧地抱住了尘埃，"我会好好陪着你"。

"不用。"尘埃的语气很淡漠，他冷冰冰地盯视着苏伊歆，"我现在最讨厌看见的就是你这张脸，只要你站在我的面前，就会有一个声音在提醒我，是你毁了我这张脸。"

"你只是为了逼走我才这样说的！"她的尘埃是不会说出这样残忍

的话的。

"不是。"尘埃直接否认了。

"尘埃，你认为我是这样肤浅的人？会因为你毁容就不爱你了吗？你现在让我离开，我偏偏不离开，我会陪在你的身边，永远不离开你。"苏伊歆倔强地说道，尘埃这样做无非是想让她离开自己，可是他不知道他在苏伊歆的心里占了极其重要的位置，比自己还要重要。

她的目光盯着果篮里的一把水果刀，在尘埃错愕的目光下，用刀子狠狠地刮破了自己脸。

"不要——"尘埃嘶吼着。

殷红的鲜血滴落在地上，异样的刺眼。

此时的苏伊歆脸上已经有了一条长长的疤痕，鲜血已经染湿了苏伊歆的衣服。

"你无非是因为毁容，所以想要逼走我，其实在我心里，无论尘埃变成什么样子，你都是我的尘埃，我不会因为你的任何话而选择离开你。现在我也毁容了，你不用怕我嫌弃你了。"苏伊歆笑着说道。尘埃愤怒地按响了呼铃，然后抱住了苏伊歆："你疯了吗?!"

"我没疯，我现在比谁都要清醒，所以你不准离开我!"在护士们来的那刻，苏伊歆威胁尘埃，"如果你再说出让我离开的话，那么我就不让她们给我看伤。"

"好，我不说了!"他对苏伊歆哄道，然后着急地对护士说，"快去看看她的伤势怎样!"

幸好苏伊歆割刮得不深，不会留下疤痕，紧张的尘埃才松了一口气。

······

病房里只有窗前的一盏小台灯开着，尘埃正在看书。桌旁还放着好几本书，都是伊歆怕他闷，特意买来给他看的。

虽然她买的几本书，尘埃很早以前就看过了，但是不想她扫兴，便一一收下了。

现在重新再看，心境和当年看时完全不同。

"咚咚咚——"护士小姐敲了敲没有关上的门，"顾先生，苏小姐让你去楼下一趟。"

"她又想到什么鬼点子？"

护士笑："你下去就知道了。"

"这么神秘？"他合上书，和护士下了楼。

在护士的带领下，他来到了花园，眼前的景象让尘埃很吃惊。

那里挤满了几百个人，她们穿着尘埃后援会的会服排成了好几排。每个人手里都拿着一个小小的亮着的蜡烛，尘埃一眼就认出那是他的粉丝艾草们。

那小小的烛光不单单照亮了黑夜，更照亮了尘埃心里的那片黑夜。

"老大，我们爱你！"她们大声呐喊着。

尘埃的眼眶有些湿润，他以为住院后，他的粉丝会放弃自己，没有想到她们还在等着他。

"尘埃，我爱你。"粉丝们自觉让开一条路，让后方的苏伊歆缓缓地走到了尘埃的面前。

"伊歆……"

"你说过一句话，让我感动很久，那就是'既然我不能成为你第一个爱的男人，那么就让我成为你爱的最后一个男人'。而现在，我不仅要成为你第一个爱的女人，更要成为你爱的最后一个女人。"她的脸上扬着浅浅的笑容，在尘埃错愕的表情下，单膝跪地，打开了戒指盒："在众多艾草的见证下，顾尘埃先生，你愿意娶我吗？"

……

顾氏集团的顶层的办公室。

顾町风站在窗边，看着底下车流不息的景色，眼底一片寂寥。

秘书犹豫了很久，终于开口："总裁，你真的不去美国参加他们的婚礼？"

"相见不如怀念。"他怕见到苏伊歆会动摇自己的心。

当他收到尘埃和苏伊歆给的喜帖时，顾町风就知道自己是彻底失去苏伊歆了。

"我有一点不明白，既然你不去美国，为什么要订下一张机票？"

顾町风淡淡地说："出去吧。"

"是。"秘书也不敢多问，就在她要出去的时候，顾町风叫住了她："等一下。"

"总裁还有什么吩咐吗？"

"我希望你代表我去参加婚礼，"他打开了抽屉，拿出了一个戒指盒，"我希望你把这个戒指带给苏伊歆，我曾经说过这枚戒指是为她准备的，最后接不接受我的求婚，它都属于苏伊歆。"

"好。"秘书拿着戒指盒离开了。

门关上的那刻，顾町风倒在了椅子上。

曾经他为了得到顾家的巨额遗产，放弃了苏伊歆。如今他得到了所有，唯独失去了她。

当他明白苏伊歆才是最重要的时候，她已经成为尘埃的新娘。

他原本打算今天亲自把戒指交给苏伊歆，可是到这一刻才明白，自己根本就没有勇气去见苏伊歆，更没有勇气看见她披着婚纱笑着走向别的男人。

"执着的泪痕/只怪当时太笨拙/看不透悲伤/如果再一次重生/我将

微笑/洗去误解/把你揽入怀里/深爱永远/相爱执着/白首不相离/却让你再次落泪/晨霭之下/白露未干/幸好最终还是把你追回……"手机里响起尘埃为苏伊歆唱的《晨霭》，当时顾町风还不懂这首歌的意义，可是现在明白已经太迟。

看着相框里苏伊歆的微笑，他觉得眼角有泪水滴下。

这是他第一次哭。

他抚摸着相框，说："伊歆，对不起。"

还有，祝福你。

一定要幸福下去。

—完—